在我的灵魂上，他曾洒下月光

萧红——著
霍念——编

中国出版集团 现代出版社

图书在版编目（CIP）数据

在我的灵魂上，他曾洒下月光/萧红著；霍念编
．—北京：现代出版社，2018.7
ISBN 978-7-5143-7185-7

Ⅰ．①在…　Ⅱ．①萧…　②霍…　Ⅲ．①中国文学—现代文学—作品综合集　Ⅳ．①I216.2

中国版本图书馆CIP数据核字（2018）第141600号

著　　者　萧　红
编　　者　霍　念
责任编辑　杨学庆
出版发行　现代出版社
地　　址　北京市安定门外安华里504号
邮政编码　100011
电　　话　010-64267325　64245264（传真）
网　　址　www.1980xd.com
电子邮箱　xiandai@cnpitc.com.cn
印　　刷　三河市祥达印刷包装有限公司
开　　本　880mm×1230mm　1/32
印　　张　10
字　　数　280千字
版次印次　2018年10月第1版　2018年10月第1次印刷
标准书号　ISBN 978-7-5143-7185-7
定　　价　39.80元

目录

小说

后花园 · 002
小城三月 · 020
王阿嫂的死 · 041
牛车上 · 050
朦胧的期待 · 059
弃儿 · 067
生死场 · 081

散文

蹲在洋车上 · 166
夏夜 · 171
镀金的学说 · 175
饿 · 181
祖父死了的时候 · 185

初冬 - 188
过夜 - 191
家庭教师 - 196
他的上唇挂霜了 - 201
广告员的梦想 - 204
女教师 - 209
小偷、车夫和老头 - 211
册子 - 213
一个南方的姑娘 - 217
十三天 - 220
欧罗巴旅馆 - 222
拍卖家具 - 226
最后的一个星期 - 228
永久的憧憬和追求 - 231
感情的碎片 - 233
失眠之夜 - 235
回忆鲁迅先生 - 238

目录

书信

致萧军（选） - 270

致X先生 - 285

『九一八』致弟弟书 - 287

致华岗（选） - 292

致白朗 - 296

诗稿

苦杯 - 298

沙粒 - 302

序

没有爱，人间不值得

文/霍念

在民国的女作家里，萧红一直是个特别的存在。

她的一生短暂而坎坷，但也并非没有过璀璨。

她的璀璨，来自于她浑然天成的才华，来自于呼兰河畔、慈爱的祖父身边度过的无忧无虑的童年，以及她对爱近乎天真的赤诚与奔赴……

然而，越璀璨的东西，背后往往有越深的幻灭。

惊世的才华背后，是对命运深深的探索与悲凉；

炽烈的爱背后，是她内心那个不愿长大的小女孩对人间的温暖一次次的希冀与失落。

常言道，佛家有七苦：生、老、病、死、怨憎会、爱别离、求不得。

萧红的一生，可以说都在“爱别离”“求不得”的执念上兜兜转转。

她似乎一直都在寻找某种归宿。那个归宿是什么？

或许我们可以顺着萧红的命运轨迹回到最初的起点看看。

1911年，萧红出生在呼兰城一个地主家庭，因为是个女孩，从小不受父母重视，只得闲赋在家的祖父的疼爱。

爷孙俩日日在后花园里劳作、玩耍，相依相伴，度过了萧红一生中最美好的童年时光。正是这段时光，奠定了萧红一生爱的底色：

充沛的爱，充沛的自由，充沛的安全感，然而这种欢愉是建立在一种隐隐的不安里的。

在《呼兰河传》里，萧红借着孩子的口吻，看似无心地重复着这样一段话：

> 呼兰河这小城里边住着我的祖父。
>
> 我生的时候，祖父已经六十多岁了，我长到四五岁，祖父就快七十了。

平淡的叙述里，隐隐透露出隔代抚养的孩子难以摆脱的焦虑与不安。

渴望长大，长大了就可以保护自己和祖父了。可是，长大了也就意味着祖父更老了，离别也就近在眼前了。

人对别离的恐惧，本质上都是对时间与未知的恐惧。

萧红十八岁那年，祖父去世了。

在《祖父死了的时候》中，萧红描写回家为祖父奔丧的情形，一改往常克制淡然的文风，再也无法掩饰心底的悲泣。

> 吃饭的时候，我饮了酒，用祖父的酒杯饮的。饭后我跑到后园玫瑰树下去卧倒，园中飞着蜂子和蝴蝶，绿草的清凉的气味，这都和十年前一样。可是十年前死了妈妈。妈妈死后我仍是在园中扑蝴蝶；这回祖父死去，我却饮了酒。
>
> ……
>
> 我懂得的尽是些偏僻的人生，我想世间死了祖父，就没有再同情我的人了，世间死了祖父，剩下的尽是些凶残的人了。
>
> 我饮了酒，回想，幻想……
>
> 以后我必须不要家，到广大的人群中去，但我在玫瑰树下颤悚了，人群中没有我的祖父。

在《永久的憧憬和追求》中，萧红描写了父亲的暴戾，只有从祖父那里她才能感受到爱：

> 从祖父那里，知道了人生除掉了冰冷和憎恶而外，还有温暖和爱。
>
> 所以我就向这“温暖”和“爱”的方面，怀着永久的憧憬和追求。

这种对爱的“憧憬和追求”，后来被她投射在一个个男人身上。

所以才有了那几段颇受争议的情感经历。

为了反抗包办婚姻，19岁的萧红离家出走，和已婚的远亲表哥陆振舜同居，然而迫于经济和家庭压力，最终陆振舜舍弃了山盟海誓，重新回归家庭。

20岁，与包办婚姻的“未婚夫”汪恩甲同居数月，怀了孕，汪恩甲说回去和家族谈判，从此一去不归。

大着肚子穷困潦倒的萧红，写信向报社求助，最终叩响她大门的，是她的“救世主”萧军。

两人度过了一段相知相爱相互扶持的岁月，那段时光虽被萧红形容为“没有青春只有贫困”，却是她一生中难得的好光景。纵使在那样的日子里，萧军身边桃花不断，甚至毫不掩饰地在她面前表达对其他女人的倾慕。

这段关系最终无以为继，原因或许还在于萧军骨子的大男子主义以及对萧红的写作才华凌驾于其上的隐隐“嫉妒”，甚至曾有“家暴”传闻。

和萧军分手后，萧红嫁给了她曾对别人形容为“胆小鬼，势利鬼，马屁鬼，一天到晚在那里装腔作势”的端木蕻良，最终，在战时的香港，死于病痛的折磨与爱人的漠不关心……

说到萧红一生中重要的男人，还有一位不得不提。

鲁迅曾公开赞扬萧红是“当代最有前途的女作家”，对其极尽师长的爱护。在鲁迅面前，萧红仿佛又变回了在祖父面前无所顾忌天真烂漫的小姑娘。

在上海的时候，萧红几乎日日去鲁迅家拜访，一坐就是大半日。

这段美好的忆记，曾多次出现在萧红怀念鲁迅的文字中，是她成年后的人生里为数不多的柔和明亮的色彩。

据说，有段时间鲁迅卧病在床无法见客，萧红去了也不走，就在楼下待着，拉着许广平闲聊家常。

此事许广平后来曾在文章中提及过，有人认为是萧红赖着不走导致鲁迅受了风寒病情加重以致去世，斥责萧红不懂事。

真相如何已经无从追索，然而，明知见不到鲁迅的面，却迟迟不愿离去，与其说她是不懂事儿，不若说是一种留恋，留恋鲁迅身上祖父般的温暖与关怀，留恋家的氛围……纵然，那个家并不是她的。

没了祖父的萧红，就像一个长久没吃过糖的小女孩，一点点甜，就可以让她认为是人间极味，不惜把自己整个儿地托付出去。

与其说她在寻找爱，不如说她一直在人群里寻找自己的“祖父”，寻找那种无条件的安全感。然而，这样的希冀，是无从为外人道的。

萧红这一生，是为爱而生的。

那些人，在她生命里来了又走，不管最终给她带来的是爱还是伤害，在萧红柔弱的灵魂上，他们都曾洒下过月光，为她短暂地照亮眼前的路。

以今日的眼光，或许有不少人会质疑萧红对爱过度依赖，然而在那个兵荒马乱的时代，一个体弱多病的女子，独立行走于茫茫人世，如同逆风掌灯，那灯芯是爱，也只能是爱。

毕竟，没有爱，人间不值得。

本书精选的萧红作品，多基于萧红本人的真实生活及以情感为主题的作品，希望能帮助大家更纯粹地去理解一个敏感、苍白而感情充沛的萧红，理解这个被时代辜负也被时代成就的民国奇女子。

小说

后花园

后花园五月里就开花的，六月里就结果子，黄瓜、茄子、玉蜀黍、大芸豆、冬瓜、西瓜、西红柿，还有爬着蔓子的倭瓜。这倭瓜蔓往往会爬到墙头上去，而后从墙头它出去了，出到院子外边去了。就向着大街，这倭瓜蔓上开了一朵大黄花。

正临着这热闹闹的后花园，有一座冷清清的黑洞洞的磨房，磨房的后窗子就向着花园。刚巧沿着窗外的一排种的是黄瓜。这黄瓜虽然不是倭瓜，但同样会爬蔓子的，于是就在磨房的窗棂上开了花，而且巧妙的结了果子。

在朝露里，那样嫩弱的须蔓的梢头，好像淡绿色的玻璃抽成的，不敢去触，一触非断不可的样子。同时一边结着果，一边攀着窗棂往高处伸张，好像它们彼此学着样，一个跟一个都爬上窗子来了。到6月，窗子就被封满了，而且就在窗棂上挂着滴滴嘟嘟的大黄瓜，小黄瓜，瘦黄瓜，胖黄瓜，还有最小的小黄瓜妞儿，头顶上还正在顶着一朵黄花还没有落呢。

于是随着磨房里打着铜筛罗的震抖，而这些黄瓜也就在窗子上摇摆起来了。铜罗在磨夫脚下，东踏一下它就“咚”，西踏一下它就“咚”。这些黄瓜也就在窗子上滴滴嘟嘟地跟着东边“咚”，西边“咚”。

六月里，后花园更热闹起来了，蝴蝶飞，蜻蜓飞，螳螂跳，蚂蚱跳。大红的外国柿子都红了，茄子青的青、紫的紫，溜明湛亮，又肥又胖，每一棵茄秧上结着三四个、四五个。玉蜀黍的缨子刚刚才出缨，就各色不同，好比女人绣花的丝线夹子打开了，红的绿的，深的浅的，干净得过分了，简直不知道它为什么那样干净，不知怎样它才那样干净的，不知怎样才做到那样的，或者说它是刚刚用水洗过，或者说它是用膏油涂过。但是又都不像，那简直是干净得连手都没有上过。

然而这样漂亮的缨子并不发出什么香气，所以蜂子、蝴蝶永久不在它上边搔一搔，或是吮一吮。

却是那些蝴蝶乱纷纷地在那些正开着的花上闹着。

后花园沿着主人住房的一方面，种着一大片花草，因为这园主并非怎样精细的人，而是一位厚敦敦的的老头，所以他的花园多半变成菜园了。其余种花的部分，也没有什么好花，比如马蛇菜、爬山虎、胭粉豆、小龙豆……这都是些草本植物，没有什么高贵的。到冬天就都埋在大雪里边，它们就都死去了。春天打扫干净了这个地盘，再重种起来。有的甚或不用下种，它就自己出来了，好比大菽茨，那就是每年也不用种，它就自己出来的。

它自己的种子，今年落在地上没有人去拾它，明年它就出来了。明年落了子，又没有人去采它，它就又自己出来了。

这样年年代代，这花园无处不长着大花。墙根上，花架边，人行道的两旁，有的竟长在倭瓜或黄瓜一块去了。那讨厌的倭瓜的丝蔓竟缠绕在它的身上，缠得多了，把它拉倒了。

可是它就倒在地上仍旧开着花。

铲地的人一遇到它，总是把它拔了，可是越拔它越生得快，那第一班开过的花子落下，落在地上，不久它就生出新的来。所以铲也铲不尽，拔也拔不尽，简直成了一种讨厌的东西了。还有那些被倭瓜缠住了的，若想拔它，把倭瓜也拔掉了，所以只得让它横躺竖卧地在地上，也不能不开花。

长得非常之高，五六尺高，和玉蜀黍差不多一般高，比人还高了一点，红辣辣地开满了一片。

人们并不把它当作花看待，要折就折，要断就断，要连根拔也都随便。到这园子里来玩的孩子随便折了一堆去；女人折了插满了一头。

这花园从园主一直到来游园的人，没有一个人是爱护这花的。这些花从来不浇水，任着风吹，任着太阳晒，可是却越开越红，越开越旺盛，把园子煊耀得闪眼，把六月夸奖得和水滚着那么热。

胭粉豆、金荷叶、马蛇菜都开得像火一般。

其中尤其是马蛇菜，红得鲜明晃眼，红得它自己随时要破裂流下红色汁液来。

从磨房看这园子，这园子更不知鲜明了多少倍，简直是金属的了，简直像在火里边烧着那么热烈。

可是磨房里的磨倌是寂寞的。

终天没有朋友来访他，他也不去访别人，他记忆中的那些生活也模糊下去了，新的一样也没有。他三十多岁了，尚未结过婚，可是他的头发白了许多，牙齿脱落了好几个，看起来像是个青年的老头。阴天下雨，他不晓得；春夏秋冬，在他都是一样。和他同院的住些什么人，他不去留心；他的邻居和他住得很久了，他没有记得；住的是什么人，他没有记得。

他什么都忘了，他什么都记不得，因为他觉得没有一件事情是新鲜了。人间在他是全呆板的了。他只知道他自己是个磨倌，磨倌就是拉磨，拉磨之外的事情都与他毫无关系。

所以邻家的女儿，他好像没有见过；见过是见过的，因为他没有印象，就像没有见过差不多。

磨房里，一匹小驴子围着一盘青白的圆石转着。磨道下面，被驴子经年地踢踏，已经陷下去一圈小洼槽。小驴的眼睛是戴了眼罩的，所以它什么也看不见，只是绕着圈瞎走。嘴上也给戴上了笼头，怕它偷吃磨盘上的麦子。

小驴知道，一上了磨道就该开始转了，所以走起来一声不响，两个耳朵尖尖地竖得笔直。

磨倌坐在罗架上，身子有点向前探着。他的面前竖了一个木架，架上横着一个用木做成的乐器，那乐器的名字叫“梆子”。

每一个磨倌都用一个，也就是每一个磨房都有一个。旧的磨倌，走了，新的磨倌来了，仍然打着原来的梆子。梆子渐渐变成个元宝的形状，两端高而中间陷下，所发出来的音响也就不好听了，不响亮，不脆快，而且“踏踏”的沉闷的调子。

冯二成的梆子正是已经旧了的。他自己说：

“这梆子有什么用？打在这梆子上就像打在老牛身上一样。”

他尽管如此说，梆子他仍旧是打了。

磨眼上的麦子没有了，他去添一添。从磨漏下来的麦粉满了一磨盘，他过去扫了扫，小驴的眼罩松了，他替它紧一紧。若是麦粉磨得太多了，应该上风车子了，他就把风车添满，摇着风车的大手轮，吹了起来，把麦皮都从风车的后部吹了出去。那风车是很大的，好像大象那么大。尤其是当那手轮摇起来的时候，呼呼地作响，麦皮混着冷风从洞口喷出来。这风车摇起来是很好看的，同时很好听。可是风车并不常吹，一天或两天才吹一次。

除了这一点点工作，冯二成子多半是站在罗架上，身子向前探着，他的左脚踏一下，右脚踏一下，罗底盖着罗床，那力量是很大的，连地皮都抖动了，和盖新房子时打地基的工夫差不多的，又沉重，又闷气，使人听了要睡觉的样子。

所有磨房里的设备都说过了，只不过还有一件东西没有说，那就是冯二成子的小炕了。那小炕没有什么好记载的。总之这磨房是简单、寂静、呆板。看那小驴竖着两个尖尖的耳朵，好像也不吃草也不喝水，只晓得拉磨的样子。冯二成子一看就看到小驴那两个直竖竖的耳朵，再看就看到墙下跑出的耗子，那滴溜溜亮的眼睛好像两盏小油灯似的。再看也看不见别的，仍旧是小驴的耳朵。

所以他不能不打梆子，从午间打起，一打打个通宵。

花儿和鸟儿睡着了，太阳回去了。大地变得清凉了好些。从后花园透进来的热气，凉爽爽的，风也不吹了，树也不摇了。窗外虫子的鸣叫，远处狗的夜吠，和冯二成子的梆子混在一起，好像三种乐器似的。

磨房的小油灯忽闪闪的燃着（那油灯是在墙壁中间的，好像古墓里边站的长明灯似的），像有风吹着它似的。这磨房只有一扇窗子，还被挂满了黄瓜，把窗子遮得风雨不透。可是从哪里来的风？小驴也在响着鼻子抖擞着毛，好像小驴也着了寒了。

每天是如此：东方快启明的时候，朝露就先下来了，伴随着朝露而来的，是一种阴森森的冷气，这冷气冒着白烟似的沉重重地压到地面上来了。

落到屋瓦上，屋瓦从浅灰变到深灰色，落到茅屋上，那本来是浅黄的草，就变成黄的了。因为露珠把它们打湿了，它们吸收了露珠的缘故。

唯有落到花上、草上、叶子上，那露珠是原形不变，并且由小聚大。大叶子上聚着大露珠，小叶子上聚着小露珠。

玉蜀黍的缨穗挂上了霜似的，毛绒绒的。

倭瓜花的中心抱着一颗大水晶球。

剑形草是又细又长的一种野草，这野草顶不住太大的露珠，所以它的周身都是一点点的小粒。

等到太阳一出来时，那亮晶晶的后花园无异于昨夜洒了银水了。

冯二成子看一看墙上的灯碗，在灯芯上结了一个红橙橙的大灯花。他又伸手去摸一摸那生长在窗棂上的黄瓜，黄瓜跟水洗的一样。

他知道天快亮了，露水已经下来了。

这时候，正是人们睡得正熟的时候，而冯二成子就像更焕发了起来。他的梆子就更响了，他拼命地打，他用了全身力量，使那梆子响得爆豆似的。不但如此，那磨房唱了起来了，他大声急呼的。好像他是照着民间所流传的，他是招了鬼了。他有意要把远近的人家都惊动起来，他竟乱打起来，他不把梆子打断了，他不甘心停止似的。

有一天下雨了。

雨下得很大，青蛙跳进磨房来好几个。有些蛾子就不断地往小油灯上扑，扑了几下之后，被烧坏了翅膀就掉在油碗里溺死了，而且不久蛾子就把油灯碗给掉满了，所以油灯渐渐地不亮下去，几乎连小驴的耳朵都看不清楚。

冯二成子想要添些灯油，但是灯油在上房里，在主人的屋里。

他推开门一看，雨真是大得不得了，瓢泼的一样，而且上房里也怕是睡下了，灯光不很大，只是影影绰绰的。也许是因为下雨上了风窗的关系，才那样黑混混的。

“十步八步跑过去，拿了灯油就跑回来。”冯二成子想。

但雨也是太大了，衣裳非都湿了不可；湿了衣裳不要紧，湿了鞋子可得什么时候干。

他推开房门看了好几次，也都是把房门关上，没有跑过去。

可是墙上的灯又一闪一闪的要灭了，小驴的耳朵简直看不见了。他又打开门向上房看看，上房灭了灯了，院子里什么也看不见，只有隔壁赵老太太那屋还亮通通的，窗里还有咯咯的笑声。

那笑的是赵老太太的女儿。冯二成子不知为什么心里好不平静，他赶快关了门，赶快去拨灯碗，赶快走到磨架上，开始很慌张地打动着筛罗。可是无论如何那窗里的笑声好像还在那儿笑。

冯二成子打起梆子来，打了不几下，很自然地就会停住，又好像很愿意再听到那笑声似的。

“这可奇怪了，怎么像第一天那边住着人。”他自己想。

第二天早晨，雨过天晴了。

冯二成子在院子里晒他的那双湿得透透的鞋子时，偶一抬头看见了赵老太太的女儿，跟他站了个对面。

冯二成子从来没和女人接近过，他赶快低下头去。

那邻家女儿是从井边来，提了满满的一桶水，走得非常慢，等她完全走过去了，冯二成子才抬起头来。

她那向日葵花似的大眼睛，似笑非笑的样子，冯二成子一想起来就无缘无故的心跳。

有一天，冯二成子用一个大盆在院子里洗他自己的衣裳，洗着洗着，一下小心，大盆从木凳滑落而打碎了。

赵老太太也在窗下缝着针线，连忙就喊她的女儿，把自家的大盆搬出来，借给他用。

冯二成子接过那大盆时，他连看都没看赵姑娘一眼，连抬头都没敢抬头，但是赵姑娘的眼睛像向日葵花那么大，在想象之中他比看见来得清晰。于是他的手好像抖着似的把大盆接过来了。他又重新打了点水，没有打很多的水，只打了一大盆底。

恍恍惚惚的衣裳也没有洗干净，他就晒起来了。

从那之后，他也并不常见赵姑娘，但他觉得好像天天见面的一样。尤其是到深夜，他常常听到隔壁的笑声。有一天，他打了一夜梆子。天亮了，他的全身都酸了，他把小驴子解下来，拉到下过朝露的潮湿的院子里，看着那小驴打了几个滚，而后把小驴拴到槽子上去吃草。他也该是睡觉的时候了。

他刚躺下，就听到隔壁女孩的笑声，他赶快抓住被边把耳朵掩盖起来。

但那笑声仍旧在笑。

他翻了一个身，把背脊向着墙壁，可是仍旧不能睡。

他和那女孩相邻地住了两年多了，好像他听到她的笑还是最近的事情。他自己也奇怪起来。

那边虽是笑声停止了，但是又有别的声音了：刷锅，劈柴烧火的声音，件件样样都听得清清晰晰。而后，吃早饭的声音他都感觉到了。

这一天，他实在睡不着，他躺在那里心中十分悲哀，他把这两年来的生活都回想了一遍……

刚来的那年，母亲来看过他一次。从乡下给他带来一筐子黄米豆包。母亲临走的时候还流了眼泪说：“孩儿，你在外边好好给东家做事，东家错待不了你的……你老娘这两年身子不大硬实。一旦有个一口气上不来，只让你哥把老娘埋起来就算了事。人死如灯灭，你就是跑到家又能怎样！……可千万要听娘的话，人家拉磨，一天拉好多麦子，是一定的，耽误不得，可要记住老娘的话……”

那时，冯二成子已经三十六岁了，他仍很小似的，听了那话就哭了。他抬起头看看母亲，母亲确是瘦得厉害，而且也咳嗽得厉害。

“不要这样傻气，你老娘说是这样说，哪就真会离开了你们的。你和你哥哥都是三十多岁了，还没成家，你老娘还要看到你们……”

冯二成子想到“成家”两个字，脸红了一阵。

母亲回到乡下去，不久就死了。

他没有照着母亲的话做，他回去了，他和哥哥亲自送的葬。

是八月里辣椒红了的时候，送葬回来，沿路还摘了许多红辣椒，炒着吃了。

以后再想一想，就想不起什么来了。拉磨的小驴子仍旧是原来的小驴子。磨房也一点没有改变，风车也是和他刚来时一样，黑洞洞地站在那里，连个方向也没改换。筛罗子一踏起来它就“咚咚”响。他向筛罗子看了一眼，宛如他不踏它，它也在响的样子。

一切都习惯了，一切都照着老样子。他想来想去什么也没有变，什么也没有多，什么也没有少，这两年是怎样生活的呢？他自己也不知道，好像他没有活过的一样。他伸出自己的手来，看看也没有什么变化，捏一捏手指的骨节，骨节也是原来的样子，尖锐而突出。

他又回想到他更远的幼小的时候去，在沙滩上煎着小鱼，在河里脱光了衣裳洗澡；冬天堆了雪人，用绿豆给雪人做了眼睛，用红豆做了嘴唇；下雨的天气，妈妈打来了，就往水洼中跑……妈妈因此而打不着他。

再想又想不起什么来，这时候他昏昏沉沉地要睡了去。

刚要睡着，他又被惊醒了，好几次都是这样。也许是炕下的耗子，也许是院子里什么人说话。

但他每次睁开眼睛，都觉得是邻家女儿惊动了他。他在梦中羞怯怯地红了好几次脸。

从这以后，他早晨睡觉时，他先站在地中心听一听，邻家是否有了声音。若是有了声音，他就到院子里拿着一把马刷子刷那小驴。

但是巧得很，那女孩子一清早就到院子来走动，一会出来拿一捆柴，一会出来泼一瓢水。总之，他与她从这以后，好像天天相见。

这一天八月十五，冯二成子穿了崭新的衣裳，刚刚理过头发回来，上房就嚷着：

“喝酒了，喝酒啦……”

因为过节是和东家同桌吃的饭，什么腊肉，什么松花蛋，样样皆有。其中下酒最好的要算凉拌粉皮，粉皮里外加着一束黄瓜丝，还有辣椒油洒在上面。

冯二成子喝足了酒，退出来了，连饭也没有吃，他打算到磨房去睡一觉。常年也不喝酒，喝了酒头有些昏。他从上房走出来，走到院子里碰到了赵老太太，她手里拿着一包月饼，正要到亲戚家去。她一见了冯二成子，她连忙喊着女儿说：

“你快拿月饼给老冯吃。过节了，在外边的跑腿人，不要客气。”

说完了，赵老太太就走了。

冯二成子接过月饼在手里，他看那姑娘满身都穿了新衣裳，脸上涂着胭脂和香粉。因为他怕难为情，他想说一声谢谢也没说出来，回身就进了磨房。

磨房比平日更冷清了，小驴也没有拉磨，磨盘上供着一块黄色的牌位，上面写着“白虎神之位”，燃了两根红蜡烛，烧着三炷香。

冯二成子迷迷昏昏地吃完月饼，靠着罗架站着，眼睛望着窗外的花园。他一无所思地往外看着，正这时又有了女人的笑声，并且这笑声是熟悉的，但不知这笑声是从哪方面来的，后花园还是隔壁？

他一回身，就看见了邻家的女儿站在大开着的门口。她的嘴是红的，她的眼睛是黑的，她的周身发着光辉，带着吸力。

他怕了，低了头不敢再看。

那姑娘自言自语地说：

“这儿还供着白虎神呢！”

说完，她的一个小同伴招呼着她就跑了。

冯二成子几乎要昏倒了，他坚待着自己，他睁大了眼睛，看一看是否在做梦。

这哪里是在做梦，小驴站在院子里吃草，上房还没有喝完酒的划拳的吵闹声仍还没有完结。他站到磨房外边，向着远处都看了一遍。远处的人家，有的在树林中，有的在白云中露着屋角，而附近的人家，就是同院子住着的也都恬静地在节日里边升腾着一种看不见的欢喜，流荡着一种听不见的笑声。

但冯二成子看着什么都是空虚的。寂寞的秋空的游丝，飞了他满脸，挂住了他的鼻子，绕住了他的头发。他用手把游丝揉擦断了，他还是往前看去。

他的眼睛充满了亮晶晶的眼泪，他的心中起了一阵莫名其妙的悲哀。

他羡慕在他左右跳着的活泼的麻雀，他妒恨房脊上咕咕叫的悠闲的鸽子。

他的感情软弱得像要瘫了的蜡烛似的。他心里想：鸽子你为什么叫？叫得人心慌！你不能不叫吗？游丝你为什么绕了我满脸？你多可恨！

恍恍惚惚他又听到那女孩子的笑声。

而且和闪电一般，那女孩子来到他的面前了，从他面前跑过去了，一转眼跑得无影无踪的。

冯二成子仿佛被卷在旋风里似的，迷迷离离地被卷了半天，而后旋风把他丢弃了。旋风自己跑去了，他仍旧是站在磨房外边。

从这以后，可怜的冯二成子害了相思病，脸色灰白，眼圈发紫，茶也不想吃，饭也咽不下，他一心一意地想着那邻家的姑娘。

读者们，你们读到这里，一定以为那磨房里的磨倌必得要和邻家女儿发生一点关系。其实不然的。后来是另外的一位寡妇。

世界上竟有这样谦卑的人，他爱了她，他又怕自己的身份太低，怕毁坏了她。他偷着对她寄托一种心思，好像他在信仰一种宗教一样。邻家女儿根本不晓得有这么一回事。

不久，邻家女儿来了说媒的，不久那女儿就出嫁了。

婆家来娶新媳妇的那天，抬着花轿子，打着锣鼓，吹着喇叭，就在磨房的窗外，连吹带打地热闹了起来。

冯二成子伏在梯子上，他闭了眼睛，他一动也不动。

那边姑娘穿了大红的衣裳，搽了胭脂粉，满手抓着铜钱，被人抱上了轿子。放了一阵炮仗，敲了一阵铜锣，抬起轿子来走了。走得很远很远了，走出了街去，那打锣声只能嗞嗞啦啦听到一点。

冯二成子仍旧没有把头抬起，一直到那轿子走出几里路之外，就连被娶亲惊醒了的狗叫也都平静下去时，他才抬起头来。

那小驴蒙着眼罩静静地一圈一圈地在拉着空磨。他看一看磨眼上一点麦子也没有了，白花花的麦粉流了满地。

那女儿出嫁以后，冯二成子常常和老太太攀谈，有的时候还到老太太的房里坐一坐。他不知为什么总把那老太太当做一位近亲来看待，早晚相见时，总是彼此笑笑。

这样也就算了，他觉得那女儿出嫁了反而随便了些。

可是这样过了没多久，赵老太太也要搬家了，搬到女儿家去。

冯二成子帮着去收拾东西。在他收拾着东西时，他看见针线篓里有一个细小的白骨顶针。他想：这可不是她的？那姑娘又活跃跃地来到他的眼前。他看见了好几样东西，都是那姑娘的。刺花的围裙卷放在小柜门里，一团扎过了的红头绳子洗得干干净净的，用一块纸包着。他在许多乱东西里拾到这纸包，他打开一看，他问赵老太太，这头绳要放在哪里？老太太说：

“放在小梳头匣子里吧，我好给她带去。”

冯二成子打开了小梳头匣，他看见几根扣发针和一个假烧翡翠的戒指仍放在里边。他嗅到一种梳头油的香气，他想这一定是那姑娘的，他把梳头匣关了。

他帮着老太太把东西收拾好，装上了车，还牵着拉车的大黑骡子上前去送了一程。

送到郊外，迎面的菜花都开了，满野飘着香气。老太太催他回来，他说他再送一程。他好像对着旷野要高歌的样子，他的胸怀像飞鸟似的张着，他面向着前面，放着大步，好像他一去就不回来的样子。

可是冯二成子回来的时候，太阳还正晌午。虽然是秋天了，没有夏天那么鲜艳，但是到处飘着香气。高粱成熟了，大豆黄了秧子，野地上仍旧是红的红，绿的绿。冯二成子沿着原路往回走。走了一程，他还转回身去，向着赵老太太走去的远方望一望。但是连一点影子也看不见了。

蓝天凝结得那么严酷，连一些皱折也没有，简直像是用蓝色纸剪成的。他用了他所有的目力，探究着蓝色的天边外，是否还存在着一点点黑点，若是还有一个黑点，那就是赵老太太的车子了。可是连一个黑点也没有，实在是没有的，只有一条白亮亮的大路，向着蓝天那边爬去，爬到蓝天的尽头，这大路只剩了窄狭的一条。

赵老太太这一去什么时候再能够见到，没有和她约定时间，也没有和她约定地方。他想顺着大路跑去，跑到赵老太太的车子前面，拉住大黑骡子，他要向她说：

“不要忘记了你的邻居，上城里来的时候可来看我一次。”

但是车子一点影也没有了，追也追不上了。

他转回身来，仍走他的归途，他觉得这回来的路，比去的时候不知远了多少倍。

他不知为什么这次送赵老太太，比送他自己的亲娘更难过。他想：人活着为什么要分别？既然永远分别，当初又何必认识！人与人之间又是谁给造了这个机会？既然造了机会，又是谁把机会给取消了！

他越走他的脚越沉重，他的心越空虚，就在一个有树荫的地方坐下来。他往四方左右望一望，他望到的，都是在劳动着的，都是在活着，赶车的赶车，拉马的拉马，割高粱的人，满头流着大汗。还有的手被高粱秆扎破了，或是脚被扎破了，还浸浸地沁着血，而仍是不停地在割。他看了一看，他不能明白，这都是在做什么；他不明白，这都是为着什么。他想：你们那些手拿着的，脚踏着的，到了终归，你们是什么也没有的。你们没有了母亲，你们的父亲早早死了，你们该娶的时候，娶不到你们所想的；你们到老的时候，看不到你们的子女成人，你们就先累死了。

冯二成子看一看自己的鞋子掉底了，于是脱下鞋子用手提鞋子，站起来光着脚走，他越走越奇怪，本来是往回走，可是心越走越往远处飞。究竟飞到哪里去了，他自己也把捉不定。总之，他越往回走，他就越觉得空虚。路上他遇上一些推手车的，挑担的，他都用了奇怪的眼光看了他们一下：

你们什么也不知道，你们只知道为你们的老婆该子当一辈子牛马，你们都白活了，你们自己还不知道。你们要吃的吃不到嘴，要穿的穿不上身，你们为了什么活着，活得那么起劲！

他看见个卖豆腐脑的，搭着白布篷，篷下站着好几个人在吃。有的争着要多加点酱油，而那卖豆腐脑的偏偏给他加上几粒盐。卖豆腐脑的说酱油大贵，多加要赔本的。于是为着点酱油争吵了起来。冯二成子老远的就听他们在嚷嚷。他用斜眼看了那卖豆腐脑的：

“你这个小气人，你为什么那么苛刻，你都是为了老婆孩子！

你要白白活这一辈子，你省吃俭用，到头你还不是个穷鬼！”

冯二成子这一路上所看到的几乎完全是这一类人。

他用各种眼光批评了他们。

他走了一会，转回身去看看远方，并且站着等了一会，好像远方会有什么东西自动向他飞来，又好像远方有谁在招呼着他。他几次三番地这样停下来，好像他侧着耳朵细听。但只有雀子的叫声从他头上飞过，其余没有别的了。

他又转身向回走，但走得非常迟缓，像走在荆蓁的草中。仿佛他走一步，被那荆蓁拉住过一次。

终于他全然没有了气力，全身和头脑。他找到一片小树林，他在那里伏在地上哭了一袋烟的工夫。他的眼泪落了一满树根。

他回想着那姑娘束了花围裙的样子，那走路的全身愉快的样子。他再想那姑娘是什么时候搬来的，他连一点印象也没有记住，他后悔他为什么不早点发现她，她的眼睛看过他两三次，他虽不敢直视过去，但他感觉得到，那眼睛是深黑的，含着无限情意的。他想到了那天早晨他与她站了个对面，那眼睛是多么大！那眼光是直逼他而来的。他一想到这里，他恨不得站起来扑过去。但是现在都完了，都去得无声无息的那么远了，也一点痕迹没有留下，也永久不会重来了。

这样广茫茫的人间，让他走到哪方面去呢？是谁让人如此，把人生下来，并不领给他一条路子，就不管他了。

黄昏的时候，他从地面上抓了两把泥上，他昏昏沉沉地站起来，仍旧得走着他的归路。他好像失了魂魄的样子，回到了磨房。

看一看罗架好好地在那儿站着，磨盘好好地在那儿放着，一切都没有变动。吹来的风依旧是凉爽的。从风车吹出来的麦皮仍旧在大篓子里盛着，他抓起一把放在手心上擦了擦，这都是昨天磨的麦子，昨天和今天是一点也没有变。他拿了刷子刷了一下磨盘，残余的麦粉冒了一阵白烟。这一切都和昨天一样，什么也没有变。耗子的眼睛仍旧是很亮很亮地跑来跑去。后花园静静的和往日里一样的没有声音。上房里，东家的太太抱着孙儿和邻居讲话，讲得仍旧和往常一样热闹。担水的往来在井边，有谈有笑地放着大步往来地跑，绞着井绳的转车喀啦喀啦的大大方方的响着。一切都是快乐的，有意思的。就连站在槽子那里的小驴，一看冯二成子回来了，也表示欢迎似的张开大嘴来叫了几声。冯二成子走上前去，摸一摸小驴的耳朵，而后从草包取一点草散在槽子里，而后又领着那小驴到井边去饮水。

他打算再工作起来，把小驴仍旧架到磨上，而他自己还是愿意鼓动着勇气打起梆子来。但是未能做到，他好像丢了什么似的，好像是被人家抢去了什么似的。

他没有拉磨，他走到街上来荡了半夜，二更之后，街上的人稀疏了，都回家去睡觉去了。

他经过靠着缝衣裳来过活的老王那里，看她的灯还未灭，他想进去歇一欧脚也是好的。

老王是一个 30 多岁的寡妇，因为生活的忧心，头发白了一半了。

她听了是冯二成子来叫门，就放下了手里的针线来给他开门了。还没等他坐下，她就把缝好的冯二成子的蓝单衫取出来了，并且说着：

“我这两天就想要给你送去，为着这两天活计多，多做一件，多赚几个，还让你自家来拿……”

她抬头一看冯二成子的脸色是那么冷落，她忙着问：

“你是从街上来的吗？是从哪儿来的？”

一边说着一边就让冯二成子坐下。

他不肯坐下，打算立刻就要走，可是老王说：

“有什么不痛快的？跑腿子在外的人，要舒心坦意。”

冯二成子还是没有响。

老王跑出去给冯二成子买了些烧饼来，那烧饼还是又脆又热的，还买了酱肉。老王手里有钱时，常常自己喝一点酒，今天也买了酒来。

酒喝到三更，王寡妇说：

“人活着就是这么的，有孩子的为孩子忙，有老婆的为老婆忙，反正做一辈子牛马。年轻的时候，谁还不是像一棵小树似的，盼着自己往大了长，好像有多少黄金在前边等着。可是没有几年，体力也消耗完了，头发黑的黑，白的白……”

她给他再斟一盅酒。

她斟酒时，冯二成子看她满手都是筋络，苍老得好像大麻的叶子一样。

但是她说的话，他觉得那是对的，于是他把那盅酒举起来就喝了。

冯二成子把近日的心情告诉了她。他说他对什么都是烦躁的，对什么都没有耐性了。他所说的，她都理解得很好，接着他的话，她所发的议论也和他的一样。

喝过三更以后，冯二成子也该回去了。他站起来，抖擞一下他的前襟，他的感情宁静多了，他也清晰得多了，和落过雨后又复见了太阳似的，他还拿起老王在缝着的衣裳看看，问她一件夹袄的手工多少钱。

老王说："那好说，那好说，有夹袄尽管拿来做吧。"

说着，她就拿起一个烧饼，把剩下的酱肉通通夹在饶饼里，让冯二成子带着：

"过了半夜，酒要往上返的，吃下去压一压酒。"

冯二成子百般地没有要，开了门，出来了，满天都是星光；中秋以后的风，也有些凉了。

"是个月黑头夜，可怎么走！我这儿也没有灯笼……"

冯二成子说："不要，不要！"就走出来了。

在这时，有一条狗往屋里钻，老王骂着那狗：

"还没有到冬天，你就怕冷了，你就往屋里钻！"

因为是夜深了的缘故，这声音很响。

冯二成子看一看附近的人家都睡了。王寡妇也在他的背后闩上了门，适才从门口流出来的那道灯光，在闩门的声音里边，又被收了回去。

冯二成子一边看着天空的北斗星，一边来到小土坡前。那小土坡上长着不少野草，脚踏在上边，绒绒乎乎的。于是他蹲了双腿，试着用指尖搔一搔，是否这地方可以坐一下。

他坐在那里非常宁静，前前后后的事情，他都忘得干干净净，他心里边没有什么骚扰，什么也没有想，好像什么也想不起来了。晌午他送赵老太太走的那回事，似乎是多少年前的事情。现在他觉得人间并没有许多人，所以彼此没有什么妨害，他的心境自由得多了，也宽舒得多了，任着夜风吹着他的衣襟和裤脚。

他看一看远近的人家，差不多都睡觉了，尤其是老王的那一排房子，通通睡了，只有王寡妇的窗子还透着灯光。他看了一会，他又把眼睛转到另外的方向去，有的透着灯光的窗子，眼睛看着看着，窗子忽然就黑了一个，忽然又黑了一个，屋子灭掉了灯，竟好像沉到深渊里边去的样子，立刻消灭了。

而老王的窗子仍旧是亮的，她的四周都黑了，都不存在了，那就更显得她单独地停在那里。

“她还没有睡呢？”他想。

她怎么还不睡？他似乎这样想了一下。是否他还要回到她那边去，他心里很犹疑。

等他不自觉的又回老王的窗下时，他终于敲了她的门。里边应着的声音并没有惊奇，开了门让他进去。

这夜，冯二成子就在王寡妇家里结了婚了。

他并不像世界上所有的人结婚那样：也不跳舞，也不招待宾客，也不到礼拜堂去，而也并不像邻家姑娘那样打着铜锣，敲着大鼓。但是他们庄严得很，因为百感交集，彼此哭了一遍。

第二年夏天，后花园里的花草又是那么热闹，倭瓜淘气地爬上了树了，向日葵开了大花，惹得蜂子成群地闹着，大菽茨、爬山虎、马蛇苹、胭粉豆，样样都开了花。耀眼的耀眼，散着香气的散着香气。年年爬到磨房窗棂上来的黄瓜，今年又照样地爬上来了；年年结果子的，今年又照样地结了果子。

唯有墙上的狗尾草比去年更为茂盛，因为今年雨水多而风少。园子里虽然是花草鲜艳，而很少有人到园子里来，是依然如故。

偶然园主的小孙女跑进来折一朵大菽茨花，听到屋里有人喊着：

“小春，小春……”

她转身就跑回屋去，耐后把门又轻轻地闩上了。

算起来就要一年了，赵老太太的女儿就是从这靠着花园的厢房出嫁的。在街上，冯二成子碰到那出嫁的女儿一次，她的怀里抱着一个小孩。

可是冯二成子也有了小孩了。磨房里拉起了一张白布帘子来，帘子后边就藏着出生不久的婴孩和孩子的妈妈。

又过了两年，孩子的妈妈死了。

冯二成子坐在罗架上打筛罗时，就把孩子骑在梆子上。夏昼十分热了，冯二成子把头垂在孩子的腿上，打着嗑睡。

不久，那孩子也死了。

后花园经过了几度繁华，经过了几次调零，但那大菽茨花它好像世世代代要存在下去的样子，经冬复历春，年年照样地在园子里边开着。

园主人把后花园里的房子都翻了新了，只有这磨房连动也没动，说是磨房用不着好房子的，好房子也让筛罗“咚咚”的震坏了。

所以磨房的屋瓦，为着风吹，为着雨淋，一排一排的都脱了节。每刮一次大风，屋瓦就要随着风在半天空里飞走了几块。

夏昼，冯二成子伏在梆子上，每每要打瞌睡。他瞌睡醒来时，昏昏庸庸的他看见眼前跳跃着无数条光线，他揉一揉眼睛，再仔细看一看，原来是房顶露了天了。

以后两年三年，不知多少年，他仍旧在那磨房里平平静静地活着。

后花园的园主也老死了，后花园也拍卖了。这拍卖只不过给冯二成子换了个主人。这个主人并不是个老头，而是个年轻的、爱漂亮、爱说话的、常常穿了很干净的衣裳来磨房的窗外，看那磨倌怎样打他的筛罗，怎样摇他的风车。

1940. 4

（署名萧红，刊于1940年4月15至25日香港《大公报》副刊《文艺综合》与《学生界》）

小 城 三 月

1

三月的原野已经绿了，像地衣那样绿，透出在这里、那里。郊原上的草，是必须转折了好几个弯儿才能钻出地面的，草儿头上还顶着那胀破了种粒的壳，发出一寸多高的芽子，欣幸地钻出了土皮。放牛的孩子在掀起了墙脚下面的瓦时，找到了一片草芽了，孩子们回到家里告诉妈妈，说："今天草芽出土了！"妈妈惊喜的说："那一定是向阳的地方！"抢根菜的白色的圆石似的籽儿在地上滚着，野孩子一升一斗地在拾着。蒲公英发芽了，羊咩咩的叫，乌鸦绕着杨树林子飞。天气一天暖似一天，日子一寸一寸的都有意思。杨花满天照地飞，像棉花似的。人们出门都是用手捉着，杨花挂着他了。草和牛粪都横在道上，放散着强烈的气味。远远的有用石子打船的声音。"空空……"的大声传来。

河冰化了，冰块顶着冰块，苦闷地又奔放地向下流。乌鸦站在冰块上寻觅小鱼吃，或者是还在冬眠的青蛙。

天气突然的热起来，说是"二八月，小阳春"，自然冷天气要来的，但是这几天可热了。春带着强烈的呼唤从这头走到那头……

小城里被杨花给装满了，在榆树钱还没变黄之前，大街小巷到处飞着，像纷纷落下的雪块……

春来了。人人像久久等待着一个大暴动，今天夜里就要举行，人人带着犯罪的心情，想参加到解放的尝试……春吹到每个人的心坎，带着呼唤，带着蛊惑……

我有一个姨，和我的堂哥哥大概是恋爱了。

姨母本来是很近的亲属，就是母亲的姊妹。但是我这个姨，她不是我的亲姨，她是我的继母的继母的女儿。那么她可算与我的继母有点血统的关系了，其实也是没有的。因为我这个外祖母是在已经做了寡妇之后才来到我外祖父家，翠姨就是这个外祖母原来在另外一家所生的女儿。

翠姨生得并不是十分漂亮，但是她长得窈窕，走起路来沉静而且漂亮，讲起话来清楚地带着一种平静的感情。她伸手拿樱桃吃的时候，好像她的手指尖对那樱桃十分可怜的样子，她怕把它触坏了似的轻轻的捏着。

假若有人在她的背后唤她一声，她若是正在走路，她就会停下了；若是正在吃饭，就要把饭碗放下，而后把头向着自己的肩膀转过去，而全身并不大转，于是她自觉的闭合着嘴唇，像是有什么要说而一时说不出来似的……

而翠姨的妹妹，忘记了她叫什么名字，反正是一个大说大笑的，不十分修边幅，和她的姐姐全不同。花的绿的，红的紫的，只要是市上流行的，她就不大加以选择，做起一件衣服来赶快就穿在身上。穿上了而后，到亲戚家去串门，人家恭维她的衣料怎样漂亮的时候，她总是说，和这完全一样的，还有一件，她给了她的姐姐了。

我到外祖父家去，外祖父家里没有像我一般大的女孩子陪着我玩，所以每当我去，外祖母总是把翠姨喊来陪我。

翠姨就住在外祖父的后院，隔着一道板墙，一招呼，听见就来了。

外祖父住的院子和翠姨住的院子，虽然只隔一道板墙，但是却没有门可通，所以还得绕到大街上去从正门进来。

因此有时翠姨先来到板墙这里，从板墙缝中和我打了招呼，而后回到屋去装饰一番，才从大街上绕了个圈来她母亲的家里。

翠姨很喜欢我。因为我在学堂里念书，而她没有，她想什么事我都比她明白。所以，她总是有许多事务同我商量，看看我的意见如何。

到夜里，我住在外祖父家里了，她就陪着我也住下。

每每睡下就谈，谈过了半夜，不知为什么总是谈不完……

开初谈的是衣服怎样穿，穿什么样的颜色，穿什么样的料子。比如走路应该快或是应该慢。有时，白天里她买了一个别针，到夜里她拿出来看看，问我这别针到底是好看或是不好看。那时候，大概是 15 年前的时候，我们不知城外如何装扮一个女子，而在这个城里，几乎个个都有一条宽大的绒绳结的披肩，蓝的紫的，各色的都有，但最多多不过枣红色的。几乎在街上所见的都是枣红色的大披肩了。

哪怕红的绿的那么多，但总没有枣红色的最流行。

翠姨的妹妹有一条，翠姨有一条，我的所有的同学，几乎每人都有一条。就连素不考究的外祖母的肩上也披着一条，只不过披的是蓝色的，没有敢用最流行的枣红色的就是了。因为她总算年纪大了一点，对年轻人让了一步。

还有那时候都流行穿绒绳鞋，翠姨的妹妹就赶快地买了穿上，因为她那个人很粗心大意，好坏她不管，只是人家有她也有，别人是人穿衣裳，而翠姨的妹妹就好像被衣服所穿了似的，芜芜杂杂。但永远合乎着应有尽有的原则。

翠姨的妹妹的那绒绳鞋，买来了，穿上了。在地板上跑着，不大一会工夫，那每只鞋脸上系着的一只毛球，竟有一个毛球已经离开了鞋子，向上跳着，只还有一根绳连着，不然就要掉下来了。很好玩的，好像一颗大红枣被系到脚上去了。因为她的鞋子也是枣红色的。大家都在嘲笑她的鞋子一买回来就坏了。

翠姨她没有买，也许她心里边早已经喜欢了，但是看上去她都像反对似的，好像她都不接受。

她必得等到许多人都开始采办了，这时候，看样子她才稍稍有些动心。

好比买绒绳鞋，夜里她和我谈话问过我的意见，我也说是好看的，我有很多的同学她们也都买了绒绳鞋。

第二天，翠姨就要求我陪着她上街，先不告诉我去买什么，进了铺子选了半天别的，才问到我绒绳鞋。

走了几家铺子，都没有，都说是已经卖完了。我晓得店铺的人是这样瞎说的，表示他家这店铺平常总是最丰富的，只恰巧你要的这件东西，他就没有了。我劝翠姨说，咱们慢慢地走，别家一定会有的。

我们坐马车从街梢上的外祖父家来到街中心的。

见了第一家铺子，我们就下了马车。不用说，马车我们已经是付过了价钱的。等我们买好了东西回来的时候，会另外叫一辆的，因为我们不知道要等多久。

大概看见什么好，虽然不需要也要买点；或是东西已经买全了，不必要再多留连，也要留连一会；或是买东西的目的，本来只在一双鞋，而结果鞋子没有买到，反而罗里罗嗦地买回来许多用不着的东西。

这一天，我们辞退了马车，进了第一家店铺。

在别的大城市里没有这种情形，而在我家乡里往往是这样，坐了马车，虽然是付过了钱，让他自由去兜揽生意，但他常常还仍旧等候在铺子的门外。等一出来，他仍旧请你坐他的车。

我们走进第一个铺子，一问没有。于是就看了些别的东西，从绸缎看到呢绒，从呢绒再看到绸缎，布匹根本不看的，并不像母亲们进了店铺那样子。这个买去做被单，那个买去做棉袄的，因为我们管不了被单棉袄的事。母亲们一月不进店铺，一进店铺又是这个便宜应该买；那个不贵，也应该买。比方一块在夏天才用得着的花洋布，母亲们冬天里就买起来了，说是趁着便宜多买点，总是用得着的。而我们就不然了，我们是天天进店铺的，天天搜寻些个是好看的，是贵的值钱的，平常时候绝对的用不到想不到的。

那一天我们买了许多花边回来，钉着光片的，带着琉璃的。说不上要做什么样的衣服才配得着这种花边。也许根本没有想到做衣服，就贸然地把花边买下了。一边买着，一边说好，翠姨说好，我也说好。到后来，回到家里，当众打开了让大家批判，这个一言，那个一语，让大家说得也有点没有主意了，心里已经五六分空虚了。于是赶快地收拾了起来，或者从别人的手里夺过来，把它包起来，说她们不识货，不让她们看了。

勉强说着：

“我们要做一件红金丝绒的袍子，把这个黑琉璃边镶上。”

或：“这红的我们送人去……”

说虽仍旧如此说，心里已经八九分空虚了，大概是这些所心爱的，从此就不会再出头露面的了。

在这小城里，商店究竟没有多少，到后来又加上看不到绒绳鞋，心里着急，也许跑得更快些。不一会工夫，只剩了三两家了。而那三两家，又偏偏是不常去的，铺子小，货物少。想来它那里也是一定不会有的了。

我们走进一个小铺子里去，果然有三四双，非小即大，而且颜色都不好看。

翠姨有意要买，我就觉得奇怪，原来就不十分喜欢，既然没有好的，又为什么要买呢？让我说着，没有买成回家去了。

过了两天，我把买鞋子这件事情早就忘了。

翠姨忽然又提议要去买。

从此我知道了她的秘密，她早就爱上了那绒绳鞋了，不过她没有说出来就是了。她的恋爱的秘密就是这样子的。她似乎要把它带到坟墓里去，一直不要说出口，好像天底下没有一个人值得听她的告诉……

在外边飞着漫天大雪，我和翠姨坐着马车去买绒绳鞋。我们身上围着皮褥子，赶车的车夫高高的坐在车夫台上，摇晃着身子，唱着沙哑的山歌：“喝咧咧……”耳边风呜呜地啸着，从天上倾下来的大雪，迷乱了我们的眼睛，远远的天隐在云雾里，我默默的祝福翠姨快快买到可爱的绒绳鞋，我从心里愿意她得救……

市中心远远的朦朦胧胧地站着，行人很少，全街静悄无声。我们一家挨一家的问着，我比她更急切，我想赶快买到吧，我小心地盘问着那些店员们，我从来不放弃一个细微的机会，我鼓励翠姨，没有忘记一家。使她都有点儿诧异，我为什么忽然这样热心起来。但是我完全不管她的猜疑，我不顾一切地想在这小城里面，找出一双绒绳鞋来。

只有我们的马车，因为载着翠姨的愿望，在街上奔驰得特别的清醒，又特别的快。雪下的更大了，街上什么人都没有了，只有我们两个人，催着车夫，跑来路去。一直到天都很晚了，鞋子没有买到。翠姨深深的看到我的眼睛说："我的命，不会好的。"我很想装出大人的样子，来安慰她，但是没有等到找出什么适当的话来，泪便流出来了。

2

翠姨以后也常来我家住着，是我的继母把她接来的。

因为她的妹妹订婚了，怕是她的家里并没有多少人，只有她的一个60多岁的老祖父，再就是一个也是寡妇的伯母，带一个女儿。

堂妹妹本该在一起玩耍解闷的，但是因性格的相差太远，一向是水火不同炉地过着日子。

她的堂妹妹，我见过，永久是穿着深色的衣裳，黑黑的脸，一天到晚陪着母亲坐在屋子里。母亲洗衣裳，她也洗衣裳；母亲哭，她也哭。也许她帮着母亲哭她死去的父亲，也许哭的是她们的家穷。那别人就不晓得了。

本来是一家的女儿，翠姨她们两姊妹却像有钱的人家的小姐，而那个堂妹妹，看上去却像乡下丫头。这一点，使她得到常常到我们家里来住的权利。

她的亲妹妹订婚了，再过一年就出嫁了。在这一年中，妹妹大大地阔气了起来，因为婆家那方面一订了婚就送来了聘礼。这个城里，从前不用大洋票，而用的是广信公司出的帖子，一百吊一千吊地论。她妹妹的聘礼大概是几万吊，所以她忽然不得了起来，今天买这样，明天买那样，花别针一个又一个的，丝头绳一团一团的，带穗的耳坠子，洋手表，样样都有了。每逢上街的时候，她和她姐姐一道，现在总是她付车钱了。她的姐姐要付，她却百般地不肯，有时当着人面，姐姐一定要付，妹妹一定不肯，结果闹得很窘，姐姐无形中觉得一种权利被人剥夺了。

但是关于妹妹的订婚，翠姨一点也没有羡慕的心理。妹妹未来的丈夫，她是看过的，没有什么好看，很高，穿着蓝袍子黑马褂，好像商人，又像一个小土绅士。又加上翠姨太年轻了，想不到什么丈夫，什么结婚。

因此，虽然妹妹在她的旁边一天比一天丰富起来，妹妹是有钱了，但是妹妹为什么有钱的，她没有考查过。

所以当妹妹尚未离开她之前，她绝对的没有重视“订婚”的事。

不过她常常地感到寂寞。她和妹妹出来进去的，因家庭环境孤寂，竟好像一对双生子似的，而今去了一个。不但翠姨自己觉得单调，就是她的祖父也觉得她可怜。

所以自从她的妹妹嫁了人，她就不大回家，总是住在她的母亲的家里。有时我的继母也把她接到我们家里。

翠姨非常聪明，她会弹大正琴，就是前些年所流行在中国的一种日本琴。她还会吹箫或是会吹笛子。不过弹那琴的时候却很多。住在我家里的时候，我家的伯父，每在晚饭之后必同我们玩这些乐器的。笛子、箫、日本琴、风琴、月琴，还有什么打琴。真正的西洋的乐器，可一样也没有。

在这种正玩得热闹的时候，翠姨也来参加了。翠姨弹了一个曲子，和我们大家立刻就配合上了。于是大家都觉得在我们那已经天天闹熟了的老调子之中，又多了一个新的花样。于是立刻我们就加倍的努力，正在吹笛子的把笛子吹得特别响，把笛膜震抖得似乎就要爆炸了似的，滋滋的叫着。10 岁的弟弟在吹口琴，他摇着头，好像要把那口琴吞下去似的，至于他吹的是什么调子，已经是没有人留意了。在大家忽然来了勇气的时候，似乎只需要这种胡闹。

而那按风琴的人，因为越按越快，到后来也许是已经找不到琴键了，只是那踏脚板越踏越快，踏得呜呜地响，好像有意要毁坏了那风琴，而想把风琴撕裂了一般的。

大概所奏的曲子是“梅花三弄”，也不知道接连地弹过了多少圈，看大家的意思都不想要停下来。不过到了后来，实在是气力没有了，找不着拍子的找不着拍子，跟不上调的跟不上调，于是在大笑之中，大家停下来了。

不知为什么，在这么快乐的调子里边，大家都有点伤心，也许是乐极生悲了，把我们都笑得流着眼泪，一边还笑。

正在这时候，我们往门窗处一看，我的最小的小弟弟，刚会走路，他也背着一个很大的破手风琴来参加了。

谁都知道，那手风琴从来也不会响的。把大家笑死了。在这回得到了快乐。

我的哥哥（伯父的儿子，钢琴弹得很好）吹箫吹得最好，这时候他放下了箫，对翠姨说：“你来吹吧！”翠姨却没有言语，站起身来，跑到自己的屋子去了，我的哥哥好久好久地看住那帘子。

3

翠姨在我家，和我住一个屋子。月明之夜，屋子照得通亮。翠姨和我谈话，往往谈到鸡叫，觉得也不过刚刚才半夜。鸡叫了，才说：“快睡吧，天亮了。”

有的时候，一转身，她又问我：

“是不是一个人结婚太早不好，或许是女孩子结婚太早是不好的！”

我们以前谈了很多话，但没有谈到这些。

总是谈什么衣服怎样穿，鞋子怎样买，颜色怎样配；买了毛线来，这毛线应该打个什么样的花纹；买了帽子来，应该批判这帽子还微微有缺点，这缺点究竟在什么地方，虽然说是不要紧，或者是一点关系也没有，但批评总是要批评的。

有时再谈得远一点，就表姊表妹之类订了婆家，或什么亲戚的女儿出嫁了，或是什么耳闻的，听说的，新娘子和新姑爷闹别扭之类。

那个时候，我们的县里早就有了洋学堂了。小学好几个，大学没有。只有一个男子中学，往往成为谈论的目标。谈论这个，不单是翠姨，外祖母、姑姑、姐姐之类，都愿意讲究这当地中学的学生。因为他们一切洋化，穿着裤子，把裤腿卷起来一寸；一张口，“格得毛宁”外国语，他们彼此一说话就“答答答”，听说这是什么俄国话。而更奇怪的是他们见了女人不怕羞。这一点，大家都批评说是不如从前了。从前的书生，一见了女人脸就红。

我家算是最开通的了。叔叔和哥哥他们都到北京和哈尔滨那些大地方去读书了，他们开了不少的眼界。回到家里来，大讲他们那里都男孩子和女孩子同学。

这一题目，非常的新奇，开初都认为这是造了反。后来因为叔叔也常和女同学通信，因为叔叔在家庭里是有点地位的人。并且父亲从前也加入过国民党，革过命，所以这个家庭都“咸与维新”起来。

因此在我家里，一切都是很随便的，逛公园，正月十五看花灯，都是不分男女，一齐去。

而且我家里设了网球场，一天到晚打网球，亲戚家的男孩子来了，我们也一齐地打。

这都不谈，仍旧来谈翠姨。

翠姨听了很多的故事。关于男学生结婚的事情，就是我们本县里，已经有几件事情不幸的了。有的结婚了，从此就不回家了；有的娶来了太太，把太太放在另一间屋子里住着，而自己却永久住在书房里。

每逢讲到这些故事时，多半别人都是站在女的一边，说那男子都是念书念坏了，一看了那不识字的又不是女学生之类就生气，觉得处处都不如他。天天总说婚姻不自由。可是自古至今，都是爹许娘配的，偏偏到了今天，都要自由。看吧，这还没有自由呢，就先来了花头故事了，娶了太太的不回家，或是把太太放在另一个屋子里。这些都是念书念坏了的。

翠姨听了许多别人家的评论。大概她心里边也有些不平，她就问我不读书是不是很坏的，我自然说是很坏的。而且她看了我们家里男孩子、女孩子通通到学堂去念书的。而且我们亲戚家的孩子也都是读书的。

因此她对我很佩服，因为我是读书的。

但是不久，翠姨就订婚了。就是她妹妹出嫁不久的事情。

她的未来的丈夫，我见过，在外祖父的家里。人长得又矮又小，穿一身蓝布棉袍子，黑马褂，头上戴一顶赶大车的人所戴的四耳帽子。

当时翠姨也在的，但她不知道那是她的什么人，她只当是哪里来了这样一位乡下的客人。外祖母偷着把我叫过去，特别告诉了我一番，这就是翠姨将来的丈夫。不久翠姨就很有钱。她的丈夫的家里，比她妹妹丈夫的家里还更有钱得多。婆婆也是个寡妇。守着个独生的儿子。儿子才十七岁，是在乡下的私学馆里读书。

翠姨的母亲常常替翠姨解说，人小点不要紧，岁数还小呢，再长上两三年两个人就一般高了。劝翠姨不要难过，婆家有钱就好的。聘礼的钱 10 多万都交过来了，而且就由外祖母的手亲自交给了翠姨；而且还有别的条件保障着，那就是说，三年之内绝对不准娶亲，借着男的一方面年纪太小为辞，翠姨更愿意远远的推着。

翠姨自从订婚之后，是很有钱的了，什么新样子的东西一到，虽说不是一定抢先去买了来，总是过不了多久，箱子里就要有的了。那时候夏天最流行银灰色市布大衫，而翠姨穿起来最好，因为她有好几件，穿过两次不新鲜就不要了，就只在家里穿，而出门就又去做一件新的。

那时候正流行着一种长穗的耳坠子，翠姨就有两对：一对红宝石的，一对绿的。而我的母亲才能有两对，而我才有一对。可见翠姨是顶阔气的了。

还有那时候就已经开始流行高跟鞋了。可是在我们本街上却不大有人穿，只有我的继母早就开始穿，其余就算是翠姨。并不是一定因为我的母亲有钱，也不是因高跟鞋一定贵，只是女人们没有那么摩登的行为，或者说她们不很容易接受新的思想。

翠姨第一天穿起高跟鞋来，走路还很不安定，但到第二天就比较的习惯了。到了第三天，就说以后，她就是跑起来也是很平稳的。而且走路的姿态更加可爱了。

我们有时也去打网球玩玩，球撞到她脸上的时候，她才用球拍遮了一下，否则她半天也打不到一个球。因为她一上了场站在白线上就是白线上，站在格子里就是格子里，她根本不动。有的时候她竟拿着网球拍子站着一边去看风景去了。尤其是大家打完了网球，吃东西的吃东西去了，洗脸的洗脸去了。惟有她一个人站在短篱前面，向着远远的哈尔滨市影痴望着。

有一次我同翠姨一同去做客。我继母的族中娶媳妇。她们是八旗人，也就是满人，满人才讲究场面呢，所有的族中的年轻的媳妇都必得到场，而且个个打扮得如花似玉。似乎咱们中国的社会，是没这么繁华的社交的场面的，也许那时候，我是小孩子，把什么都看得特别繁华。就只说女人们的衣服吧，就个个都穿得和现在西洋女人在夜总会里边那么庄严，一律都穿着绣花大袄。而她们是八旗人，大袄的襟下一律的没有开口，而且很长。大袄的颜色枣红的居多，绛色的也有，玫瑰紫色的也有。而那上边绣的花色，有的荷花，有的玫瑰，有的松竹梅，一句话，特别的繁华。

她们的脸上，都擦着白粉，她们的嘴上都染得桃红。

每逢一个客人到了门前，她们是要列着队出来迎接的，她们都是我的舅母，一个一个地上前来问候了我和翠姨。

翠姨早就熟识她们的，有的叫表嫂子，有的叫四嫂子。而在我，她们就都是一样的，好像小孩子的时候，所玩的用花纸剪的纸人，这个和那个都是一样，完全没有分别。都是花缎袍子，都是白白的脸，都是很红的嘴唇。

就是这一次，翠姨出了风头了，她进到屋里，靠着一张大镜子旁坐下了。女人们就忽然都上前来看她，也许她从来没有这么漂亮过，今天把别人都惊住了。依我看，翠姨还没有她从前漂亮呢，不过她们说翠姨漂亮得像棵新开的腊梅。翠姨从来不搽胭脂的，而那天又穿了一件为着将来做新娘子而准备的蓝色缎子满是金花的夹袍。

翠姨让她们围起看着，难为情了起来，站起来想要逃掉似的，迈着很勇敢的步子，茫然的往里边的房间里闪开了。

谁知那里边就是新房呢，于是许多的嫂嫂就哗然的叫着，说：

“翠姐姐不要急，明年就是个漂亮的新娘子，现在先试试去。”

当天吃饭饮酒的时候，许多客人从别的屋子来呆呆的望着翠姨。翠姨举着筷子，似乎是在思量着，保持着镇静的态度，用温和的眼光看着她们。仿佛她不晓得人们专门在看着她似的。但是别的女人们羡慕了翠姨半天了，脸上又都突然的冷落起来，觉得有什么话要说，又都没有说，然后彼此对望着，笑了一下，吃菜了。

4

有一年冬天，刚过了年，翠姨就来到了我家。

伯父的儿子——我的哥哥，就正在我家里。

我的哥哥，人很漂亮，很直的鼻子，很黑的眼睛，嘴也好看，头发也梳得好看，人很长，走路很爽快。大概在我们所有的家族中，没有这么漂亮的人物。

冬天，学校放了寒假，所以来我们家里休息。大概不久，学校开学就要上学去了。哥哥是在哈尔滨读书。

我们的音乐会，自然要为这新来的角色而开了。翠姨也参加的。

于是非常的热闹，比方我的母亲，她一点也不懂这行，但是她也列了席，她坐在旁边观看。连家里的厨子，女工，都停下了工作来望着我们，似乎他们不是听什么乐器，而是在看人。我们聚满了一客厅。这些乐器的声音，大概很远的邻居都可以听到。

第二天邻居来串门的，就说：

“昨天晚上，你们家又是给谁祝寿？”

我们就说，是欢迎我们的刚到的哥哥。因此，我们家是很好玩的，很有趣的。不久，就来到了正月十五看花灯的时节了。

我们家里自从父亲维新革命，总之在我们家里，兄弟姊妹，一律相待，有好玩的就一齐玩，有好看的就一齐去看。

伯父带着我们，哥哥、弟弟、姨……共八九个人，在大月亮地里往大街里跑去了。那路之滑，滑得不能站脚，而且高低不平。他们男孩子们跑在前面，而我们因为跑得慢就落了后。

于是那在前边的他们回头来嘲笑我们，说我们是小姐，说我们是娘娘。说我们走不动。

我们和翠姨早就连成一排向前冲去，但是，不是我倒，就是她倒，到后来还是哥哥他们一个一个的来扶着我们。说是扶着，未免的太示弱了，也不过就是和他们连成一排向前进着。

不一会到了市里，满路花灯，人山人海。又加上狮子、旱船、龙灯、秧歌，闹得眼也花起来，一时也数不清多少玩艺，哪里会来得及看，似乎只是在眼前一晃就过去了。而一会别的又来了，又过去了。其实也不见得繁华得多么不得了，不过觉得世界上是不会比这个再繁华的了。

商店的门前，点着那么大的火把，好像热带的大椰子树似的，一个比一个亮。

我们进了一家商店，那是父亲的朋友开的。他们很好地招待我们，茶、点心、橘子、元宵。我们哪里吃得下去，听到门外一打鼓，就心慌了。而外边鼓和喇叭又那么多，一阵来了，一阵还没有去远，一阵又来了。

因为城本来是不大的，有许多熟人也都是来看灯的，都遇到了。其中我们本城里的在哈尔滨念书的几个男学生，他们也来看灯了。哥哥都认识他们。我也认识他们，因为这时候我到哈尔滨念书去了，所以一遇到了我们，他们就和我们在一起。他们出去看灯，看了一会，又回到我们的地方，和伯父谈话，和哥哥谈话。我晓得他们，因我们家比较有势力，他们是很愿和我们讲话的。

所以回家的一路上，又多了两个男孩子。

不管人讨厌不讨厌，他们穿的衣服总算都市化了。个个都穿着西装，戴着呢帽，外套都是到膝盖的地方，脚下很利落清爽。比起我们城里的那种怪样子的外套，好像大棉袍子似的，好看得多了。而且颈间又都束着一条围巾来，人就更显得庄严，漂亮。

翠姨觉得他们个个都很好看。

哥哥也穿的西装，自然哥哥也很好看。因此在路上她直在看哥哥。

翠姨梳头梳得是很慢的，必定梳得一丝不乱，搽粉也要搽了洗掉，洗掉再搽，一直搽到认为满意为止。花灯节的第二天早晨，她就梳得更慢，一边梳头一边在思量。本来按规矩每天吃早饭必得三请两请才能出席，今天必得请到四次，她才来了。

我的伯父当年也是一位英雄，骑马、打枪绝对的好。后来虽然已经50岁了，但是风采犹存。我们都爱伯父的，伯父从小也就爱我们。诗、词、文章，都是伯父教我们的。翠姨住在我们家里，伯父也很喜欢翠姨。今天早饭已经开好了。催了翠姨几次，翠姨总是不出来。

伯父说了一句："林黛玉……"

于是我们全家的人都笑了起来。

翠姨出来了，看见我们这样的笑，就问我们笑什么。我们没有人肯告诉她。翠姨知道一定是笑的她，她就说：

"你们赶快的告诉我，若不告诉我，今天我就不吃饭了。你们读书识字，我不懂，你们欺侮我……"

闹嚷了很久，是我的哥哥讲给她听了。伯父当着自己的儿子面前到底有些难为情，喝了好些酒，总算是躲过去了。

翠姨从此想到了念书的问题，但是她已经二十岁了，哪里去念书？上小学，没有她这样大的学生，上中学，她是一字不识。怎么可以？所以仍旧住在我们家里。

弹琴、吹箫、看纸牌，我们一天到晚的玩着。我们玩的时候全体参加，我的伯父，我的哥哥，我的母亲。

翠姨对我的哥哥没有什么特别的好，我的哥哥对翠姨就像对我们，也是完全的一样。

不过哥哥讲故事的时候，翠姨总比我们留心听些，那是因为她的年龄稍稍比我们大些，当然在理解力上，比我们更接近一些哥哥的了。哥哥对翠姨比对我们稍稍的客气一点。他和翠姨说话的时候，总是"是的""是的"的，而和我们说话则"对啦""对啦"。这显然因为翠姨是客人的关系，而且在名分上比他大。

不过有一天晚饭之后，翠姨和哥哥都没有了。每天饭后大概总要开个音乐会的。这一天，也许因为伯父不在家，没有人领导的缘故，大家吃过也就散了，客厅里一个人也没有。我想找弟弟和我下一盘棋，弟弟也不见了。于是我就一个人在客厅里按起风琴来，玩了一下，也觉得没有趣。客厅是静得很的，在我关上了风琴盖子之后，我就听见了在后屋里，或者在我的房子里是有人的。

我想一定是翠姨在屋里。快去看看她，叫她出来张罗着看纸牌。

我跑进去一看，不单是翠姨，还有哥哥陪着她。

看见了我，翠姨就赶快的站起来说：

"我们去玩吧。"

哥哥也说：

"我们下棋去，下棋去。"

他们出来陪我来玩棋，这次哥哥总是输，从前是他回回赢我。我觉得奇怪，但是心里高兴极了。

不久寒假终了，我就回到哈尔滨的学校念书去了。可是哥哥没有同来，因为他上半年生了点病，曾在医院里休养了一些时候，这次伯父主张他再请两个月的假，留在家里。

以后家里的事情，我就不大知道了。都是由哥哥或母亲讲给我听的。我走了以后，翠姨还住在我家里。

后来母亲告诉过，就是在翠姨还没有订婚之前，有过这样一件事情。我的族中有一个小叔叔，和哥哥一般大的年纪，说话口吃，没有风采，也是和哥哥在一个学校里读书。虽然他也到我们家里来过，但怕翠姨没有见过。那时外祖母就主张给翠姨提婚。那族中的祖母一听就拒绝了，说是寡妇的儿子，命不好，也怕没有家教，何况父亲死了，母亲又出嫁了，好女不嫁二夫郎，这种人家的女儿，祖母不要。但是我母亲说，辈分合，他家还有钱，翠姨过门是一品当朝的日子，不会受气的。

这件事情翠姨是晓得的，而今天又见了我的哥哥，她不能不想哥哥大概是那样看她的。她自觉的觉得自己的命运不会好的。现在翠姨自己已经订了婚，是一个人的未婚妻；二则她是出了嫁的寡妇的女儿，她自己一天把这背了不知有多少遍，她记得清清楚楚。

5

翠姨订婚，转眼三年了，正这时，翠姨的婆家，通了消息来，张罗要娶。她的母亲来接她回去整理嫁妆。

翠姨一听就得病了。

但没有几天，她的母亲就带着她到哈尔滨办嫁妆去了。

偏偏那带着她采办嫁妆的向导，又是哥哥介绍来的他的同学。他们住在哈尔滨的秦家岗上，风景绝佳，是洋人最多的地方。那男学生们的宿舍里边，有暖气，洋床。翠姨带着哥哥的介绍信，像一个女同学似的被他们招待着。又加上已经学了俄国人的规矩，处处尊重女子。所以翠姨当然受了他们不少的尊敬，请她吃大菜，请她看电影。坐马车的时候，上车让她先上；下车的时候，人家扶她下来。她每一动别人都为她服务。外套一脱，就接过去了；她刚一表示要穿外套，就给她穿上了。

不用说，买嫁妆她是不痛快的，但那几天，她总算一生中最开心的时候。

她觉得到底是读大学的人好，不野蛮，不会对女人不客气，绝不能像她的妹夫常常打她的妹妹。

经这到哈尔滨去一买嫁妆，翠姨就不愿意出嫁了。她一想那个又丑又小的男人，她就恐怖。

她回来的时候，母亲又接她到我们家来住着，说她的家里又黑又冷，说她太孤单可怜。我们家是一团和气的。

到了后来，她的母亲发现她对于出嫁太不热心，该剪裁的衣裳，她不去剪裁；有一些零碎还要去买的，她也不去买。做母亲的总是常常要加以督促，后来就要接她回去，接到她的身边，好随时提醒她。她的母亲以为年轻的人必定要随时提醒的，不然总是贪玩。而况出嫁的日子又不远了，或者就是二三月。

想不到外祖母来接她的时候，她从心里不肯回去，她竟很勇敢的提出来她要读书的要求。她说她要念书，她想不到出嫁。

开初外祖母不肯，到后来，她说若是不让她读书，她是不出嫁的。外祖母知道她的心情，而且想起了很多可怕的事情……

外祖母没有办法，依了她。给她在家里请了一位老先生，就在自己家院子的空房子里边摆上了书桌，还有几个邻居家的姑娘，一齐念书。

翠姨白天念书，晚上回到外祖母家。

念了书，不多日子，人就开始咳嗽，而且整天地闷闷不乐。她的母亲问她，有什么不如意？陪嫁的东西买得不顺心吗？或者是想到我们家去玩吗？什么事都问到了。

翠姨摇着头不说什么。

过了一些日子，我的母亲去看翠姨，带着我的哥哥，他们一看见她，第一个印象，就觉得她苍白了不少。而且母亲断言的说，她活不久了。

大家都说是念书累的，外祖母也说是念书累的，没有什么要紧的；要出嫁的女儿们，总是先前瘦的，嫁过去就要胖了。

而翠姨自己则点点头，笑笑，不承认，也不加以否认。还是念书，也不到我们家来了，母亲接了几次，也不来，回说没有工夫。

翠姨越来越瘦了，哥哥去到外祖母家看了她两次，也不过是吃饭、喝酒，应酬了一番，而且说是去看外祖母的。在这里，年轻的男子去拜访年轻的女子，是不可以的。哥哥回来也并不带回什么欢喜或是什么新奇的忧郁，还是一样和我们打牌下棋。

翠姨后来支持不了啦，躺下了，她的婆婆听说她病了，就娶她，因为花了钱，死了不是可惜了吗？这一种消息，翠姨听了病就更加严重。婆家一听她病重，立刻要娶她。因为在迷信中有这样一章：病新娘娶过来一冲，就冲好了。翠姨听了，就只盼望赶快死，拼命的糟蹋自己的身体，想死得越快一点儿越好。

母亲记起了翠姨，叫哥哥去看翠姨。是我的母亲派哥哥去的。母亲拿了一些钱让哥哥给翠姨送去，说是母亲送她在病中随便买点什么吃的。母亲晓得他们年轻人是很拘泥的，或者不好意思去看翠姨，也或者翠姨是很想看他的，他们好久不能看见了。同时翠姨不愿意出嫁，母亲很久就在心里猜疑着他们了。

男子是不好先去专访一位小姐的，这城里没有这样的风俗。母亲给了哥哥一件礼物，哥哥就可去了。

哥哥去的那天，她家里正没有人，只是她家的堂妹妹迎接着这从未见过的生疏的年轻的客人。那堂妹妹还没问清客人的来由，就往外跑，说是去找她们的祖父去，请他等一等。大概她想凡是男客就是来会祖父的。

客人只说了自己的名字，那女孩子连听也没有听就跑出了。

哥哥正想，翠姨在什么地方？或者在里屋吗？翠姨大概听出什么人来了，她就在里边说："请进来。"

哥哥进去了，坐在翠姨的枕边，他要去摸一摸翠姨的前额，是否发热，他说：

“好了点吗？”

他刚一伸出手去，翠姨就突然的拉住他的手，而且大声的哭起来了，好像一颗心也哭出来了似的。哥哥没有准备，就很害怕，不知道说什么，做什么。他不知道现在该是保护翠姨的地位，还是保护自己的地位。同时听得见外边已经有人来了，就要开门进来了。一定是翠姨的祖父。

翠姨平静的向他笑着，说：

“你来得很好，一定是姐姐，你的婶母告诉你来的，我心里永远纪念着她。她爱我一场，可惜我不能去看她了……我不能报答她了……不过我总会记起在她家里的日子的……她待我也许没有什么，但是我觉得已经太好了……我永远不会忘记的……我现在也不知道为什么，心里只想死得快一点就好，多活一天也是多余的……人家也许以为我是任性……其实是不对的。不知为什么，那家对我也会是很好的，但是我不愿意。我小时候，就不好，我的脾气总是，不从心的事，我不愿意……这个脾气把我折磨到今天了……可是我怎能从心呢……真是笑话……谢谢姐姐她还惦着我……请你告诉她，我并不像她想的那么苦，我也很快乐……”翠姨苦笑了一笑，“我的心里安静，而且我求的我都得到了……”

哥哥茫然的不知道说什么。这时，祖父进来了。看了翠姨的热度，又感谢了我的母亲，对我哥哥的降临，感到荣幸。他说请我母亲放心吧，翠姨的病马上就会好的，好了就嫁过去。

哥哥看了看翠姨就退出去了，从此再没有看见她。

哥哥后来提起翠姨常常落泪，他不知翠姨为什么死，大家也都心中纳闷。

尾声

等我到春假回来，母亲还当我说：

“要是翠姨一定不愿意出嫁，那也是可以的，假如他们当我说。”

…………

翠姨坟头的草籽已经发芽了，一掀一掀地和土粘成了一片，坟头显出淡淡的青色，常常会有白色的山羊跑过。

街上有提着筐子卖蒲公英的了，也有卖小根蒜的了。更有些孩子们，他们按着时节去折了那刚发芽的柳条，正好可以拧成哨子，就含在嘴里满街地吹。声音有高有低，因为哨子有粗有细。

大街小巷到处的呜呜呜，呜呜呜。好像春天是从他们的手里招呼回来了似的。

但是这为期甚短。一转眼，吹哨子的不见了。

接着杨花飞起来了，榆钱飘满了一地。

在我的家乡那里，春天是快的。五天不出屋，树发芽了，再过五天不看树，树长叶了，再过五天，这树就像绿得使人不认识它了。使人想，这棵树，就是前天的那棵树吗？自己回答自己：当然是的。春天就像跑的那么快。好像人能够看见似的，春天从老远的地方跑来了，跑到这个地方，只向人的耳朵吹一句小小的声音：“我来了呵”，而后很快的就跑过去了。

春，好像它不知道多么忙迫，好像无论什么地方都在招呼它。假若它晚到一刻，太阳会变色的，大地会干成石头，尤其是树木，那真是好像再多一刻工夫也不能忍耐。假若春天稍稍在什么地方留连了一下，就会误了不少的生命。

春天为什么它不早一点来，来到我们这城里多住一些日子，而后再慢慢的到另外的一个城里去，在另外一个城里也多住一些日子。

但那是不能的了，春天的命运就是这么短。

年轻的姑娘们，她们三两成双，坐着马车，去选择衣料去了，因为就要换春装了。她们热心的弄着剪刀，打着衣样。想装成自己心中想得出的那么好。她们白天黑夜地忙着，不久春装换起来了，只是不见载着翠姨的马车来。

1941.7

（署名萧红，刊于1941年7月1日香港《时代文学》第1卷第2期）

王阿嫂的死

1

草叶和菜叶都蒙盖上灰白色的霜，山上黄了叶子的树，在等候太阳。太阳出来了，又走进朝霞去。野甸上的花花草草，在飘送着秋天零落凄迷的香气。

雾气像云烟一样蒙蔽了野花、小河、草屋，蒙蔽了一切声息，蒙蔽了远近的山岗。

王阿嫂拉着小环，每天在太阳将出来的时候，到前村广场上给地主们流着汗；小环虽是七岁，她也学着给地主们流着小孩子的汗。现在春天过了，夏天过了……王阿嫂什么活计都做过，拔苗，插秧。秋天一来到，王阿嫂和别的村妇们都坐在茅檐下用麻绳把茄子穿成长串长串的，一直穿着。不管蚊虫把脸和手搔得怎样红肿，也不管孩子们在屋里喊妈妈吵断了喉咙。她只是穿着，穿啊，两只手像纺纱车一样，在旋转着穿……

第二天早晨，茄子就和紫色成串的铃当一样，挂满了王阿嫂家的前檐；就连用柳条编成的短墙上也挂满着紫色的铃当。别的村妇也和王阿嫂一样，檐前尽是茄子。

可是过不了几天，茄子晒成干菜了。家家都从房檐把茄子解下来，送到地主的收藏室去。王阿嫂到冬天只吃着地主用以喂猪的烂土豆，连一片干菜也不曾进过王阿嫂的嘴。

太阳在东边照射着劳工的眼睛。满山的雾气退出，男人和女人，在田庄上忙碌着。羊群和牛群在野甸子间，在山坡间，践踏并且寻食着秋天半憔悴的野花野草。

田庄上只是没有王阿嫂的影子，这却不知为了什么？竹三爷每天到广场上替张地主支配工人。现在竹三爷派一个正在拾土豆的小姑娘去找王阿嫂。

工人的头目，愣三抢着说：

“不如我去的好，我是男人走得快。”

得到竹三爷的允许，不到两分钟的工夫，愣三就跑到王阿嫂的窗前了。

“王阿嫂，为什么不去做工呢？”

里面接着就是回答声：

“叔叔来得正好，求你到前村把王妹子叫来，我头痛，今天不去做工。”

小环坐在王阿嫂的身边，她哭着，响着鼻子说：“不是呀！我妈妈扯谎，她的肚子太大了！不能做工，昨夜又是整夜的哭，不知是肚子痛还是想我的爸爸？”

王阿嫂的伤心处被小环击打着，猛烈地击打着，眼泪都从眼眶转到嗓子方面去。她只是用手拍打着小环，她急性的，意思是不叫小环再说下去。

李愣三是王阿嫂男人的表弟。听了小环的话，像动了亲属情感似的，跑到前村去了。

小环爬上窗台，用她不会梳头的小手，在给自己梳着毛蓬蓬的小辫。邻家的小猫跳上窗台，蹲踞在小环的腿上，猫像取暖似的迟缓地把眼睛睁开，又合拢来。

远处的山反映着种种样的朝霞的彩色。山坡上的羊群、牛群，就像小黑点似的，在云霞里爬走。

小环不管这些，只是在梳自己毛蓬蓬的小辫。

2

在村里，王妹子、愣三、竹三爷，这都是公共的名称。是凡佣工阶级都是这样简单而不变化的名字。这就是工人阶级一个天然的标识。

王妹子坐在王阿嫂的身边，炕里蹲着小环，三个人在寂寞着。后山上不知是什么虫子，一到中午，就吵叫出一种不可忍耐的幽默和凄怨情绪来。

小环虽是七岁，但是就和一个少女般的会忧愁，会思量。她听着秋虫吵叫的声音，只是用她的小嘴在学着大人叹气。这个孩子也许因为母亲死得太早的缘故？

小环的父亲是一个雇工，在她还没生下来的时候，她的父亲就死了。在她五岁的时候她的母亲又死了。她的母亲是被张地主的大儿子张胡琦强奸后气愤而死的。

五岁的小环，开始做个小流浪者了。从她贫苦的姑家，又转到更贫苦的姨家。结果因为贫苦，不能养育她，最后她在张地主家过了一年煎熬的生活。竹三爷看不惯小环被虐待的苦处。当一天王阿嫂到张家去取米，小环正被张家的孩子们将鼻子打破，满脸是血时，王阿嫂把米袋子丢落在院心，走近小环，给她擦着眼泪和血。小环哭着，王阿嫂也哭了。

由竹三爷做主，小环从那天起，就叫王阿嫂做妈妈了。那天小环是扯着王阿嫂的衣襟来到王阿嫂的家里。

后山的虫子，不间断的，不曾间断地在叫。王阿嫂拧着鼻涕，两腮抽动，若不是肚子突出，她简直瘦得像一条龙。她的手也正和爪子一样，因为拔苗割草而骨节突出。她的悲哀像沉淀了的淀粉似的，浓重并且不可分解。她在说着她自己的话:

"王妹子，你想我还能再活下去吗？昨天在田庄上张地主是踢了我一脚。那个野兽，踢得我简直发晕了，你猜他为什么踢我呢？早晨太阳一出就做工，好身子倒没妨碍，我只是再也带不动我的肚子了！又是个正午时候，我坐在地梢的一端喘两口气，他就来踢了我一脚。"

拧一拧鼻涕又说下去：

"眼看着他爸爸死了三个月了，那是刚过了五月节的时候，那时仅四个月，现在这个孩子快生下来了。咳！什么孩子，就是冤家，他爸爸的性命是丧在张地主的手里，我也非死在他们的手里不可，我想谁也逃不出地主们的手去！"

王妹子扶她一下，把身子翻动一下：

"哟，可难为你了！肚子这样你可怎么在田庄上爬走啊？"

王阿嫂的肩头抽动得加速起来。王妹子的心跳着，她在悔恨地跳着，她开始在悔恨：

"自己太不会说话，在人家最悲哀的时节，怎能用得着十分体贴的话语来激动人家悲哀的感情呢？"

王妹子又转过话头来：

"人一辈子就是这样，都是你忙我忙，结果谁也不是一个死吗？早死晚死不是一样吗？"

说着她用手巾给王阿嫂擦着眼泪，揩着她一生流不尽的眼泪：

"嫂子你别太想不开呀！身子这种样，一劲忧愁，并且你看着小环也该宽心。那个孩子太知好歹了。你忧愁，你哭，孩子也跟着忧愁，跟着哭。倒是让我做点饭给你吃，看外边的日影快晌午了。"

王妹子心里这样相信着：

"她的肚子被踢得胎儿活动了！危险……死……"

她打开米桶，米桶是空着。

王妹子打算到张地主家去取米，从桶盖上拿下个小盆。王阿嫂叹息着说：

"不要去呀！我不愿看他家那种脸色，叫小环到后山竹三爷家去借点吧！”

小环捧着瓦盆爬上坡，小辫在脖子上摔搭摔搭地走向山后去了。山上的虫子在憔悴的野花间，叫着憔悴的声音啊！

3

王大哥在三个月前给张地主赶着起粪的车，困为马腿给石头砸断，张地主扣留他一年的工钱。王大哥气愤之极，整天醉酒，夜里不回家，睡在人家的草堆上。后来他简直是疯了。看着小孩子也打，狗也打，并且在田庄上乱跑，乱骂。张地主趁他睡在草堆的时候，遣人偷着把草堆点着了。王大哥在火焰里翻滚，在张地主的火焰里翻滚；他的舌头伸在嘴唇以外，他嚎叫出不是人的声音来。

有谁来救他呢？穷人连妻子都不是自己的。王阿嫂只是在前村田庄上拾土豆，她的男人却在后村给人家烧死了。

当王阿嫂奔到火堆旁边，王大哥的骨头已经烧断了！四肢脱落，脑壳竟和半个破葫芦一样，火虽熄灭，但王大哥的气味却在全村飘漾。

四围看热闹的人群们，有的擦着眼睛说：

“死得太可怜！”

也有的说：

“死了倒好，不然我们的孩子要被这个疯子打死呢！”

王阿嫂拾起王大哥的骨头来，裹在衣襟里，紧紧地抱着，发出啕天的哭声来。她的凄惨泌血的声音，飘过草原，穿过树林的老树，直到远处的山间，发出回响来。

每个看热闹的女人，都被这个滴着血的声音诱惑得哭了。每个在哭的妇人都在生着错觉，就像自己的男人被烧死一样。

别的女人把王阿嫂的怀里紧抱着的骨头，强迫地丢开，并且劝说着：

“王阿嫂你不要这样啊！你抱着骨头又有什么用呢？要想后事。”

王阿嫂不听别人的，她看不见别人，她只有自己。把骨头又抢着疯狂地包在衣襟下，她不知道这骨头没有灵魂，也没有肉体，一切她都不能辨明。她在王大哥死尸被烧的气味里打滚，她向不可解脱的悲痛用尽全力地哭啊！

满是眼泪的小环脸转向王阿嫂说：

"妈妈，你不要哭疯了啊！爸爸不是因为疯了才被人烧死的吗？"

王阿嫂，她听不到小环的话，鼓着肚子，涨开肺叶般的哭。她的手撕着衣裳，她的牙齿在咬着嘴唇。她和一匹吼叫的狮子一样。

后来张地主手提着蝇拂，和一只阴毒的老鹰一样，振动着翅膀，眼睛突出，鼻子向里勾曲着，调着他那有尺寸的阶级的步调从前村走来，用他压迫的口腔来劝说王阿嫂：

"天快黑了，还一劲哭什么？一个疯子死就死了吧，他的骨头有什么值钱！你回家做你以后的打算好了。现在我遣人把他埋到西岗子去。"

说着他向四周的男人们下个口令：

"这种气味……越快越好！"

妇人们的集团在低语：

"总是张老爷子，有多么慈心；什么事情，张老爷子都是帮忙的。"

王大哥是张老爷子烧死的，这事情妇人们不知道，一点不知道。田庄上的麦草打起流水样的波纹，烟筒里吐出来的炊烟，在人家的房顶上旋卷。

蝇拂子摆动着吸人血的姿式，张地主走回前村去。

穷汉们，和王大哥同类的穷汉们，摇煽着阔大的肩膀，王大哥的骨头被运到西岗上了。

4

三天过了，五天过了，田庄上不见王阿嫂的影子，拾土豆和割草的妇人们嘴里念道这样的话：

“她太艰苦了！肚子那么大，真是不能做工了！”

“那天张地主踢了她一脚，五天没到田庄上来。大概是孩子生了，我晚上去看看。”

“王大哥被烧死以后，我看王阿嫂就没心思过日子了。一天东哭一场，西哭一场的，最近更厉害了！那天不是一面拾土豆，一面流着眼泪！”

又一个妇人皱起眉毛来说：

“真的，她流的眼泪比上豆还多。”

另一个又接着说：

“可不是吗？王阿嫂拾得的土豆，是用眼泪换得的。”

热情在激动着，一个抱着孩子拾土豆的妇人说：

“今天晚上我们都该到王阿嫂家去看看，她是我们的同类呀！”

田庄上十几个妇人用响亮的嗓子在表示赞同。

张地主走来了，她们都低下头去工作着。张地主走开，她们又都抬起头来；就像被风刮倒的麦草一样，风一过去，草梢又都伸立起来；她们说着方才的话：

“她怎能不伤心呢？王大哥死时，什么也没给她留下。眼看又来到冬天，我们虽是有男人，怕是棉衣也预备不齐。她又怎么办呢？小孩子若生下来她可怎么养活呢？我算知道，有钱人的儿女是儿女，穷人的儿女，分明就是孽障。”

“谁不说呢？听说王阿嫂有过三个孩子都死了！”

其中有两个死去男人，一个是年轻的，一个是老太婆。她们在想起自己的事，老太婆想着自己男人被轧死的事，年轻的妇人想着自己的男人吐血而死的事，只有这俩妇人什么也不说。

张地主来了，她们的头就和向日葵似的在田庄上弯弯地垂下去。

小环的叫喊声在田庄上、在妇人们的头上响起来：

“快……快来呀！我妈妈不……不能，不会说话了！”

小环是一个被大风吹着的蝴蝶，不知方向，她惊恐的翅膀痉挛的在振动；她的眼泪在眼眶里急得和水银似的不定形地滚转；手在捉住自己的小辫，跺着脚、破着声音喊：

“我妈……妈怎么了……她不说话……不会呀！”

5

等到村妇挤进王阿嫂屋门的时候，王阿嫂自己已经在炕上发出她最后沉重的嚎声，她的身子早被自己的血浸染着，同时在血泊里也有一个小的、新的动物在挣扎。

王阿嫂的眼睛像一个大块的亮珠，虽然闪光而不能活动。她的嘴张得怕人，像猿猴一样，牙齿拼命地向外突出。

村妇们有的哭着，也有的躲到窗外去，屋子里散散乱乱，扫帚、水壶、破鞋，满地乱摆。邻家的小猫蹲缩在窗台上。小环低垂着头在墙角间站着，她哭，她是没有声音的在哭。

王阿嫂就这样的死了！新生下来的小孩，不到五分钟也死了！

6

月亮穿透树林的时节，棺材带着哭声向西岗子移动。村妇们都来相送，拖拖落落，穿着种种样样擦满油泥的衣服，这正表示和王阿嫂同一个阶级。

竹三爷手携着小环，走在前面。村狗在远处惊叫。小环并不哭，她依持别人，她的悲哀似乎分给大家担负似的，她只是随了竹三爷踏着贴在地上的树影走。

王阿嫂的棺材被抬到西岗子树林里。男人们在地面上掘坑。

小环，这个小幽灵，坐在树根下睡了。林间的月光细碎地飘落在小环的脸上。她两手扣在膝盖间，头搭在手上，小辫在脖子上给风吹动着，她是个天然的小流浪者。

棺材合着月光埋到土里了，像完成一件工作似的，人们扰攘着。

竹三爷走到树根下摸着小环的头发：

“醒醒吧，孩子，回家了！”

小环闭着眼睛说：

“妈妈，我冷呀！”

竹三爷说：

“回家吧！你哪里还有妈妈？可怜的孩子别说梦话！”

醒过来了，小环才明白妈妈今天是不再搂着她睡了。她在树林里，月光下，妈妈的坟前，打着滚哭啊……

“妈妈……你不要……我了！让我跟跟跟谁睡……睡觉呀？

“我……还要回到……张……张张地主家去挨打吗？”她咬住嘴唇哭。

“妈妈，跟……跟我回……回家吧……”

远近处颤动这小姑娘的哭声，树叶和小环的哭声一样交接的在响，竹三爷同别的人一样在擦揉眼睛。

林中睡着王大哥和王阿嫂的坟墓。

村狗在远近的人家吠叫着断续的声音……

1933.5.21

（首刊于何处不详）

牛 车 上

金花菜在 3 月的末梢就开遍了溪边。我们的车子在朝阳里轧着山下的红绿颜色的小草，走出了外祖父的村梢。

车夫是远族上的舅父，他打着鞭子，但那不是打在牛的背上，只是鞭梢在空中绕来绕去。

“想睡了吗？车刚走出村子呢！喝点梅子汤吧！等过了前面的那道溪水再睡。”外祖父家的女佣人，是到城里去看她的儿子的。

“什么溪水，刚才不是过的吗？”从外祖父家带回来的黄猫，也好像要在我的膝头上睡觉了。

“后塘溪。”她说。

“什么后塘溪？”我并没有注意她，因为外祖父家留在我们的后面，什么也看不见了，只有村梢上庙堂前的红旗杆还露着两个金顶。

“喝一碗梅子汤吧，提一提精神。”她已经端了一杯深黄色的梅子汤在手里，一边又去盖着瓶口。

“我不提，提什么精神，你自己提吧！”

他们都笑了起来，车夫立刻把鞭子抽响了一下。

“你这姑娘……顽皮……巧舌头………我………我……”他从车辕转过身来，伸手要抓我的头发。

我缩着肩头跑到车尾上去。村里的孩子没有不怕他的，说他当过兵，说他捏人的耳朵也很痛。

五云嫂下车去给我采了这样的花，又采了那样的花，旷野上的风吹得更强些，所以她的头巾好像是在飘着。因为乡村留给我尚没有忘却的记忆，我时时把她的头巾看成乌鸦或是鹊雀。她几乎是跳着，几乎和孩子一样。回到车上，她就唱着各种花朵的名字，我从来没看到过她像这样放肆一般的欢喜。

车夫也在前面哼着低粗的声音，但那分不清是什么词句。那短小的烟管顺着风时时送着烟氛，我们的路途刚一开始，希望和期待还离得很远。

我终于睡了，不知是过了后塘溪，或是什么地方，我醒过一次，模模糊糊的好像那管鸭的孩子仍和我打着招呼，也看到了坐在牛背上的小根和我告别的情景……也好像外祖父拉住我的手又在说："回家告诉你爷爷，秋凉的时候让他来乡下走走……你就说你姥爷腌的鹌鹑和顶好的高粱酒，等着他来一块喝呢……你就说我动不了，若不然，这两年，我总也去……"

唤醒我的不是什么人，而是那空空响的车轮。我醒来，第一下我看到的是那黄牛自己走在大道上，车夫并不坐在车辕上。在我寻找的时候，他被我发现在车尾上，手上的鞭子被他的烟管代替着，左手不住地在擦着下颚，他的眼睛顺着地平线望着辽阔的远方。

我寻找黄猫的时候，黄猫坐到五云嫂的膝头上去了，并且她还抚摸猫的尾巴。我看着她的蓝布头巾已经盖过了眉头，鼻子上显明的皱纹因为挂了尘土，更显明起来。

他们并没有注意到我的醒转。

"到第三年，他就不来信啦！你们这当兵的人……"

我就问她："你丈夫也是当兵的吗？"

赶车的舅舅，抓了我的辫发，把我向后拉了一下。

"那么以后……就总也没有信来？"他问她。。

"你听我说呀！八月节刚过……可记不得哪一年啦，吃完了早饭，我就在门前喂猪，一边哐哐地敲着槽子，一边‘嗬唠嗬唠地叫着猪……哪里听得着呢？南村王家的二姑娘喊着：‘五云嫂，五云嫂……，一边跑着一边喊着：‘我娘说，许是五云哥给你捎来的信！’真是，在我眼前的真是一封信，等我把信拿到手哇！看看……我不知为什么就止不住心酸起来……他还活着吗！他……眼泪就掉在那红签条上，我就用手去擦，一擦，这红圈子就印到白的上面去。把猪食就丢在院心……进屋摸了件干净衣裳，我就赶紧跑。跑到南村的学房，见了学房的先生，我一面笑着，就一面流着眼泪……我说：‘是外头人来的信，请先生看看……一年来的没来过一个字。’学房先生接到手里一看，就说不是我的。那信我就丢在学房里跑回来啦……猪也没有喂，鸡也没有上架，我就躺在炕上啦……好几天，我像失了魂似的。”

“从此就没有来信？”

“没有。”她打开了梅子汤的瓶口，喝了一碗，又喝一碗。

“你们这当兵的人，只说三年二载……可是回来，回来个什么呢！回来个灵魂给人看看吧……”

“什么？”车夫说，“莫不是阵亡在外吗………

“是，就算吧！音信皆无过了一年多。”

“是阵亡？车夫从车上跳下去，拿了鞭子，在空中抽了两下，似乎是什么爆裂的声音。

“还问什么……这当兵的人真是凶多吉少。”她折皱的嘴唇好像撕裂了的绸片似的，显得轻浮和单薄。

车子一过黄村，太阳就开始斜了下去，青青的麦田上飞着鹊雀。

“五云哥阵亡的时候，你哭吗？”我一面捏弄着黄猫的尾巴，一面看着她。但她没有睬我，自己在整理着头巾。

等车夫颠跳着来在了车尾，扶了车栏，他一跳就坐在了车上。在他没有抽烟之前，他的厚嘴唇好像关紧了的瓶口似的严密。

五云嫂的说话，好像落着小雨似的，我又顺着车栏睡下了。

等我再醒来，车子停在一个小村头的井口边，牛在饮着水，五云嫂也许是哭过，她陷下的眼睛高起来了，并且眼角的皱纹也张开来。车夫从井口搅了一桶水提到车子旁边：

“不喝点吗？清凉清凉……”

“不喝。”她说。

“喝点吧，不喝，就是用凉水洗洗脸也是好的。”他从腰带上取下手巾来，浸了浸水，“揩一揩！尘土迷了眼睛……”

当兵的人，怎么也会替人拿手巾？我感到了惊奇。我知道的当兵的人就会打仗，就会打女人，就会捏孩子们的耳朵。

“那年冬天，我去赶年市……我到城里去卖猪鬃，我在年市上喊着：‘好硬的猪鬃来……好长的猪鬃来……’后一年，我好像把他爹忘下啦……心上也不牵挂……想想那没有个好，这些年，人还会活着！到秋天，我也到田上去割高粱，看我这手，也吃过气力……春天就带着孩子去做长工，两个月三个月的就把家拆了。冬天又把家归拢起来。什么牛毛啦……猪毛啦……还有些收拾来的鸟雀的毛。冬天就在家里收拾，收拾干净啦呀……就选一个暖和的天气进城去卖。若有顺便进城去的车呢，把秃子也就带着……那一次没有秃子。偏偏天气又不好，天天下清雪，年市上不怎么热闹；没有几捆猪鬃也总卖不完。一早就蹲在市上，一直蹲到太阳偏西。在十字街口，一家大买卖的墙头上贴着一张大纸，人们来来往往地在那里看，像是从一早那张纸就贴出来了！也许是晌午贴的……有的还一边看一边念出来几句。我不懂得那一套……人们说是‘告示，告示’，可是告的什么，我也不懂那一套……‘告示’倒知道，是官家的事情，与我们做小民的有什么长短！可不知为什么看的人就那么多……听说么，是捉逃兵的‘告示’……又听说么……又听说几天就要送到县城枪毙……”

“哪一年？民国10年枪毙逃兵20多个的那回事吗？”车夫把卷起的衣袖在下意识里把它放下来，又用手扫着下颚。

“我不知道那叫什么年……反正枪毙不枪毙与我何干，反正我的猪鬃卖不完就不走运气……”她把手掌互相擦了一会，猛然像是拍着蚊虫似的，凭空打了一下：

“有人念着逃兵的名字……我看着那穿黑马褂的人……我就说，‘你再念一遍！’起先猪毛还拿在我的手上……我听到了姜五云姜五云的，好像那名字响了好几遍……我过了一些时候才想要呕吐……喉管里像有什么腥气的东西喷上来，我想咽下去！……又咽不下去！……眼睛冒着火苗……那些看‘告示’的人往上挤着，我就退在了旁边。我再上前去看看，腿就不做主啦！看‘告示’的人越多，我就退下来了！越退越远啦……”

她的前额和鼻头都流下汗来。

“跟了车，口到乡里，就快半夜了。一下车的时候，我才想起了猪毛……哪里还记得起猪毛……耳朵和两张木片似的啦……包头巾也许是掉在路上，也许是掉在城里……”

她把头巾掀起来，两个耳朵的下梢完全丢失了。

“看看，这是当兵的老婆……”

这回她把头巾束得更紧了一些，所以随着她的讲话，那头巾的角部也起着小小的跳动。

“五云倒还活着，我就想看看他，也算夫妇一回……”

“……二月里，我就背着秃子，今天进城，明天进城……‘告示’听说又贴过了几回，我不去看那玩艺儿，我到衙门去问，他们说：‘这里不管这事，’让我到兵营里去！……我从小就怕见官……乡下孩子，没有见过。那些带刀挂枪的，我一看到就发颤……去吧！反正他们也不是见人就杀……后来常常去问，也就不怕了。反正一家三口，已经有一口拿在他们的手心里……他们告诉我，逃兵还没有送过来。我说什么时候才送过来呢？他们说：‘再过一个月吧！’……等我一回到乡下，就听说逃兵已从什么县城，那是什么县城？到今天我也记不住那是什么县城……就是听说送过来啦就是啦…… 都说若不快点去看，人可就没有了。我再背着秃子，再进城……去问问，兵营的人说：‘好心急，你还要问个百八十回。不知道，也许就不送过来。’……有一天，我看着一个大官，坐着马车，叮咚叮咚地响着铃子，从营房走出来了……我把秃子放在地上，我就跑过去，正好马车是向着这边来的，我就跪下了，也不怕马蹄就踏在我的头上。

“‘大老爷，我的丈夫……姜五……’我还没有说出来，就觉得肩膀上很沉重……那赶马车的把我往后面推倒了，好像跌了跤似的我爬在道边去。只看到那赶马车的也戴着兵帽子。

“我站起来，把秃子又背在背上……营房的前边，就是一条河，一个下半天都在河边上看着水。有些钓鱼的，也有些洗衣裳的。远一点，在那河湾上那水就深了，看着那浪头一排排地从眼前过去。不知道几百条浪头都坐着看过去了。我想把秃子放到河边上，我一跳就下去吧！留他一条小命，他一哭就会有人把他收了去。

“我拍着那个小胸脯，我好像说：‘秃儿，睡吧。’我还摸摸那圆圆的耳朵，那孩子的耳朵，真是，长得肥满，和他爹的一模一样，一看到那孩子的耳朵，就看到他爹了。”

她为了赞美而笑了笑。

“我又拍着那小胸脯，我又说：‘睡吧！秃儿。’我想起了，我还有几吊钱，也放在孩子的胸脯里吧！正在伸，伸手去放……放的时节……孩子睁开眼睛了……又加上一只风船转过河湾来，船上的孩子喊妈的声音我一听到，我就从沙滩上面……把秃子抱……抱在……怀里了……”

她用包头巾像是紧了紧她的喉咙，随着她的手，眼泪就流了下来。

“还是……还是背着他回家吧！哪怕讨饭，也是有个亲娘……亲娘的好……”

那蓝色头巾的角部，也随着她的下颚颤抖了起来。

我们车子的前面正过着一堆羊群，放羊的孩子口里响着用柳条做成的叫子，野地在斜过去的太阳里边分不出什么是花什么是草了！只是混混黄黄的一片。

车夫跟着车子走在旁边，把鞭梢在地上荡起着一条条的烟尘。

“……一直到五月，营房的人才说：‘就要来的，就要来的。’

“……五月的末梢，一只大轮船就停在了营房门前的河沿上。不知怎么这样多的人！比七月十五看河灯的人还多……”

她的两只袖子在招摇着。

“逃兵的家属，站在右边……我也站过去，走过一个戴兵帽子的人，还每个人给挂了一张牌子……谁知道，我也不认识那字……

“要搭跳板的时候，就来了一群兵队，把我们这些挂牌子的……就圈了起来……‘离开河沿远点，远点……’他们用枪把子把我们赶到离开那轮船有三四丈远……站在我旁边的，一个白胡子的老头，他一只手里提着一个包裹，我问他：‘老伯，为啥还带来这东西？……‘哼！不！我有一个儿子和一个侄子 ……一人一包……回阴曹地府，不穿洁净衣裳是不上高的……’

“跳板搭起来了…… 一看跳板搭起来就有哭的……我是不哭，我把脚跟立得稳稳当当的，眼睛往船上看着……可是，总不见出来……过了一会，一个兵官，挎着洋刀，手扶着栏杆说：‘让家属们再往后退退……就要下船……，听着‘吭唠’一声，那些兵队又用枪把子把我们向后赶了过去，一直赶上道旁的豆田，我们就站在豆秧上，跳板又呼隆隆地搭起了一块……走下来了，一个兵官领头……那脚镣子，哗啦哗啦的……我还记得，第一个还是个小矮个……走下来五六个啦……没有一个像秃子他爹宽宽肩膀的，是真的，很难看……两条胳臂直伸伸的……我看了半天工夫，才看出手上都是带了铐子的。旁边的人越哭，我就格外更安静。我只把眼睛看着那跳板……我要问问他爹‘为啥当兵不好好当，要当逃兵……你看看，你的儿子，对得起吗？’

“二十来个，我不知道哪个是他爹，远看都是那么个样儿。一个青年的媳妇…… 还穿了件绿衣裳，发疯了似的，穿开了兵队抢过去了……当兵的哪肯叫她过去……就把她抓回来，她就在地上打滚。她喊：‘当了兵还不到三个月呀……还不到……’两个兵队的人就把她抬回来，那头发都披散开啦。又过了一袋烟的工夫，才把我们这些挂牌子的人带过去……越走越近了，越近也就越看不清楚哪个是秃子他爹……眼睛起了白蒙……又加上别人都呜呜陶陶的，哭得我多少也有点心慌……

“还有的嘴上抽着烟卷，还有的骂着就是…… 就是笑的也有。当兵的这种人……不怪说，当兵的不信命……

“我看看，真是没有秃子他爹，哼！这可怪事……我一回身，就把一个兵官的皮带抓住“‘姜五云呢？’‘你是他的什么人？’‘是我的丈夫。’我把秃子可就放在地上啦……放在地上，那不作美的就哭起来，我啪的一声，给秃子一个嘴巴……接着，我就打了那兵官：‘你们把人消灭到什么地方去啦？’

“‘好的……好家伙……够朋友……’那些逃兵们就连起声来跺着脚喊。兵官看看这情形，赶快叫当兵的把我拖开啦……他们说：‘不只姜五云一个人，还有两个没有送过来，明后天，下一班船就送来……逃兵里他们三个是头目。’

“我背着孩子就离开了河沿，我就挂着牌子走下去了。我一路走，一路两条腿发颤。奔来看热闹的人满街满道啦……我走过了营房的背后，兵营的墙根下坐着拿两个包裹的老头，他的包裹只剩了一个。我说：‘老伯，你的儿子也没来吗？’我一问他，他就把背脊弓了起来，用手把胡子放在嘴唇上，咬着胡子就哭啦！

“他还说：‘因为是头目，就当地正法了咧！’当时，我还不知道这‘正法’是什么……”

她再说下去，那是完全不相接连的话头。

“又过三年，秃子八岁的那年，把他送进了豆腐房……就是这样：一年我来看他两回。二年回家一趟……回来也就是十天半月的……”

车夫离开车子，在小毛道上走着，两只手放在背后。太阳从横面把他拖成一条长影，他每走一步，那影子就分成了一个叉形。

“我也有家小……”他的话从嘴唇上流下来似的，好像他对着旷野说的一般。

“哟！”五云嫂把头巾放松了些。

“什么！”她鼻子上的折皱抖动了一些时候，“可是真的……兵不当啦也不回家……”“哼！回家！就背着两条腿回家？”车夫把肥厚的手揩扭着自己的鼻子笑了。

“这几年，还没多少赚几个？”

“都是想赚几个呀！才当逃兵去啦！”他把腰带更束紧了一些。

我加了一件棉衣，五云嫂披了一张毯子。

“嗯！还有三里路……这若是套的马……嗯！一颠搭就到啦！牛就不行，这牲口性子没紧没慢，上阵打仗，牛就不行……”车夫从草包取出棉袄来，那棉袄顺着风飞着草末，他就穿上了。

黄昏的风，却是和二月里的一样。车夫在车尾上打开了外祖父给祖父带来的酒坛。

“喝吧！半路开酒坛，穷人好赌钱……喝上两杯。”他喝了几杯之后，把胸膛就完全露在外面。他一面啮嚼着肉干，一边嘴上起着泡沫。风从他的嘴边走过时，他唇上的泡沫也宏大了一些。

我们将奔到的那座城，在一种灰色的气候里，只能够辨别那不是旷野，也不是山岗，又不是海边，又不是树林……

车子越往前进，城座看来越退越远。脸孔上和手上，都有一种黏黏的感觉……再往前看，连道路也看不到尽头……

车夫收拾了酒坛，拾起了鞭子……这时候，牛角也模糊了去。

“你从出来就没回过家？家也不来信？”五云嫂的问话，车夫一定没有听到，他打着口哨，招呼着牛。后来他跳下车去，跟着牛在前面走着。

对面走过一辆空车，车辕上挂着红色的灯笼。

“大雾！”

“好大的雾！”车夫彼此招呼着。

“三月里大雾……不是兵灾，就是荒年……”

两个车子又过去了。

1936 年

（首刊于 1936 年上海《文季》月刊第 1 卷第 5 期）

朦胧的期待

一年之中三百六十日，
日日在愁苦之中，
还不如那田上的飞鸟，
还不如那山上的蚱虫……

李妈从那天晚上就唱着曲子，就是当她听说金立之也要出发到前方去之后。金立之是主人家的卫兵。这事可并没有人知道，或者那另外的一个卫兵有点知道，但也说不定是李妈自己的神经过敏。

“李妈！李妈……”

当太太的声音从黑黑的树荫下面传来时，李妈就应着回答了两三声。因为她是性急爽快的人，从来是这样，现在仍是这样。可是当她刚一抬脚，为着身旁的一个小竹方凳。差一点没有跌倒。于是她感到自己是流汗了，耳朵热起来，眼前冒了一阵花。她想说：

“倒霉！倒霉！”她一看她旁边站着那个另外的卫兵，她就没有说。

等她从太太那边拿了两个茶杯回来，刚要放在水里边去洗，那姓王的卫兵把头偏着：

“李妈，别心慌，心慌什么，打碎了杯子。”

“你说心慌什么……”她来到嘴边上的话没有说，像是生气的样子，把两个杯子故意地使出叮当的响声来。

院心的草地上，太太和老爷的纸烟的火光，和一朵小花似的忽然开放得红了。忽然又收编得像一片在萎落下去的花片。萤火虫在树叶上闪飞，看起来就像凭空的毫没有依靠的被风吹着似的那么轻飘。

“今天晚上绝对不会来警报的……”太太的椅背向后靠着，看着天空。她不大相信这天阴得十分沉重，她想要寻找空中是否还留着一个星子。

“太太，警报不是多少日子夜里不来了么？”李妈站在黑夜里，就像被消灭了一样。

“不对，这几天要来的，战事一过九江，武汉空袭就多起来……”

“太太，那么这仗要打到哪里？也打到湖北？”

“打到湖北是要打到湖北的，你没看见金立之都要到前方去了吗？”

“到大冶，太太，这大冶是什么地方？多远？”

“没多远，出铁的地方，金立之他们整个的特务连都到那边去。”

李妈又问：“特务连也打仗，也冲锋，就和别的兵一样？特务连不是在长官旁边保卫长官的吗？好比金立之不是保卫太太和老爷的吗？”

“紧急的时候，他们也打仗，和别的兵一样啊！你还没听金立之说在大场他也作战过吗？”

李妈又问：“到大冶是打仗去？”隔了一会她又说，

“金立之就是作战去？”

“是的，打仗去，保卫我们的国家！”

太太没有十分回答她，她就在太太旁静静地站了一会，听着太太和老爷谈着她所不大理解的战局，又是田家镇……又是什么镇……

李妈离开了院心，经过有灯光的地方，她忽然感到自己是变大了，变得像和院子一般大，她自己觉得她自己已经赤裸裸地摆在人们的面前。又仿佛自己偷了什么东西被人发觉了一样，她慌忙地躲在了暗处。尤其是那个姓王的卫兵，正站在老爷的门厅旁边，手里拿着个牙刷，像是在刷牙。

“讨厌鬼，天黑了，刷的什么牙……”她在心里骂着，就走进厨房去。

一年之中三百六十日，
日日在愁苦之中，
还不如那山上的飞鸟，
还不如那田上的蚱虫。
还不如那山上的飞鸟，
还不如那田上的蚱虫……

李妈在饭锅旁边这样唱着，在水桶旁边这样唱着，在晒衣服的竹竿子旁边也是这样唱着。从她的粗手指骨节流下来的水滴，把她的裤腿和她的玉篮麻布的上衣都印着圈子。在她的深红而微黑的嘴唇上闪着一点光，她像一只油亮的甲虫伏在那里。

刺玫树的萌影在太阳下边，好像用布剪的，用笔画出来的一样，爬在石阶前的砖柱上。而那葡萄藤，从架子上边倒垂下来的缠绕的枝梢，上面结着和纽扣一般大的微绿色和小琉璃似的圆葡萄，风来的时候，还有些颤抖。

李妈若是前些日子从这边走过，必得用手触一触它们，或者拿在手上，向她旁边的人招呼着：

“要吃得啦……多快呀！长得多快呀！……”

可是现在她就像没有看见它们，来往地拿着竹竿子经过的时候，她不经意地把竹竿子撞了葡萄藤，那浮浮沉沉的摇着的叶子，虽是李妈已经走过，而那荫影还在地上摇了多时。

李妈的忧郁的声音，不但从曲子声发出，就是从勺子、盘子、碗的声音，也都知道李妈是忧郁了，因为这些家具一点也不响亮。往常那响亮的厨房，好像一座音乐室的光荣的日子，只落在回忆之中。

白嫩的豆芽菜，有的还带着很长的须子，她就连须子一同煎炒起来；油菜或是白菜，她把它带着水就放在锅底上，油炸着菜的声音就像水煮的一样。而后，浅浅的白色盘子的四边向外流着淡绿色的菜汤。

用围裙揩着汗，她在正对面她平日挂在墙上的那块镜子里边，反映着仿佛是受惊的，仿佛是生病的，仿佛是刚刚被幸福离弃了的年轻的山羊那样沉寂。

李妈才 25 岁，头发是黑的，皮肤是坚实的，心脏的跳动也和她的健康成和谐，她的鞋尖常常是破的，因为她走路永远来不及举平她的脚。门槛上，煤堆上，石阶的边沿上，她随时随地地畅快地踢着。而现在反映在镜子里的李妈，不是那个原来的李妈，而是另外的李妈了，黑了，沉重了，哑暗了。

把吃饭的家具摆齐之后，她就从桌子边退了去，她说“不大舒服，头痛。”

她面向着栅栏外的平静的湖水站着，而后荡着。已经爬上了架的倭瓜，在黄色的花上，有蜜蜂在带着粉的花瓣上来来去去。而湖上打成片的肥大的莲花叶子，每一张的中心顶着一个圆圆的水珠，这些水珠和水银的珠子似的向着太阳。淡绿色的莲花苞和挂着红嘴的莲花苞，从肥大的叶子旁边钻了出来。

湖边上，有人为着一点点家常的菜蔬除着草，房东的老仆人指着那边竹墙上冒着气一张排着一张的东西，向着李妈说：

“看吧！这些当兵的都是些可怜人，受了伤，自己不能动手，都是弟兄们在湖里给洗这东西。这大的毯子，不会洗净的。不信，过到那边去看看，又腥又有别的味……”

西边竹墙上晒军用毯，还有些草绿色的近乎黄色的军衣。李妈知道那是伤兵医院。从这几天起，她非常厌恶那医院，从医院走出来的用棍子当作腿的伤兵们，现在她一看见了就有些害怕。所以那老头指给她看的东西，她只假装着笑笑。隔着湖，在那边湖边上洗衣服的也是兵士，并且在石头上打着洗着的衣裳，发出沉重的水声来。……“金立之裹腿上的带子，我不是没给他钉起吗？真是发昏了，他一会不是来取吗？”

等她取了针线又来到湖边，隔湖的马路上，正过着军队，唱着歌的混着灰尘的行列，金立之不就在那行列里边吗？李妈神经质的，自己也觉得这想头非常可笑。

这种流行的军歌，李妈都会唱，尤其是那句："中华民族到了最危险的时候，"她每唱到这一句，她就学着军人的步伐走了几步。她非常喜欢这个歌，因为金立之喜欢。

可是今天她厌恶他们，她把头低下去，用眼角去看他们，而那歌声，就像黄昏时成团在空气中飞的小虫子似的，使她不能躲避。

"李妈……李妈。"姓王的卫兵喊着她，她假装没有听到。

"李妈！金立之来了。"

李妈相信这是骗她的话，她走到院心的草地上去，呆呆地站在那里。王卫兵和太太都看着她：

"李妈没有吃饭吗？"

她手里卷着一半裹腿，她的嘴唇发黑，她的眼睛和钉子一样的坚实，不知道钉在她面前的什么。而另外的一半裹腿，比草的颜色稍微黄一点，长长地拖在地上，拖在李妈的脚下。

金立之晚上八点多钟来的。红的领章上又多一颗金花，原来是两个，现在是三个。在太太的房里，为着他出发到前方去，太太赏给他一杯柠檬茶。

"我不吃这茶，我只到这里……我只回来看一下。连长和我一同到街上买连里用的东西。我不吃这茶……连长在八点一刻来看老爷的。"他灵敏地看一下袖口的表，"现在八点，连长一来，我就得跟连长一同归连……"

接着，他就谈些个他出发到前方，到什么地方，做什么职务，特务连的连长是怎样一个好人，又是带兵多么真诚……太太和他热诚地谈着。李妈在旁边又拿太太的纸烟给金立之，她说：

"现在你来是客人了。抽一支吧！"

她又跑去把裹腿拿来，摆在桌子上，又拿在手里又打开，又卷起来……在地板上，她几乎不能停稳，就像有风的水池里走着的一张叶子。

他为什么还不来到厨房里呢？李妈故意先退出来，站在门槛旁边咳嗽了两声，而后又大声和那个卫兵讲着连她自己也不知道是什么意思的话。她看金立之仍不出来，她又走进房去，她说：

“三个金花了，等从前方回来，大概要五个金花了。金立之今天也换了新衣裳，这衣裳也是新发的吗？”

金立之说：“新发的。”

李妈要的并不是这样的回答。李妈说：

“现在八点五分了，太太的表准吗？”

太太只向着表看了一下，点一点头，金立之仍旧没有注意。

“这次，我们打仗全是为了国家，连长说，宁做战死鬼，勿做亡国奴，我们为了妻子，家庭，儿女，我们必须抗战到底。……”

金立之站得笔直在和太太讲话。

趁着这工夫，她从太太房子里溜了出来，下了台阶，转了一个弯，她就出了小门，她去买两包烟送给他。听说，战壕里烟最宝贵。她在小巷里一边跑着，一边想着她所要说的话：“你若回来的时候，可以先找到老爷的官厅，就一定能找到我。太太走到哪里，说一定带着我走。”再告诉他：“回来的时候，你可不就忘了我，要做个有良心的人，可不能够高升忘了我……”

她在黑黑的巷子里跑着，她并不知道自己是在发烧，她想起来到夜里就越热了，真是湖北的讨厌的天气，她的背脊完全浸在潮湿里面。

“还得把这块钱给他，我留着这个有什么用呢！下月的工钱又是五元。可是上前线去的，钱是有数的……”她隔着衣裳捏着口袋里一元钱的票子。

等李妈回来，金立之的影子都早消失在小巷里了，她站在小巷里喊着：

“金立之……金立之……”

远近都没有回声，她的声音还不如落在山涧里边还能得到一个空虚的反响。

和几年前的事情一样，那就是九江的家乡，她送一个年轻的当红军的走了，他说他当完了红军回来娶她，他说那时一切就都好了。临走时还送给她一匹印花布，过去她在家里看到那印花布，她就要啼哭。现在她又送走这个特务连的兵士走了，他说抗战胜利了回来娶她，他说那时一切就都好了。

还得告诉他："把我的工钱，都留着将来安排我们的家。"

但是，金立之已经走远了。想是连长已经来了，他归连了。

等她拿着纸烟，想起这最末的一句话的时候，她的背脊被凉风拍着，好像浸在凉水里一样。因为她站定了，她停止了。热度离开了她，跳跃和翻腾的情绪高开了她。徘徊，鼓荡着的要破裂的那一刻的人生，只是一刻把其余的人生都带走了。人在静止的时候常常冷的。所以，她不期地打了个激灵的冷战。

李妈回头看一看那黑黑的院子，她不想再走进去，可是在她前面的那黑黑的小巷子，招引着她的更没有方向。

她终归是转回身来，在那显着一点苍白的铺砖的小路上，她摸索着回来了，房间里的灯光和窗帘子的颜色，单调得就像飘在空中的一块布和闪在空中的一道光线。

李妈打开了女仆的房门，坐在她自己的床头上。她觉得虫子今夜都没有叫过，空的，什么都是不着边际的，电灯是无缘无故地悬着，床铺是无缘无故地放着，窗子和门也是无缘无故地设着……总之，一切都没有理由存在，也没有理由消灭……

李妈最末想起来的那一句话，她不愿意反复，可是她又反复了一遍：

"把我的工钱，都留着将来安排我们的家。"

李妈早早地休息了，这是第一次，在全院子的女仆休息之前她是第一次睡得这样早，两盒红锡包香烟就睡在她枕头的旁边。

湖边上战士们的歌声，虽然是已经黄昏以后，有时候隐约的还可以听到。

夜里，她梦见金立之从前线上回来了。“我回来安家了，从今我们一切都好了。”他打胜了。

而且金立之的头发还和从前一样的黑。

他说：“我们一定得胜利的，我们为什么不胜利呢，没道理！”

李妈在梦中很温顺地笑了。

1938.10.31

（首刊于1939年《文摘》战时旬刊36号）

弃儿

1

水就像远天一样，没有边际的漂漾着，一片片的日光在水面上浮动着。大人、小孩和包裹青绿颜色，安静的不慌忙的小船朝向同一的方向走去，一个接着一个……

一个肚子圆的馒头般的女人，独自的在窗口望着。她的眼睛就如块黑炭，不能发光，又暗淡，又无光，嘴张着，胳膊横在窗沿上，没有目的地望着。

有人打门，什么人将走进来呢？那脸色苍苍，好像盛满面粉的布袋一样，被人挪了进来的一个面影。这个人开始谈话了：“你到是怎么样呢？才几个钟头水就涨得这样高，你不看见？一定得有条办法，太不成事了，七个月了，共欠了四百块钱。王先生是不能回来的。男人不在，当然要向女人算账……现在一定不能 再没有办法了。”正一正帽头，抖一抖衣袖，他的衣裳又像一条被倒空了的布袋，平板的，没有皱纹，只是眼眉往高处抬了抬。

女人带着她的肚子，同样地脸上没有表情，嘴唇动了动：“明天就有办法。”她望着店主脚在衣襟下迈着八字形的步子，鸭子样地走出屋门去。

她的肚子不像馒头，简直是小盆被扣在她肚皮上，虽是长衫怎样宽大，小盆还是分明地显露着。

倒在床上，她的肚子也被带到床上，望着棚顶，由马路间小河流水反照在水面，不定形地乱摇，又夹着从窗口不时冲进来嘈杂的声音。什么包袱落水啦！孩子掉下阴沟啦！接续的，连绵的，这种声音不断起来，这种声音对她似两堵南北不同方向立着的墙壁一样，中间没有连锁。

“我怎么办呢？没有家，没有朋友，我走向哪里去呢？只有一个新认识的人，他也是没有家呵！外面的水又这样大，那个狗东西又来要房费，我没有……”她似乎非想下去不可，像外边的大水一样，不可抑止地想：“初来这里还是飞着雪的时候，现在是落雨的时候了。刚来这里肚子是平平的，现在却变得这样了……”她用手摸着肚子，仰望天棚的水影，被褥间汗油的气味，在发散着。

2

天黑了，旅馆的主人和客人都纷搅地提着箱子，拉着小孩走了。就是昨天早晨楼下为了避水而搬到楼上的人们，也都走了。骚乱的声音也跟随地走了。这里只是空空的楼房，一间挨着一间关着门，门里的帘子默默地静静地长长地垂着，从嵌着玻璃的地方透出来。只有楼下的一家小贩，一个旅馆的杂役和一个病了的妇人男人伴着她留在这里。满楼的窗子散乱乱地开张和关闭，地板上的尘土地毯似的摊着。这里荒凉得就如兵已开走的营垒，什么全是散散乱乱得可怜。

水的稀薄的气味在空中流荡，沉静的黄昏在空中流荡，不知谁家的小猪被丢在这里，在水中哭喊着绝望的来往的尖叫。水在它的身边一个连环跟着一个连环地转，猪被围在水的连环里，就如一头苍蝇或是一头蚊虫被绕入蜘蛛的网丝似的，越挣扎，越感觉网丝是无边际的大。小猪横卧在板排上，它只当遇了救，安静的，眼睛在放希望的光。猪眼睛流出希望的光和人们想吃猪肉的希望绞结在一起，形成了一条不可知的绳。

猪被运到那边的一家屋子里去。

黄昏慢慢的耗，耗向黑沉沉的像山谷，像壑沟一样的夜里去。两侧楼房高大空间就是峭壁，这里的水就是山涧。

依着窗口的女人，每日她烦得像数着发丝一般的心，现在都躲开她了，被这里的深山给吓跑了。方才眼望着小猪被运走的事，现在也不占着她的心了，只觉得背上有些阴冷。当她踏着地板的尘土走进单身房的时候，她的腿便是用两条木做的假腿，不然就是别人的腿强接在自己的身上，没有感觉，不方便。

整夜她都是听到街上的水流唱着胜利的歌。

3

每天在马路上乘着车的人们现在是改乘船了。马路变成小河，空气变成蓝色，而脆弱的洋车夫们往日他是拖着车，现在是拖船。他们流下的汗水不是同往日一样吗？带有咸和酸笨重的气味。

松花江决堤三天了，满街行走大船和小船，用箱子当船的也有，用板子当船的也有，许多救济船在嚷，手中摇摆黄色旗子。

住在二屋楼上那个女人，被船只载着经过几条狭窄的用楼房砌成河岸的小河，开始向无际限闪着金色光波的大海奔去。她呼吸着这无际限的空气，她第一次与室窗以外的太阳接触。江堤沉落到水底去了，沿路的小房将睡在水底，人们在房顶蹲着。小汽船江鹰般地飞来了，又飞过去了，留下排成蛇阵的弯弯曲曲的波浪在翻卷。那个女人的小船行近波浪，船沿和波浪相接触着摩擦着。船在浪中打转，全船的人脸上没有颜色的惊恐，她尖叫了一声，跳起来，想要离开这个漂荡的船，走上陆地去。但是陆地在哪里？

满船都坐着人，都坐着生疏的人。什么不生疏呢？她用两个惊恐、忧郁的眼睛，手指四张的手摸抚着突出来的自己的肚子。天空生疏，太阳生疏，水面吹来的风夹带水的气味，这种气味也生疏。只有自己的肚子接近，不辽远，但对自己又有什么用处呢？

那个波浪是过去了，她的手指还是四处张着，不能合拢——今夜将住在非家吗？为什么蓓力不来接我，走岔路了吗？假设方才翻倒过去不是什么全完了吗？也不用想这些了。

六七个月不到街面，她的眼睛缭乱，耳中的受音器也不服支配了，什么都不清楚。在她心里只感觉热闹。同时她也分明地考察对面驶来的每个船只，有没有来接她的蓓力，虽然她的眼睛是怎样缭乱。

她嘴张着，眼睛瞪着，远天和太阳辽阔的照耀。

4

一家楼梯间站着一个女人，屋里抱小孩的老婆婆猜问着：你是芹吗？

芹开始同主妇谈着话，坐在圈椅间，她冬天的棉鞋，显然被那个主妇看得清楚呢。主妇开始说："蓓力去伴你来不看见吗？那一定是走了岔路。"一条视线直迫着芹的全身而泻流过来，芹的全身每个细胞都在发汗，紧张、急躁，她暗恨自己为什么不迟来些，那就免得蓓力到那里连个影儿都不见，空虚地转了来。

芹到窗口吸些凉爽的空气，她破旧褴衫的襟角在缠着她的膝盖跳舞。当蓓力同芹登上细碎的月影在水池边绕着的时候，那已是当日的夜，公园里只有蚊虫嗡嗡地飞。他们相依着，前路似乎给蚊虫遮断了，冲穿蚊虫的阵，冲穿大树的林，经过两道桥梁，他们在亭子里坐下，影子相依在栏杆上。

高高的大树，树梢相结，像一个用纱制成的大伞，在遮着月亮。风吹来大伞摇摆，下面洒着细碎的月光，春天出游少女一般地疯狂呵！蓓力的心里和芹的心里都有一个同样的激动，并且这个激动又是同样的秘密。

5

芹住在旅馆孤独的心境，不知都被什么赶到什么地方了。就是蓓力昨夜整夜不睡的痛苦，也不知被什么赶到什么地方了？

他为了新识的爱人芹，痛苦了一夜，本想在决堤第二天就去接芹到非家来，他像一个破了的摇篮一样，什么也盛不住，衣袋里连一毛钱也没有。去当掉自己流着棉花的破被吗？哪里肯要呢？他开始把他最好的一件制服从床板底下拿出来，拍打着尘土。他想这回一定能当一元钱的，五角钱给她买吃的送去，剩下的五角伴她乘船出来用作船费，自己尽可不必坐船去，不是在太阳岛也学了几招游泳吗？现在真的有用了。他腋挟着这件友人送给的旧制服，就如挟着珍珠似的，脸色兴奋。一家当铺的金字招牌，混杂着商店的招牌，饭馆的招牌。在这招牌的林里，他是认清哪一家是当铺了，他欢笑着，他的脸欢笑着。当铺门关了，人们嚷着正阳河开口了。回来倒在床上，床板硬得和一张石片。他恨自己了，昨天到芹那里去为什么把裤带子丢了。就是游泳着去，也不必把裤带子解下抛在路旁，为什么那样兴奋呢？蓓力心如此想，手就在腰间摸着新买的这条皮带。他把皮带抽下来，鞭打着自己。为什么要用去五角钱呢，只要有五角钱，用手提着裤子不也是可以把自己的爱人伴出来吗？整夜他都是在这块石片的床板上懊悔着。

6

他住在一家饭馆的后房，他看着棚顶在飞的蝇群，壁间爬走的潮虫，他听着烧菜铁勺的声音，前房食堂间酒盅声，舞女们伴着舞衣摩擦声，门外叫化子乞讨声，像箭一般地，像天空繁星一般地，穿过嵌着玻璃的窗子一棵棵地刺进蓓力的心去。他眼睛放射红光，半点不躲避。安静的蓓力不声响地接受着。他懦弱吗？他不知痛苦吗？天空在闪烁的繁星，都晓得蓓力是怎么存心的。

就像两个从前线退回来的兵士，一离开前线，前线的炮火也跟着离开了，蓓力和芹只顾坐在大伞下听风声和树叶的叹息。

蓓力的眼睛实在不能睁开了。为了躲避芹的觉察还几次地给自己作着掩护，说起得早一点，眼睛有些发花。芹像明白蓓力的用意一样，芹又给蓓力作着掩护的掩护：“那么我们回去睡觉吧。”

公园门前横着小水沟，跳过水沟来斜对的那条街，就是非家了。他们向非家走去。

7

地面上旅行的两条长长的影子，在浸渐的消泯。就像两条刚被主人收留下的野狗一样，只是吃饭和睡觉才回到主人家里，其余尽是在街头跑着蹲着。

蓓力同他新识的爱人芹，在友人家中已是一个星期过了。这一个星期无声无味地飞过去。街口覆放着一只小船，他们整天坐在船板上。公园也被水淹没了，实在无处可去，左右的街巷也被水淹没了，他们两颗相爱的心也像有水在追赶着似的。一天比一天接近感到拥挤了。两颗心膨胀着，也正和松花江一样，想寻个决堤的出口冲出去。这不是想只是需要。

一天跟着一天寻找，可是左右布的密阵地一天天的高，一天天的厚，两颗不得散步的心，只得在他们两个相合的手掌中狂跳着。

蓓力也不住在饭馆的后房了，同样是住在非家，他和芹也同样地离着。每天早起，不是蓓力到内房去推醒芹，就是芹早些起来，偷偷地用手指接触着蓓力的脚趾。他的脚每天都是抬到藤椅的扶手上面，弯弯的伸着。蓓力是专为芹来接触而预备着这个姿势吗？还是藤椅短放不开他的腿呢？他的脚被捏得作痛醒转来，身子就是一条弯着腰的长虾，从藤椅间钻了出来，藤椅就像一只虾笼似的被蓓力丢在那里了。他用手揉擦着眼睛，什么什么都不清楚，两只鸭子形的小脚，伏在地板上，也像被惊醒的鸭子般的不知方向。鱼白的天色，从玻璃窗透进来，朦胧地在窗帘上惺忪着睡眼。

芹的肚子越胀越大了！由一个小盆变成一个大盆，由一个不活动的物件，变成一个活动的物件，她在床上睡不着，蚊虫在她的腿上走着玩，肚子里的物件在肚皮里走着玩，她简直变成个大马戏场了，什么全在这个场面上耍起来。

下床去拖着那双瘦猫般的棉鞋，她到外房去，蓓力又照样地变作一条弯着腰的长虾，钻进虾笼去了。芹唤醒他，把腿给他看，芹腿上的小包都连成排了。若不是蚊虫咬的，一定会错认石阶上的苔藓，生在她的腿上了。蓓力用手抚摸着，眉头皱着，他又向她笑了笑，他的心是怎样的刺痛呵！芹全然不晓得这一个，以为蓓力是带着某种笑意向她煽动一样。她手指投过去、生在自己肚皮里的小物件也给忘掉了，只是示意一般的捏紧蓓力的脚趾，她心尽力的跳着。

内房里的英夫人拉着小荣到厨房去，小荣先看着这两个虾来了，大嚷着推给她妈妈看。英夫人的眼睛不知放出什么样的光，故意地问："你们两个用手捏住脚，这是东洋式的握手礼还是西洋式的握手礼？"

四岁的小荣姑娘也学起她妈妈的腔调，就像嘲笑而不似嘲笑的唱着："这是东洋式的还是西洋式的呢？

芹和蓓力的眼睛，都像老虎的眼睛在照耀着。

蓓力的眼睛不知为了什么变成金刚石的了！又发光，又坚硬。芹近几天尽看到这样的眼睛，他们整天地跑着，一直跑了十多天了！有时他们打了个招呼走过去，一个短小的影子消失了。

8

晚间当芹和英夫人坐在屋里的时候，英夫人摇着头，脸上表演着不统一的笑，尽量的把声音委婉，向芹不知说了些什么。大概是白天被非看到芹和蓓力在中央大街走的事情。

芹和蓓力照样在街上绕了一周，蓓力还是和每天一样要挽着她跑。芹不知为了什么两条腿不愿意活动，心又不耐烦！两星期前住在旅馆的心情又将萌动起来，她心上的烟雾刚退去不久又像给罩上了。她手玩弄着蓓力的衣扣，眼睛垂着，头低下去："我真不知这是什么意思，我们衣裳褴褛，就连在街上走的资格也没有了！”

蓓力不明白这话是对谁发的，他迟钝而又灵巧地问：“怎么？”

芹在学话说：“英说——你们不要在街上走去，在家里可以随便，街上的人太多，很不好看呢！人家讲究着很不好呢。你们不知道吗？在这街上我们认识许多朋友，谁都知道你们是住在我家的，假设你们若是不住在我家，好看与不好看，我都不管的。”芹在玩弄着衣扣。

蓓力的眼睛又在放射金钢石般的光，他的心就像被玩弄着的衣扣一样，在焦烦着。他把拳头捏得紧紧的，向着自己的头部打去。芹给他揉。蓓力的脸红了，他的心忏悔。

“富人穷人，穷人不许恋爱？”

方才他们心中的焦烦退去了，坐在街头的木凳上。她若感到凉，只有一个方法，她把头埋在蓓力上衣的前襟里。

公园被水淹没以后，只有一个红电灯在那个无人的地方自己燃烧。秋天的夜里，红灯在密结的树梢下面，树梢沉沉的，好像在静止的海上面发现了萤火虫似的，他们笑着，跳着，拍着手，每夜都是来向着这萤火虫在叫跳一回……

她现在不拍手了，只是按着肚子，蓓力把她扶回去。当上楼梯的时候，她的眼泪被抛在黑暗里。

9

非对芹和蓓力有点两样，上次英夫人的讲话，可以证明是非说的。

非搬走了，这里的房子留给他岳母住，被褥全拿走了。芹在土炕上，枕着包袱睡。在土炕上睡了仅仅两夜，她肚子疼得厉害。她卧在土炕上，蓓力也不上街了，他蹲在地板上，下颏枕炕沿，守着他。这是两个雏鸽，两个被折了巢窠的雏鸽。只有这两个鸽子才会互相了解，真的帮助，因为饥寒迫在他们身上是同样的分量。

芹肚子疼得更厉害了，在土炕上滚成个泥人了。蓓力没有戴帽子，跑下楼去，外边是落着阴冷的秋雨。两点钟过了蓓力不见回来，芹在土炕上继续自己滚的工作。外边的雨落得大了。三点钟也过了，蓓力还是不回来，芹只想撕破自己的肚子，外面的雨声她听不到了。

10

蓓力在小树下跑，雨在天空跑，铺着石头的路，雨的线在上面翻飞，雨就像要把石头压碎似的，石头又非反抗到底不可。

穿过一条街，又一条街，穿过一片雨又一片雨，他衣袋里仍然是空着，被雨淋得他就和水鸡同样。

走进大门了，他的心飞上楼去，在抚慰着芹，这是谁也看不见的事。芹野兽疯狂般的尖叫声，从窗口射下来，经过成排的雨线，压倒雨的响声，却实实在在，牢牢固固，箭般地插在蓓力的心上了。

蓓力带着这只箭追上楼去，他以为芹是完了，是在发着最后的嘶叫。芹肚子疼得半昏了，她无知觉地拉住蓓力的手，她在土炕抓的泥土，和蓓力带的雨水相合。

蓓力的脸色惨白，他又把方才向非借的一元车钱送芹入医院的影子想了一遍："慢慢有办法，过几天，不忙。"他又想："这是朋友应该说的话吗？我明白了，我和非经济不平等，不能算是朋友。"

任是芹怎样嚎叫，他最终离开她下楼去，雨是淘天地落下来。

11

芹肚子痛得不知人事，在土炕上滚得不成人样了，脸和白纸一个样，痛得稍轻些，她爬下地来，想喝一杯水。茶杯刚拿在手里，又痛得不能耐了，杯子摔在地板上。杯子碎了，那个黄脸大眼睛非的岳母跟着声响走进来，嘴里罗嗦着："也太不成样子了，我们这里倒不是开的旅馆，随便谁都住在这里。"

芹听不清谁在说话,，把肚子压在炕上，要把小物件从肚皮挤出来，这种痛法简直是绞着肠子，她的肠子像被抽断一样。她流着汗，也流着泪。

芹像鬼一个样，在马车上囚着，经过公园，经过公园的马戏场，走黑暗的途径。蓓力紧抱住她。现在她对蓓力只有厌烦 对于街上的每个行人都只有厌烦，她扯着头发，在蓓力的怀中挣扎。她恨不能一步飞到医院，但是，马却不愿意前进，在水中一劲打旋转。蓓力开始惊惶，他说话的声音和平时两样："这里的水特别深呵，走下阴沟去会危险。"他跳下水去，拉住马勒，在水里前进着。

芹十分无能地卧在车里，好像一个龃龉的包袱或是一个垃圾箱。

一幅沉痛的悲壮的受压迫的人物映画在明月下，在秋光里，渲染得更加悲壮，更加沉痛了。

铁栏栅的门关着，门口没有电灯，黑森森的，大概医院是关了门了，蓓力前去打门，芹的心希望和失望在绞跳着。

13

马车又把她载回来了，又经过公园，又经过马戏场，芹肚子痛得像轻了一点。他看到马戏场的大象，笨重地在玩着自己的鼻子，分明清晰的她又有心思向蓓力寻话说："你看见大象笨得多乖。"

蓓力一天没得吃饭，现在他看芹像小孩子似的开着心，他心里又是笑又是气。

车回到原处了，蓓力尽他所有借到的五角钱给了车夫。蓓力就像疾风暴雨里的白菜一样，风雨过了，他又扶着芹踏上楼梯，他心里想着得一月后才到日子吗？那时候一定能想法借到 15 元住院费。蓓力才想起来给芹把破被子铺在炕上。她倒在被上，手指在整着蓬乱的头发。蓓力要脱下湿透的鞋子，吻了她一下，到外房去了。

又有一阵呻吟声蓓力听到了，赶到内房去，蓓力第一条视线射到芹的身上，芹的脸已是惨白得和铅锅一样。他明白她的肚子不痛是心理作用，尽力相信方才医生谈的，再过一个月那也说不准。

14

他不借，也不打算，他明白现代的一切事情唯有蛮横，用不到讲道理，所以第二次他把芹送到医院的时候，虽然他是没有住院费，芹结果是强住到医院里。

在三等产妇室，芹迷沉地睡了两天了，总是梦着马车在水里打转的事情。半夜醒来的时候，急得汗水染透了衾枕。她身体过于疲乏。精神也随之疲乏，对于什么事情都不大关心。对于蓓力，对于全世界的一切，全是一样，蓓力来时，坐在小凳上谈几句不关紧要的话。他一走，芹又合拢起眼睛来。

三天了，芹夜间不能睡着，奶子胀得硬，里面像盛满了什么似的，只听她嚷着奶子痛，但没听她询问过关于孩子的话。

产妇室里摆着五张大床，睡着三个产妇，那边空着五张小床。看护妇给推过一个来，靠近挨着窗口的那个产妇，又一个挨近别一个产妇。她们听到推小床的声音，把头露出被子外面，脸上都带着同样的不可抑止、新奇的笑容，就好像看到自己的小娃娃在床里睡着的小脸一样。她们并不向看护妇问一句话，怕羞似的脸红着，只是默默地在预备热情，期待她们亲手造成的小动物与自己第一次见面。

第三个床看护妇推向芹的方向走来，芹的心开始跳动，就像个意外的消息传了来。手在摇动："不要！不……不要……我不要呀！"她的声音里母子之情就像一条不能折断的钢丝被她折断了，她满身在抖颤。

15

满墙泻着秋夜的月光，夜深，人静，只是隔壁小孩子在哭着。

孩子生下来哭了五天了躺在冰凉的板床上，涨水后的蚊虫成群片地从气窗挤进来，在小孩的脸上身上爬行。他全身冰冰，他整天整夜的哭。冷吗？饿吗？生下来就没有妈妈的孩子谁去管她呢？

月光照了满墙，墙上闪着一个影子，影子抖颤着，芹挨下床去，脸伏在有月光的墙上——小宝宝，不要哭了妈妈不是来抱你吗？冻得这样冰呵，我可怜的孩子！

孩子咳嗽的声音，把芹伏在壁上的脸移动了，她跳上床去，她扯着自己的头发，用拳头痛打自己的头盖。真个自私的东西，成千成万的小孩在哭怎么就听不见呢？成千成万的小孩饿死了，怎么看不见呢？比小孩更有用的大人也都饿死了，自己也快饿死了，这都看不见，真是个自私的东西！

睡熟的芹在梦里又活动着，芹梦着蓓力到床边抱起她，就跑了，跳过墙壁，院费也没交，孩子也不要了。听说后来小孩给院长当了丫环，被院长打死了。孩子在隔壁还是哭着，哭得时间太长了，那孩子作呕，芹被惊醒，慌张地迷惑地赶下床去。她以为院长在杀害她的孩子，只见影子在壁上一闪，她昏倒了。秋天的夜在寂寞地流，每个房间泻着雪白的月光，墙壁这边地板上倒着妈妈的身体。那边的孩子在哭着妈妈，只隔一道墙壁，母子之情就永久相隔了。

16

身穿白长衫 30 多岁的女人，她黄脸上涂着白粉，粉下隐现黄黑的斑点，坐在芹的床沿。女人烦絮地向芹问些琐碎的话，别的产妇凄然地在静听。

芹一看见她们这种脸，就像针一样在突刺着自己的心。“请抱去吧，不要再说别的话了。”她把头用被蒙起，她再不能抑止，这是什么眼泪呢？在被里横流。

两个产妇受了感动似的也用手揉着眼睛，坐在床沿的女人说：“谁的孩子，谁也舍不得，我不能做这母子两离的事。”女人的身子扭了一扭。

芹像被什么人要挟似的，把头上的被掀开，面上笑着，眼泪和笑容凝结的笑着："我舍得，小孩子没有用处，你把她抱去吧。"

小孩子在隔壁睡，一点都不知道，亲生他的妈妈把他给别人了。

那个女人站起来到隔壁去了，看护妇向那个女人在讲，一面流泪："小孩子生下来六天了，连妈妈的面都没得见、整天整夜地哭，喂他牛奶他不吃，他妈妈的奶胀得痛都挤扔了。唉，不知为什么，听说孩子的爸爸还很有钱呢！这个女人真怪，连有钱的丈夫都不愿嫁。"

那个女人同情着。看护妇说："这小脸多么冷清，真是个生下来就招人可怜的孩子。"小孩子被她们摸索醒了，他的面贴到别人的手掌，以为是妈妈的手掌，他撒怨地哭了起来。

过了半个钟头，小孩子将来的妈妈，挟着红包袱满脸欢喜地踏上医院的石阶。

包袱里的小被褥给孩子包好，经过穿道，经过产妇室的门前，经过产妇室的妈妈，小孩跟着生人走了，走下石阶了。

产妇室里的妈妈什么也没看见，只听见一阵噪杂的声音啊！

17

当芹告诉蓓力孩子给人家抱去了的时候，她刚强的沉毅的眼睛把蓓力给怔住了，他只是安定地听着："这回我们没有挂碍了，丢掉一个小孩是有多数小孩要获救的目的，现在当前的问题就是住院费。"

蓓力握紧芹的手，他想——芹是个时代的女人，真想得开，一定是我将来忠实的伙伴！他的血在沸腾。

每天当蓓力走出医院时，庶务都是向他索院费，蓓力早就放下没有院费的决心了，所以他第二次又挟着那件制服到当铺去，预备芹出院的车钱。

他的制服早就被老鼠在床下给咬破了，现在就连这件可希望的制服，也没有希望了。

蓓力为了五角钱，开始奔波。

18

芹住在医院快是三个星期了！同室的产妇，来一个住一个星期抱着小孩走了，现在仅留她一个人在产妇室里，院长不向她要院费了，只希望她出院好了。但是她出院没有车钱没有夹衣，最要紧的她没有钱租房子。

芹一个人住在产妇室里，整夜的幽静，只有她一个人享受窗上大树招摇细碎的月影，满墙走着，满地走着。她想起来母亲死去的时候，自己还是小孩子，睡在祖父的身旁，不也是看着夜里窗口的树影么？现在祖父走进坟墓去了，自己离家乡已三年了，时间一过什么事情都消灭了。

窗外的树风唱着幽静的曲子，芹听到隔院的鸡鸣声了。

19

产妇们都是抱着小孩坐着汽车或是马车一个个出院了，现在芹也是出院了。她没有小孩也没有汽车，只有眼前的一条大街要她走，就像一片荒田要她开拔一样。

蓓力好像个助手似的在眼前引导着。

他们这一双影子，一双刚强的影子，又开始向人林里去迈进。

1933.4.18 哈尔滨

（署名悄吟，刊于1933年5月6日至17日　长春《大同报》副刊《大同俱乐部》）

生死场

序

文 / 鲁迅

记得已是四年前的事了，时维二月，我和妇孺正陷在上海闸北的火线中，眼见中国人的因为逃走或死亡而绝迹。后来仗着几个朋友的帮助，这才得进平和的英租界，难民虽然满路，居人却很安闲。和闸北相距不过四五里罢，就是一个这么不同的世界，我们又怎么会想到哈尔滨。

这本稿子到了我的桌上，已是今年的春天，我早重回闸北，周围又复熙熙攘攘的时候了，但却看见了五年以前，以及更早的哈尔滨。这自然还不过是略图，叙事和写景，胜于人物的描写，然而北方人民的对于生的坚强，对于死的挣扎，却往往已经力透纸背；女性作者的细致的观察和越轨的笔致，又增加了不少明丽和新鲜。精神是健全的，就是深恶文艺和功利有关的人，如果看起来，他不幸得很，他也难免不能毫无所得。

听说文学社曾经愿意给她付印，稿子呈到中央宣传部书报检查委员会那里去，搁了半年，结果是不许可。人常常会事后才聪明，回想起来，这正是当然的事：对于生的坚强和死的挣扎，恐怕也确是大背

"训政"之道的。今年五月，只为了《略谈皇帝》这一篇文章，这一个气焰万丈的委员会就忽然烟消火灭，便是"以身作则"的实地大教训。

奴隶社以汗血换来的几文钱，想为这本书出版，却又在我们的上司"以身作则"的半年之后了，还要我写几句序。然而这几天，却又谣言蜂起，闸北的熙熙攘攘的居民，又在抱头鼠窜了，路上是络绎不绝的行李车和人，路旁是黄白两色的外人，含笑在赏鉴这礼让之邦的盛况。自以为居于安全地带的报馆的报纸，则称这些逃命者为"庸人"或"愚民"。我却以为他们也许是聪明的，至少，是已经凭着经验，知道了煌煌的官样文章之不可信。他们还有些记性。

现在是一九三五年十一月十四日的夜里，我在灯下再看完了《生死场》，周围像死一般寂静，听惯的邻人的谈话声没有了，食物的叫卖声也没有了，不过偶有远远的几声犬吠。想起来，英法租界当不是这情形，哈尔滨也不是这情形；我和那里的居人，彼此都怀着不同的心情，住在不同的世界。然而我的心现在却好像古井中水，不生微波，麻木的写了以上那些字。这正是奴隶的心！——但是，如果还是扰乱了读者的心呢？那么，我们还决不是奴才。

不过与其听我还在安坐中的牢骚话，不如快看下面的《生死场》，她才会给你们以坚强和挣扎的力气。

一　麦场

一只山羊在大道边啮嚼树的根端。

城外一条长长的大道，被榆树荫蒙蔽着。走在大道中，像是走进一个动荡遮天的大伞。

山羊嘴嚼榆树皮，黏沫从山羊的胡子流延着。被刮起的这些黏沫，仿佛是胰子的泡沫，又像粗重浮游着的丝条；黏沫挂满羊腿。榆树显然是生了疮疖，榆树带着偌大的疤痕。山羊却睡在荫中，白囊一样的肚皮起起落落。

菜田里一个小孩慢慢地踱走。在草帽盖伏下，像是一棵大形菌类。捕蝴蝶吗？捉蚱虫吗？小孩在正午的太阳下。

很短时间以内，跌步的农夫也出现在菜田里。一片白菜的颜色有些相近山羊的颜色。

毗连着菜田的南端生着青穗的高粱的林。小孩钻入高粱之群里，许多穗子被撞着，从头顶坠下来。有时也打在脸上。叶子们交结着响，有时刺痛着皮肤。那里是绿色的甜味的世界，显然凉爽一些。时间不久，小孩子争着又走出最末的那棵植物。立刻太阳烧着他的头发，机灵的他把帽子扣起来，高空的蓝天遮覆住菜田上闪耀的阳光，没有一块行云。一株柳条的短枝，小孩夹在腋下，走路的他两腿膝盖远远的分开，两只脚尖向里勾着，勾得腿在抱着个盆样。跛脚的农夫早已看清是自己的孩子了，他远远地完全用喉音在问着：

“罗圈腿，唉呀！……不能找到？”

这个孩子的名字十分象征着他。他说：“没有。”

菜田的边道，小小的地盘，绣着野菜。经过这条短道，前面就是二里半的房窝，他家门前种着一株杨树，杨树翻摆着自己的叶子。每日二里半走在杨树下，总是听一听杨树的叶子怎样响；看一看杨树的叶子怎样摆动？杨树每天这样……他也每天停脚。今天是他第一次破例，什么他都忘记，只见跛脚跛得更深了！每一步像在踏下一个坑去。

土房周围，树条编做成墙，杨树一半荫影洒落到院中；麻面婆在荫影中洗濯衣裳。正午田圃间只留着寂静，唯有蝴蝶们为着花，远近的翩飞，不怕太阳烧毁它们的翅膀。一切都回藏起来，一只狗出寻着有荫的地方睡了！虫子们也回藏不鸣！

汗水在麻面婆的脸上，如珠如豆，渐渐浸着每个麻痕而下流。麻面婆不是一只蝴蝶，她生不出磷膀来，只有印就的麻痕。

两只蝴蝶飞戏着闪过麻面婆，她用湿的手把飞着的蝴蝶打下来，一个落到盆中溺死了！她的身子向前继续伏动，汗流到嘴了，她舐尝一点盐的味，汗流到眼睛的时候，那是非常辣，她急切用湿手揩拭一下，但仍不停的洗濯。她的眼睛好像哭过一样，揉擦出脏污可笑的圈子，若远看一点，那正合乎戏台上的丑角；眼睛大得那样可怕，比起牛的眼睛来更大，而且脸上也有不定的花纹。

土房的窗子，门，望去那和洞一样。麻面婆踏进门，她去找另一件要洗的衣服，可是在炕上，她抓到了日影，但是不能拿起，她知道她的眼睛是晕花了！好像在光明中忽然走进灭了灯的夜。她休息下来，感到非常凉爽。过一会在席子下面她抽出一条自己的裤子。她用裤子抹着头上的汗，一面走回树荫放着盆的地方，她把裤子也浸进泥浆去。

裤子在盆中大概还没有洗完，可是搭到篱墙上了！也许已经洗完？麻面婆的事是一件跟紧一件，有必要时，她放下一件又去做别的。

邻屋的烟筒，浓烟冲出，被风吹散着，布满全院，烟迷着她的眼睛了！她知道家人要回来吃饭，慌张着心弦，她用泥浆浸过的手去墙角拿茅草，她沾了满手的茅草，就那样，她烧饭，她的手从来没用清水洗过。她家的烟筒也冒着烟了。过了一会，她又出来取柴，茅草在手中，一半拖在地面，另一半在围裙下，她是拥着走。头发飘了满脸，那样，麻面婆是一只母熊了！母熊带着草类进洞。

浓烟遮住太阳，院一霎幽暗，在空中烟和云似的。

篱墙上的衣裳在滴水滴，蒸着污浊的气。全个村庄在火中窒息。午间的太阳权威着一切了！

“他妈的，给人家偷着走了吧？”

二里半跛脚厉害的时候，都是把屁股向后面斜着，跛出一定的角度来。他去拍一拍山羊睡觉的草棚，可是羊在哪里？

“他妈的，谁偷了羊……混账种子！”

麻面婆听着丈夫骂，她走出来凹着眼睛：

“饭晚啦吗？看你不回来，我就洗些个衣裳。”

让麻面婆说话，就像让猪说话一样，也许她喉咙组织法和猪相同，她总是发着猪声。

“唉呀！羊丢啦！我骂你那个傻老婆干什么？”

听说羊丢，她去扬翻柴堆，她记得有一次羊是钻过柴堆。但是，那在冬天，羊为着取暖。她没有想一想，六月天气，只有和她一样傻的羊才要钻柴堆取暖。她翻着，她没有想。全头发洒着一些细草，她丈夫想止住她，问她什么理由，她始终不说。她为着要作出一点奇迹，为着从这奇迹，今后要人看重她。表明她不傻，表明她的智慧是在必要的时节出现，于是像狗在柴堆上耍得疲乏了！手在扒着发间的草秆，她坐下来。她意外的感到自己的聪明不够用，她意外的对自己失望。

过了一会邻人们在太阳底下四面出发，四面寻羊；麻面婆的饭锅冒着气，但，她也跟在后面。

二里半走出家门不远，遇见罗圈腿，孩子说：

“爸爸，我饿！”

二里半说：“回家去吃饭吧！”

可是二里半转身时老婆和一捆稻草似的跟在后面。

“你这老婆，来干什么？领他回家去吃饭！”

他说着不停的向前跛走。

黄色的，近黄色的麦地只留下短短的根苗。远看来麦地使人悲伤。在麦地尽端，井边什么人在汲水。二里半一只手遮在眉上，东西眺望，他忽然决定到那井的地方，在井沿看下去，什么也没有，用井上汲水的桶子向水底深深的探试，什么也没有。最后，绞上水桶，他伏身到井边喝水，水在喉中有声，像是马在喝。

老王婆在门前草场上休息：

“麦子打得怎样啦？我的羊丢了！”

二里半青色的面孔为了丢羊更青色了！

咩……咩……咩？不是羊叫，寻羊的人叫。

林荫一排砖车经过，车夫们哗闹着。山羊的午睡醒转过来，它迷茫着用犄角在周身剔毛。为着树叶绿色的反映，山羊变成浅黄。卖瓜的人在道旁自己吃瓜。那一排砖车扬起浪般的灰尘，从林荫走上进城的大道。

山羊寂寞着，山羊完成了它的午睡，完成了它的树皮餐，而回家去了。山羊没有归家，它经过每棵高树，也听遍了每张叶子的唰鸣，山羊也要进城吗！它奔向进城的大道。

咩……咩……羊叫？不是羊叫，寻羊的人叫，二里半比别人叫出更大声，那不像羊叫，像是一条牛了！

最后，二里半和地邻动打，那样，他的帽子，像断了线的风筝，飘摇着下降，从他头上飘摇到远处。

“你踏碎了俺的白菜！你……你……”

那个红脸长人，像是魔王一样，二里半被打得眼睛晕花起来，他去抽拔身边的一棵小树；小树无由的被害了，那家的女人出来，送出一支搅酱缸的耙子，耙子滴着酱。

他看见耙子来了，拔着一棵小树跑回家去，草帽是那般孤独的丢在井边，草帽他不知戴了多少年头。

二里半骂着妻子：“混蛋，谁吃你的焦饭！”

他的面孔和马脸一样长。麻面婆惊惶着，带着愚蠢的举动，她知道山羊一定没能寻到。

过了一会，她到饭盆那里哭了！“我的……羊，我一天一天喂喂……大的，我抚摸着长起来的！”

麻面婆的性情不会抱怨。她一遇到不快时，或是丈夫骂了她，或是邻人与她拌嘴，就连小孩子们扰烦她时，她都是像一摊蜡消融下来。她的性情不好反抗，不好争斗，她的心像永远贮藏着悲哀似的，她的心永远像一块衰弱的白棉。她哭抽着，任意走到外面把晒干的衣裳摘进来，但她绝对没有心思注意到羊。

可是会旅行的山羊在草棚不断的搔痒，弄得板房的门扇快要掉落下来，门扇摔摆的响着。

下午了，二里半仍在炕上坐着。

“妈的，羊丢了就丢了吧！留着它不是好兆相。”

但是妻子不晓得养羊会有什么不好的兆相，她说：

“哼！那么白白地丢了？我一会去找，我想一定在高粱地里。”

“你还去找？你别找啦！丢就丢吧！”

“我能找到它呢！”

“唉呀，找羊会出别的事哩！”

他脑中回旋着挨打的时候：——草帽像断了线的风筝飘摇着下落，酱耙子滴着酱。快抓住小树，快抓住小树。……二里半心中翻着这不好的兆相。

他的妻子不知道这事。她朝向高粱地去了。蝴蝶和别的虫子热闹着，田地上有人工作。她不和田上的妇女们搭话，经过留着根的麦地时，她像微点的爬虫在那里。阳光比正午钝了些，虫鸣渐多了；蝶飞渐多了！

老王婆工作剩余的时间，尽是述说她无穷的命运。她的牙齿为着述说常常切得发响，那样她表示她的愤恨和潜怒。在星光下，她的脸纹绿了些，眼睛发青，她的眼睛是大的圆形。有时她讲到兴奋的话句，她发着嘎而没有曲折的直声。邻居的孩子们会说她是一头“猫头鹰”，她常常为着小孩子们说她“猫头鹰”而愤激：她想自己怎么会成个那样的怪物呢？像啐着一件什么东西似的，她开始吐痰。

孩子们的妈妈打了他们，孩子跑到一边去哭了！这时王婆她该终止她的讲话，她从窗洞爬进屋去过夜。但有时她并不注意孩子们哭，她不听见似地，她仍说着那一年麦子好；她多买了条牛，牛又生了小牛，小牛后来又怎样？……她的讲话总是有起有落；关于一条牛，她能有无量的言词：牛是什么颜色？每天要吃多少水草？甚至要说到牛睡觉是怎样的姿势。

但是今夜院中一个讨厌的孩子也没有，王婆领着两个邻妇，坐在一条喂猪的槽子上，她们的故事便流水一般地在夜空里延展开。

天空一些云忙走，月亮陷进云围时，云和烟样，和煤山样，快要燃烧似地。再过一会，月亮埋进云山，四面听不见蛙鸣；只是萤虫闪闪着。

屋里，像是洞里，响起鼾声来，布遍了的声波旋走了满院。天边小的闪光不住的在闪合。王婆的故事对比着天空的云：

“……一个孩子三岁了，我把她摔死了，要小孩子我会成了个废物。……那天早晨……我想一想！……早晨，我把她坐在草堆上，我去喂牛；草堆是在房后。等我想起孩子来，我跑去抱她，我看见草堆上没有孩子；看见草堆下有铁犁的时候，我知道，这是恶兆，偏偏孩子跌在铁犁一起，我以为她还活着呀！等我抱起来的时候……啊呀！”

一条闪光裂开来，看得清王婆是一个兴奋的幽灵。全麦田、高粱地、菜圃，都在闪光下出现。妇人们被惶惑着，像是有什么冷的东西，扑向她们的脸去。闪光一过，王婆的话声又连续下去：

“……啊呀！……我把她丢到草堆上，血尽是向草堆上流呀！她的小手颤颤着，血在冒着汽从鼻子流出，从嘴里流出，好像喉管被切断了。我听一听她的肚子还有响；那和一条小狗给车轮轧死一样。我也亲眼看过小狗被车轮轧死，我什么都看过。这庄上的谁家养小孩，一遇到孩子不能养下来，我就去拿着钩子，也许用那个掘菜的刀子，把那孩子从娘的肚子里硬搅出来。孩子死，不算一回事，你们以为我会暴跳着哭吧？我会嚎叫吧？起先我心也觉得发颤，可是我一看见麦田在我眼前时，我一点都不后悔，我一滴眼泪都没淌下。以后麦子收成很好，麦子是我割倒的，在场上一粒一粒我把麦子拾起来，就是那年我整个秋天没有停脚，没讲闲话，像连口气也没得喘似的，冬天就来了！到冬天我和邻人比着麦粒，我的麦粒是那样大呀！到冬天我的背曲得有厉害，在手里拿着大的麦粒。可是，邻人的孩子却长起来了！……到那时候，我好像忽然才想起我的小钟。”

王婆推一推邻妇，荡一荡头：

“我的孩子小名叫小钟呀！……我接连着熬苦了几夜没能睡，什么麦粒？从那时起，我连麦粒也不怎样看重了！就是如今，我也不把什么看重。那时我才二十几岁。”

闪光相连起来，能言的幽灵默默坐在闪光中。邻妇互相望着，感到有些寒冷。

狗在麦场张狂着咬过去，多云的夜什么也不能告诉人们。忽然一道闪光，看见的黄狗卷着尾巴向二里半叫去，闪光一过，黄狗又回到麦堆，草茎折动出细微的声音。

“三哥不在家里？”

“他睡着哩！”王婆又回到她的默默中，她的答话像是从一个空瓶子或是从什么空的东西发出。猪槽上她一个人化石一般地留着。

“三哥！你又和三嫂闹嘴吗？你常常和她闹嘴，那会坏了平安的日子的。”

二里半，能宽容妻子，以他的感觉去衡量别人。

赵三点起烟火来，他红色的脸笑了笑：“我没和谁闹嘴哩！”

二里半他从腰间解下烟袋，从容着说：

“我的羊丢了！你不知道吧？它又走了回来。要替我说出买主去，这条羊留着不是什么好兆相。”

赵三用粗嘎的声音大笑，大手和红色脸在闪光中伸现出来：

“哈……哈，倒不错，听说你的帽子飞到井边团团转呢！”

忽然二里半又看见身边长着一棵小树，快抓住小树，快抓住小树。他幻想终了，他知道被打的消息是传布出来，他捻一捻烟灰，解辩着说：

“那家子不通人情，哪有丢了羊不许找的勾当？她硬说踏了她的白菜，你看，我不能和她动打。”

摇一摇头，受着辱一般的冷没下去，他吸烟管，切心地感到羊不是好兆相，羊会伤着自己的脸面。

来了一道闪光，大手的高大的赵三，从炕沿站起，用手掌擦着眼睛。他忽然响叫：

“怕是要落雨吧！——坏啦！麦子还没打完，在场上堆着！”

赵三感到养牛和种地不足，必须到城里去发展。他每日进城，他渐渐不注意麦子，他梦想着另一桩有望的事业。

“那老婆，怎不去看麦子？麦一定要给水冲走呢？”

赵三习惯的总以为她会坐在院心，闪光更来了！雷响，风声。一切翻动着黑夜的村庄。

“我在这里呀！到草棚拿席子来，把麦子盖起吧！”

喊声在有闪光的麦场响起，声音像碰着什么似的，好像在水上响出，王婆又震动着喉咙：“快些，没有用的，睡觉睡昏啦！你是摸不到门啦！”

赵三为着未来的大雨所恐吓，没有同她拌嘴。

高粱地像要倒折，地端的榆树吹啸起来，有点像金属的声音，为着闪的原故，全庄忽然裸现，忽然又沉埋下去。全庄像是海上浮着的泡沫。邻家和距离远一点的邻家有孩子的哭声，大人在嚷吵，什么酱缸没有盖啦！驱赶着鸡雏啦！种麦田的人家嚷着麦子还没有打完啦！农家好比鸡笼，向着鸡笼投下火去，鸡们会翻腾着。

黄狗在草堆开始做窝，用腿扒草，用嘴扯草。王婆一边颤动，一边手里拿着耙子。

“该死的，麦子今天就应该打完，你进城就不见回来，麦子算是可惜啦！”

二里半在电光中走近家门。有雨点打下来，在植物的叶子上稀疏的响着。雨点打在他的头上时，他摸一下头顶而没有了草帽。关于草帽，二里半一边走路一边怨恨山羊。

早晨了，雨还没有落下。东边一道长虹悬起来；感到湿的气味的云掠过人头，东边高粱头上，太阳走在云后，那过于艳明，像红色的水晶，像红色的梦。远看高粱和小树林一般森严着；村家在早晨趁着气候的凉爽，各自在田间忙。

赵三门前，麦场上小孩子牵着马，因为是一条年青的马，它跳着荡着尾巴跟它的小主人走上场来。小马欢喜用嘴撞一撞停在场上的“石磙”，它的前腿在平滑的地上踩打几下，接着它必然像索求什么似的叫起不很好听的声来。

王婆穿的宽袖的短袄，走上平场。她的头发毛乱而且绞卷着。朝晨的红光照着她，她的头发恰像田上成熟的玉米缨穗，红色并且蔫卷。

马儿把主人呼唤出来，它等待给它装置“石磙”，“石磙”装好的时候，小马摇着尾巴，不断的摇着尾巴，它十分驯顺和愉快。

王婆摸一摸席子潮湿一点，席子被拉在一边了；孩子跑过去，帮助她，麦穗布满平场，王婆拿着耙子站到一边。小孩欢跑着立到场子中央，马儿开始转跑。小孩在中心地点也是转着。好像画圆周时用的圆规一样，无论马儿怎样跑，孩子总在圆心的位置。因为小马发疯着，飘扬着跑，它和孩子一般地贪玩，弄得麦穗溅出场外。王婆用耙子打着马，可是走了一会它游戏够了，就和厮耍着的小狗需要休息一样，休息下来。王婆着了疯一般地又挥着耙子，马暴跳起来，它跑了两个圈子，把“石磙”带着离开铺着麦穗的平场；并且嘴里咬嚼一些麦穗。系住马勒带的孩子挨着骂：

“呵！你总偷着把它拉上场，你看这样的马能打麦子吗？死了去吧！别烦我吧！”

小孩子拉马走出平场的门；到马槽子那里，去拉那个老马。把小马束好在杆子间。老马差不多完全脱了毛，小孩子不爱它，用勒带打着它走，可是它仍和一块石头或是一棵生了根的植物那样不容搬运。老马是小马的妈妈，它停下来，用鼻头偎着小马肚皮间破裂的流着血的伤口。小孩子看见他爱的小马流血，心中惨惨的眼泪要落出来，但是他没能晓得母子之情，因为他还没能看见妈妈，他是私生子。脱着光毛的老动物，催逼着离开小马，鼻头染着一些血，走上麦场。

村前火车经过河桥，看不见火车，听见隆隆的声响。王婆注意着旋上天空的黑烟。前村的人家，驱着白菜车去进城，走过王婆的场子时，从车上抛下几个柿子来，一面说：

“你们是不种柿子的，这是贱东西，不值钱的东西，麦子是发财之道呀！”驱着车子的青年结实的汉子过去了；鞭子甩响着。

老马看着墙外的马不叫一声，也不响鼻子。小孩去拿柿子吃，柿子还不十分成熟，半青色的柿子，永远被人们摘取下来。

马静静地停在那里，连尾巴也不甩摆一下。也不去用嘴触一触石磙；就连眼睛它也不远看一下，同是它也不怕什么工作，工作来的时候，它就安心去开始；一些绳锁束上身时，它就跟住主人的鞭子。主人的鞭子很少落到它的皮骨，有时它过分疲惫而不能支持，行走过分缓慢；主人打了它，用鞭子，或是用别的什么，但是它并不暴跳，因为一切过去的年代规定了它。

麦穗在场上渐渐不成形了！

“来呀！在这儿拉一会马呀！平儿！”

“我不愿意和老马在一起，老马整天像睡着。”

平儿囊中带着柿子走到一边去吃，王婆怨怒着：

“好孩子呀！我管不好你，你还有爹哩！”

平儿没有理谁，走出场子，向着东边种着花的地端走去。他看着红花，吃着柿子走。

灰色的老幽灵暴怒了：“我去唤你的爹爹来管教你呀！”

她像一只灰色的大鸟走出场去。

清早的叶子们！树的叶子们，花的叶子们，闪着银珠了！太阳不着边际地圆轮在高粱棵的上端，左近的家屋在预备早饭了。

老马自己在滚压麦穗，勒带在嘴下拖着，它不偷食麦粒，它不走脱了轨，转过一个圈，再转过一个圈，绳子和皮条有次序的向它光皮的身子摩擦，老动物自己无声的动在那里。

种麦的人家，麦草堆得高涨起来了！福发家的草地也涨过墙头。福发的女人吸起烟管。她是健壮而短小，烟管随意冒着烟；手中的耙子，不住的耙在平场。

侄儿打着鞭子行经在前面的林荫，静静悄悄地他唱着寂寞的歌；她为歌声感动了！耙子快要停下来，歌声仍起在林端：

"昨晨落着毛毛雨，……小姑娘，披蓑衣……小姑娘，……去打鱼。"

二　菜圃

菜圃上寂寞的大红的西红柿，红着了。小姑娘们摘取着柿子，大红大红的柿子，盛满她们的筐篮；也有的在拔青萝卜、红萝卜。

金枝听着鞭子响，听着口哨响，她猛然站起来，提好她的筐子惊惊怕怕的走出菜圃。在菜田东边，柳条墙的那个地方停下，她听一听口笛渐渐远了！鞭子的响声与她隔离着了！她忍耐着等了一会，口笛婉转地从背后的方向透过来；她又将与他接近着了！菜田上一些女人望见她，远远的呼唤：

"你不来摘柿子，干什么站到那儿？"

她摇一摇她成双的辫子，她大声摆着手说："我要回家了！"

姑娘假装着回家，绕过人家的篱墙，躲避一切菜田上的眼睛，朝向河湾去了。筐子挂在腕上，摇摇搭搭。口笛不住的在远方催逼她，仿佛她是一块被引的铁跟住了磁石。

静静的河湾有水湿的气味，男人等在那里。

五分钟过后，姑娘仍和小鸡一般，被野兽压在那里。男人着了疯了！他的大手敌意一般地捉紧另一块肉体，想要吞食那块肉体，想要破坏那块热的肉。尽量的充涨了血管，仿佛他是在一条白的死尸上面跳动，女人赤白的圆形的腿子，不能盘结住他。于是一切音响从两个贪婪着的怪物身上创造出来。

迷迷荡荡的一些花穗颤在那里，背后的长茎草倒折了！不远的地方打柴的老人在割野草。他们受着惊扰了，发育完强的青年的汉子，带着姑娘，像猎犬带着捕捉物似的，又走下高粱地去。他的手是在姑娘的衣裳下面展开着走。

吹口哨，响着鞭子，他觉得人间是温存而愉快。他的灵魂和肉体完全充实着，婶婶远远的望见他，走近一点，婶婶说：

“你和那个姑娘又遇见吗？她真是个好姑娘。……唉……唉！”

婶婶像是烦躁一般紧紧靠住篱墙。侄儿向她说：

“婶婶你唉唉什么呢？我要娶她哩！”

“唉……唉……”

婶婶完全悲伤下去，她说：

“等你娶过来，她会变样，她不和原来一样，她的脸是青白色；你也再不把她放在心上，你会打骂她呀！男人们心上放着女人，也就是你这样的年纪吧！”

婶婶表示出她的伤感，用手按住胸膛，她防止着心脏起什么变化，她又说：

“那姑娘我想该有了孩子吧？你要娶她，就快些娶她。”

侄儿回答：“她娘还不知道哩！要寻一个做媒的人。”

牵着一条牛，福发回来。婶婶望见了，她急旋着走回院中，假意收拾柴栏。叔叔到井边给牛喝水，他又拉着牛走了！婶婶好像小鼠一般又抬起头来，又和侄儿讲话：

“成业，我对你告诉吧！年青的时候，姑娘的时候，我也到河边去钓鱼，九月里落着毛毛雨的早晨，我披着蓑衣坐在河沿，没有想到，我也不愿意那样；我知道给男人做老婆是坏事，可是你叔叔，他从河沿把我拉到马房去，在马房里，我什么都完啦！可是我心也不害怕，我欢喜给你叔叔做老婆。这时节你看，我怕男人，男人和石块一般硬，叫我不敢触一触他。”

“你总是唱什么落着毛毛雨，披蓑衣去打鱼……我再也不愿听这曲子，年青人什么也不可靠，你叔叔也唱这曲子哩！这时他再也不想从前了！那和死过的树一样不能再活。”

年轻的男人不愿意听婶婶的话，转走到屋里，去喝一点酒。他为着酒，大胆把一切告诉了叔叔。福发起初只是摇头，后来慢慢的问着：

“那姑娘是十七岁吗？你是二十岁。小姑娘到咱们家里，会做什么活计？”

争夺着一般的，成业说：

“她长得好看哩！她有一双亮油油的黑辫子。什么活计她也能做，很有力气呢！”

成业的一些话，叔叔觉得他是喝醉了，往下叔叔没有说什么，坐在那里沉思过一会，他笑着望着他的女人：

“啊呀……我们从前也是这样哩！你忘记吗？那些事情，你忘记了吧！……哈……哈，有趣的呢，回想年青真有趣的哩。”

女人过去拉着福发的臂，去妩媚他。但是没有动，她感到男人的笑脸不是从前的笑脸，她心中被他无数生气的面孔充塞住，她没有动，她笑一下赶忙又把笑脸收了回去。她怕笑得时间长，会要挨骂。男人叫把酒杯拿过去，女人听了这话，听了命令一般把杯子拿给他。于是丈夫也昏沉的睡在炕上。

女人悄悄地蹑着脚走出了，停在门边，她听着纸窗在耳边鸣，她完全无力，完全灰色下去。场院前，蜻蜓们闹着向日葵的花。但这与年青的妇人绝对隔碍着。

纸窗渐渐的发白，渐渐可以分辨出窗棂来了！进过高粱地的姑娘一边幻想着一边哭，她是那样的低声，还不如窗纸的鸣响。

她的母亲翻转过身时，哼着，有时也挫响牙齿。金枝怕要挨打，连在黑暗中把眼泪也拭得干净。老鼠一般地整夜好像睡在猫的尾巴下。通夜都是这样，每次母亲翻动时，像爆裂一般地，向自己的女儿的枕头的地方骂了一句：

“该死的！”

接着她便要吐痰，通夜是这样，她吐痰，可是她并不把痰吐到地上；她愿意把痰吐到女儿的脸上。这次转身她什么也没有吐，也没骂。

可是清早，当女儿梳好头辫，要走上田的时候，她疯着一般夺下她的筐子：

“你还想摘柿子吗？金枝，你不像摘柿子吧？你把筐子都丢啦！我看你好像一点心肠也没有，打柴的人幸好是朱大爷，若是别人拾去还能找出来吗？若是别人拾得了筐子，名声也不能好听哩！福发的媳妇，不就是在河沿坏的事吗？全村就连孩子们也是传说。唉！……那是怎样的人呀？以后婆家也找不出去。她有了孩子，没法做了福发的老婆，她娘为这事羞死了似的，在村子里见人，都不能抬起头来。”

母亲看着金枝的脸色马上苍白起来，脸色变成那样脆弱。母亲以为女儿可怜了，但是她没晓得女儿的手从她自己的衣裳里边偷偷的按着肚子，金枝感到自己有了孩子一般恐怖。母亲说：

“你去吧！你可再别和小姑娘们到河沿去玩，记住，不许到河边去。”

母亲在门外看着姑娘走，她没立刻转回去，她停住在门前许多时间，眼望着姑娘加入田间的人群。母亲回到屋中一边烧饭，一边叹气，她体内像染着什么病患似的。

农家每天从田间回来才能吃早饭。金枝走回来时，母亲看见她手在按着肚子：

“你肚子疼吗？”

她被惊着了，手从衣裳里边抽出来，连忙摇着头：“肚子不疼。”

“有病吗？”

“没有病。”

于是她们吃饭。金枝什么也没有吃下去，只吃过粥饭就离开饭桌了！母亲自己收拾了桌子说：

“连一片白菜叶也没吃呢！你是病了吧？”

等金枝出门时，母亲呼唤着：

“回来，再多穿一件夹袄，你一定是着了寒，才肚子疼。”

母亲加一件衣服给她，并且又说：

“你不要上地吧？我去吧！”

金枝一面摇着头走了！披在肩上的母亲的小袄没有扣钮子，被风吹飘着。

金枝家的一片柿地，和一个院宇那样大的一片。走进柿地嗅到辣的气味，刺人而说不定是什么气味。柿秧最高的有两尺高，在枝间挂着金红色的果实。每棵，每棵挂着许多，也挂着绿色或是半绿色的一些。除了另一块柿地和金枝家的柿地连接着，左近全是菜田了！八月里人们忙着扒土豆；也有的砍着白菜，装好车子进城去卖。

二里半就是种菜田的人。麻面婆来回地搬着大头菜，送到地端的车子上。罗圈腿也是来回向地端跑着，有时他抱了两棵大形的圆白菜，走起来两臂像是架着两块石头样。

麻面婆看见身旁别人家的倭瓜红了。她看一下，近处没有人，起始把靠菜地长着的四个大倭瓜都摘落下来了。两个和小西瓜一样大的，她叫孩子抱着。罗圈腿脸累得涨红和倭瓜一般红，他不能再抱动了！两臂像要被什么压掉一般。还没能到地端，刚走过金枝身旁，他大声求救似的：

“爹呀，西……西瓜快要摔啦，快要摔碎啦！”

他着忙把倭瓜叫西瓜。菜田许多人，看见这个孩子都笑了！凤姐望着金枝说：

“你看这个孩子，把倭瓜叫成西瓜。”

金枝看了一下，用面孔无心的笑了一下。二里半走过来，踢了孩子一脚；两个大的果实坠地了！孩子没有哭，发愣地站到一边。二里半骂他：

“混蛋，狗娘养的，叫你抱白菜，谁叫你摘倭瓜啦？……”

麻面婆在后面走着，她看到儿子遇了事，她巧妙的弯下身去，把两个更大的倭瓜丢进柿秧中。谁都看见她做这种事，只是她自己感到巧妙。二里半问她：

“你干的吗？糊涂虫！错非你……”

麻面婆哆嗦了一下，口齿比平常更不清楚了：“……我没……”

孩子站在一边尖锐地嚷着：“不是你摘下来叫我抱着送上车去吗？

不认账！”

麻面婆她使着眼神，她急得要说出口来：“我是偷的呢！该死的……别嚷叫啦，要被人抓住啦！”

平常最没有心肠看热闹的，不管田上发生了什么事，也沉埋在那里的人们，现在也来围住她们了！这里好像唱着武戏，戏台上要着他们一家三人。二里半骂着孩子：

“他妈的混账，不能干活，就能败坏，谁叫你摘倭瓜？”

罗圈腿那个孩子，一点也不服气的跑过去，从柿秧中把倭瓜滚弄出来了！大家都笑了，笑声超过人头。可是金枝好像患着传染病的小鸡一般，眨着眼睛蹲在柿秧下，她什么也没有理会，她逃出了眼前的世界。

二里半气愤得几乎不能呼吸，等他说出“倭瓜”是自家种的，为着留种子的时候，麻面婆站在那里才松了一口气，她以为这没有什么过错，偷摘自己的倭瓜。她仰起头来向大家表白：“你们看，我不知道，实在不知道倭瓜是自家的呢！”

麻面婆不管自己说话好笑不好笑，挤过人围，结果把倭瓜抱到车子那里。于是车子走向进城的大道，弯腿的孩子拐歪着跑在后面。马，车，人渐渐消失在道口了！

田间不断的讲着偷菜棵的事。关于金枝也起着流言：

“那个丫头也算完啦！”

“我早看她起了邪心，看她摘一个柿子要半天工夫；昨天把柿筐都忘在河沿！”

“河沿不是好人去的地方。”

凤姐身后，两个中年的妇人坐在那里扒胡萝卜。可是议论着，有时也说出一些淫污的话，使凤姐不大明白。

金枝的心总是悸动着，时间像蜘蛛缕着丝线那样绵长；心境坏到极点。金枝脸色脆弱朦胧得像罩着一块面纱。她听一听口哨还没有响。辽阔的可以看到福发家的围墙，可是她心中的哥儿却永不见出来。她又继续摘柿子，无论青色的柿子她也摘下。她没能注意到柿子的颜色，并且筐子也满着了！她不把柿子送回家去，一些杂色的柿子，被她散乱地铺了满地。那边又有女人故意大声议论她：

“上河沿去跟男人，没羞的，男人扯开她的裤子……”

金枝关于眼前的一切景物和声音，她忽略过去；她把肚子按得那样紧，仿佛肚子里面跳动了！忽然口哨传来了！她站起来，一个柿子被踏碎，像是被踏碎的蛤蟆一样，发出水声。她被跌倒了，口哨也跟着消灭了！以后无论她怎样听，口哨也不再响了。

金枝和男人接触过三次；第一次还是在两个月以前，可是那时母亲什么也不知道，直到昨天筐子落到打柴人手里，母亲算是渺渺茫茫的猜度着一些。

金枝过于痛苦了，觉得肚子变成个可怕的怪物，觉得里面有一块硬的地方，手按得紧些，硬的地方更明显。等她确信肚子里有了孩子的时候，她的心立刻发呕一般颤嗦起来，她被恐怖把握着了。奇怪的，两个蝴蝶叠落着贴落在她的膝头。金枝看着这邪恶的一对虫子而不拂去它。金枝仿佛是米田上的稻草人。

母亲来了，母亲的心远远就系在女儿的身上。可是她安静的走来，远看她的身体几乎呈出一个完整的方形，渐渐可以辨得出她尖形的脚在袋口一般的衣襟下起伏的动作。在全村的老妇人中什么是她的特征呢？她发怒和笑着一般，眼角集着愉悦的多形的纹绉。嘴角也完全愉快着，只是上唇有些差别，在她真正愉快的时候，她的上唇短了一些。在她生气的时候，上唇特别长，而且唇的中央那一小部分尖尖的，完全像鸟雀的嘴。

母亲停住了。她的嘴是显着她的特征，——全脸笑着，只是嘴和鸟雀的嘴一般。因为无数青色的柿子惹怒她了！金枝在沉想的深渊中被母亲踢打了：

“你发傻了吗？啊……你失掉了魂啦？我撕掉你的辫子……”

金枝没有挣扎，倒了下来。母亲和老虎一般捕住自己的女儿。金枝的鼻子立刻流血。

她小声骂她，大怒的时候她的脸色更畅快笑着，慢慢的掀着尖唇，眼角的线条更加多的组织起来。

“小老婆，你真能败毁。摘青柿子。昨夜我骂了你，不服气吗？”

母亲一向是这样，很爱护女儿，可是当女儿败坏了菜棵，母亲便去爱护菜棵了。农家无论是菜棵，或是一株茅草也要超过人的价值。

该睡觉的时候了！火绳从门边挂手巾的铁丝线上倒垂下来，屋中听不着一个蚊虫飞了！夏夜每家挂着火绳。那绳子缓慢而绵长的燃着。惯常了，那像庙堂中燃着的香火，沉沉的一切使人无所听闻，渐渐催人入睡。艾蒿的气味渐渐织入一些疲乏的梦魂去。蚊虫被艾蒿烟驱走。金枝同母亲还没有睡的时候，有人来在窗外，轻慢的咳嗽着。

母亲忙点灯火，门响开了！是二里半来了。无论怎样母亲不能把灯点着，灯心处爆着水的炸响，母亲手中举着一枝火柴，把小灯举得和眉头一般高，她说：

“一点点油也没有了呢！”

金枝到外房去倒油。这个时间，他们谈说一些突然的事情。母亲关于这事惊恐似的，坚决的，感到羞辱一般的荡着头：

“那是不行，我的女儿不能配到那家子人家。”

二里半听着姑娘在外房盖好油罐子的声音，他往下没有说什么。金枝站在门限向妈妈问：“豆油没有了，装一点水吧？”

金枝把小灯装好，摆在炕沿。燃着了！可是二里半到她家来的意义是为着她，她一点不知道。二里半为着烟袋向倒悬的火绳取火。

母亲，手在按住枕头，她像是想什么，两条直眉几乎相连起来。女儿在她身边向着小灯垂下头。二里半的烟火每当他吸过了一口便红了一阵。艾蒿烟混加着烟叶的气味，使小屋变做地下的窖子一样黑重！二里半作窘一般的咳嗽了几声。金枝把流血的鼻子换上另一块棉花。因为没有言语，每个人起着微小的潜意识的动作。

就这样坐着，灯火又响了。水上的浮油烧尽的时候，小灯又要灭，二里半沉闷着走了！二里半为人说媒被拒绝，羞辱一般的走了。

中秋节过去，田间变成残败的田间；太阳的光线渐渐从高空忧郁下来，阴湿的气息在田间到处擦走。南部的高粱完全睡倒下来，接接连连的望去，黄豆秧和揉乱的头发一样蓬蓬在地面，也有的地面完全拔秃着的。

早晨和晚间都是一样，田间憔悴起来。只见车子，牛车和马车轮轮滚滚的载满高粱的穗头，和大豆的杆秧。牛们流着口涎愚直的挂下着，发出响动的车子前进。

福发的侄子驱着一条青色的牛，向自家的场院载拖高粱。他故意绕走一条曲道，那里是金枝的家门，她心涨裂一般的惊慌，鞭子于是响起来了。

金枝放下手中红色的辣椒，向母亲说：

"我去一趟茅屋。"

于是老太太自己串辣椒，她串辣椒和纺织一般快。

金枝的辫子毛毛着，脸是完全充了血。但是她患着病的现象，把她变成和纸人似的，像被风飘着似的出现房后的围墙。

你害病吗？倒是为什么呢？但是成业是乡村长大的孩子，他什么也不懂得问。他丢下鞭子，从围墙宛如飞鸟落过墙头，用腕力掳住病的姑娘；把她压在墙角的灰堆上，那样他不是想要接吻她，也不是想要热情的讲些情话，他只是被本能支使着想要动作一切。金枝打断着一般的说：

"不行啦！娘也许知道啦，怎么媒人还不见来？"

男人回答：

"嗳，李大叔不是来过吗？你一点不知道！他说你娘不愿意。明天他和我叔叔一道来。"

金枝按着肚子给他看，一面摇头："不是呀！……不是呀！你看到这个样子啦！"

男人完全不关心，他小声响起：“管他妈的，活该愿意不愿意，反正是干啦！”

他的眼光又失常了，男人仍被本能不停的要求着。

母亲的咳嗽声，轻轻的从薄墙透出来。墙外青牛的角上挂着秋空的游丝。

母亲和女儿在吃晚饭，金枝呕吐起来，母亲问她：“你吃了苍蝇吗？”

她摇头，母亲又问：“是着了寒吧！怎么你总有病呢？你连饭都咽不下去。不是有痨病啦！？”

母亲说着去按女儿的腹部，手在夹衣上来回的摸了阵。手指四张着在肚子上思索了又思索：

“你有了痨病吧？肚子里有一块硬呢！有痨病人的肚子才是硬一块。”

女儿的眼泪要垂流一般的挂到眼毛的边缘，最后滚动着从眼毛滴下来了！就是在夜里，金枝也起来到外边去呕吐，母亲迷蒙中听着叫娘的声音。窗上的月光差不多和白昼一般明，看得清金枝的半身拖在炕下，另半身是弯在枕上。头发完全埋没着脸面。等母亲拉她手的时候，她抽扭着说起：

“娘……把女儿嫁给福发的侄子吧！我肚里不是……病，是……”

到这样时节母亲更要打骂女儿了吧？可不是那样，母亲好像本身有了罪恶，听了这话，立刻麻木着了，很长的时间她像不存在一样。过了一刻母亲用她从不用过温和的声调说：

“你要嫁过去吗？二里半那天来说媒，我是顶走他的，到如今这事怎么办呢？”

母亲似乎是平息了一下，她又想说，但是泪水塞住了她的嗓子，像是女儿窒息了她的生命似的，好像女儿把她羞辱死了！

三　老马走进屠场

老马走上进城的大道，“私宰场”就在城门的东边。那里的屠刀正张着，在等待这个残老的动物。

老王婆不牵着她的马儿，在后面用一条短枝驱着它前进。

大树林子里有黄叶回旋着，那是些呼叫着的黄叶。望向林子的那端，全林的树棵，仿佛是关落下来的大伞。凄沉的阳光，晒着所有的秃树。田间望遍了远近的人家。深秋的田地好像没有感觉的光了毛的皮带，远近平铺着。夏季埋在植物里的家屋，现在明显的好像突出地面一般，好像新从地面突出。

深秋带来的黄叶，赶走了夏季的蝴蝶。一张叶子落到王婆的头上，叶子是安静的伏贴在那里。王婆驱着她的老马，头上顶着飘落的黄叶；老马，老人，配着一张老的叶子，他们走在进城的大道。

道口渐渐看见人影，渐渐看见那个人吸烟，二里半迎面来了。他长形的脸孔配起摆动的身子来，有点像一个驯顺的猿猴。他说：“唉呀！起得太早啦！进城去有事吗？怎么驱着马进城，不装车粮拉着？”

振一振袖子，把耳边的头发向后抚弄一下，王婆的手颤抖着说了：“到日子了呢！下汤锅去吧！”王婆什么心情也没有，她看着马在吃道旁的叶子，她用短枝驱着又前进了。

二里半感到非常悲痛。他痉挛着了。过了一个时刻转过身来，他赶上去说：“下汤锅是下不得的，……下汤锅是下不得……”但是怎样办呢？二里半连半句语言也没有了！他扭歪着身子跨到前面，用手摸一摸马儿的鬃发。老马立刻响着鼻子了！它的眼睛哭着一般，湿润而模糊。悲伤立刻掠过王婆的心孔。哑着嗓子，王婆说：“算了吧！算了吧！不下汤锅，还不是等着饿死吗？”

深秋秃叶的树，为了惨厉的风变，脱去了灵魂一般吹啸着。马行在前面，王婆随在后面，一步一步屠场近着了；一步一步风声送着老马归去。

王婆她自己想着：一个人怎么变得这样厉害？年青的时候，不是常常为着送老马或是老牛进过屠场吗？她颤寒起来，幻想着屠刀要像穿过自己的背脊，于是，手中的短枝脱落了！她茫然晕昏地停在道旁，头发舞着好像个鬼魂样。等她重新拾起短枝来，老马不见了！它到前面小水沟的地方喝水去了！这是它最末一次饮水吧！老马需要饮水，它也需要休息，在水沟旁倒卧下来了！它慢慢呼吸着。王婆用低音，慈和的音调呼唤着："起来吧！走进城去吧，有什么法子呢？"马仍然仰卧着。王婆看一看日午了，还要赶回去烧午饭，但，任她怎样拉缰绳，马仍是没有移动。

王婆恼怒着了！她用短枝打着它起来。虽是起来，老马仍然贪恋着小水沟。王婆因为苦痛的人生，使她易于暴怒，树枝在马儿的脊骨上断成半截。

又安然走在大道上了！经过一些荒凉的家屋，经过几座颓废的小庙。一个小庙前躺着个死了的小孩，那是用一捆谷草束扎着的。孩子小小的头顶露在外面，可怜的小脚从草梢直伸出来；他是谁家的孩子睡在这旷野的小庙前？

屠场近着了，城门就在眼前，王婆的心更翻着不停了。

五年前它也是一匹年青的马，为了耕种，伤害得只有毛皮蒙遮着骨架。现在它是老了！秋末了！收割完了！没有用处了！只为一张马皮，主人忍心把它送进屠场。就是一张马皮的价值，地主又要从王婆的手里夺去。

王婆的心自己感觉得好像悬起来；好像要掉落一般，当她看见板墙钉着一张牛皮的时候。那一条小街尽是一些要摊落的房屋；女人啦，孩子啦，散集在两旁。地面踏起的灰粉，污没着鞋子；冲上人的鼻孔。孩子们拾起土块，或是垃圾团打击着马儿，王婆骂道：

"该死的呀！你们这该死的一群。"

这是一条短短的街。就在短街的尽头，张开两张黑色的门扇。再走近一点，可以发现门扇斑斑点点的血印，被血痕所恐吓的老太婆好像自己踏在刑场了！她努力镇压着自己，不让一些年青时所见到刑场上的回忆翻动。但，那回忆却连续的开始织张：—— 一个小伙子倒下来了，一个老头也倒下来了！挥刀的人又向第三个人作着式子。

仿佛是箭，又像火刺烧着王婆，她看不见那一群孩子在打马，她忘记怎样去骂那一群顽皮的孩子。走着，走着，立在院心了。四面板墙钉住无数张毛皮。靠近房檐立了两条高杆，高杆中央横着横梁；马蹄或是牛蹄折下来用麻绳把两只蹄端扎连在一起，做一个叉形挂在上面，一团一团的肠子也搅在上面；肠子因为日子久了，干成黑色不动而僵直的片状的绳索。并且那些折断的腿骨，有的从折断处涔滴着血。

在南面靠墙的地方也立着高杆，杆头晒着在蒸气的肠索。这是说，那个动物是被钉死不久哩！肠子还热着呀！

满院在蒸发腥气，在这腥味的人间，王婆快要变做一块铅了！沉重而没有感觉了！

老马——棕色的马，它孤独的站在板墙下，它借助那张钉好的毛皮在搔痒。此刻它仍是马，过一会它将也是一张皮了！

一个大眼睛的恶面孔跑出来。裂着胸襟。说话时，可见他胸膛在起伏：

“牵来了吗？啊！价钱好说，我好来看一下。”

王婆说：“给几个钱我就走了！不要麻烦啦。”

那个人打一打马的尾巴，用脚踢一踢马蹄；这是怎样难忍的一刻呀！

王婆得到三张票子，这可以充纳一亩地租。看着钱比较自慰些，她低着头向大门出去，她想还余下一点钱到酒店去买一点酒带回去，她已经跨出大门，后面发着响声：

“不行，不行……马走啦！”

王婆回过头来，马又走在后面；马什么也不知道，仍想回家。屠场中出来一些男人，那些恶面孔们，想要把马抬回去，终于马躺在道旁了！像树根盘结在地中。无法，王婆又走回院中，马也跟回院中。

她给马搔着头顶，它渐渐卧在地面了！渐渐想睡着了！忽然王婆站起来向大门奔走。在道口听见一阵关门声。

她哪有心肠买酒？她哭着回家，两只袖子完全湿透。那好像是送葬归来一般。

家中地主的使人早等在门前，地主们就连一块铜板也从不舍弃在贫农们的身上，那个使人取了钱走去。

王婆半日的痛苦没有代价了！王婆一生的痛苦也都是没有代价。

四　荒山

冬天，女人们像松树子那样容易结聚，在王婆家里满炕坐着女人。五姑姑在编麻鞋，她为着笑，弄得一条针丢在席缝里，她寻找针的时候，做出可笑的姿势来，她像一个灵活的小鸽子站起来在炕上跳着走，她说：

“谁偷了我的针？小狗偷了我的针？”

“不是呀！小姑爷偷了你的针！”

新娶来的菱芝嫂嫂，总是爱说这一类的话。五姑姑走过去要打她。

“莫要打，打人将要找一个麻面的姑爷。”

王婆在厨房里这样搭起声来；王婆永久是一阵忧默，一阵欢喜，与乡村中别的老妇们不同。她的声音又从厨房打来：

“五姑姑编成几双麻鞋了？给小丈夫要多多编几双呀！”

五姑姑坐在那里做出表情来，她说：

“哪里有你这样的老太婆，快五十岁了，还说这样话！”

王婆又庄严点说：

“你们都年青，哪里懂得什么，多多编几双吧！小丈夫才会希罕哩。”

大家哗笑着了！但五姑姑不敢笑，心里笑，垂下头去，假装在席上找针。等菱芝嫂把针还给五姑姑的时候，屋子安然下来，厨房里王婆用刀刮着鱼鳞的声响，和窗外雪擦着窗纸的声响，混杂在一起了。

王婆用冷水洗着冻冰的鱼，两只手像个胡萝卜样。她走到炕沿，在火盆边烘手。生着斑点在鼻子上新死去丈夫的妇人放下那张小破布，在一堆乱布里去寻更小的一块；她迅速的穿补。她的面孔有点像王婆，腮骨很高，眼睛和琉璃一般深嵌在好像小洞似的眼眶里，并且也和王婆一样，眉峰是突出的。那个女人不喜欢听一些妖艳的词句，她开始追问王婆：

“你的第一家那个丈夫还活着吗？”

两只在烘着的手，有点腥气；一颗鱼鳞掉下去，小小发出响声，微微上腾着烟。她用盆边的灰把烟埋住，她慢慢摇着头，没有回答那个问话。鱼鳞烧的烟有点难耐，每个人皱一下鼻头，或是用手揉一揉鼻头。生着斑点的寡妇，有点后悔，觉得不应该问这话。墙角坐着五姑姑的姐姐，她用麻绳穿着鞋底的沙音单调地起落着。

厨房的门，因为结了冰，破裂一般地鸣叫。

“呀！怎么买这些黑鱼？”

大家都知道是打鱼村的李二婶子来了。听了声音，就可以想象她梢长的身子。

“真是快过年了？真有钱买这些鱼？”

在冷空气中，音波响得很脆；刚踏进里屋，她就看见炕上坐满着人：“都在这儿聚堆呢！小老婆们！”

她生得这般瘦，腰，临风就要折断似的；她的奶子那样高，好像两个对立的小岭。斜面看她的肚子似乎有些不平起来。靠着墙给孩子吃奶的中年妇人，望察着而后问：

“二婶子，不是又有了呵？”

二婶子看一看自己的腰身说：

“像你们呢！怀里抱着，肚子里还装着……”

她故意在讲骗话，过了一会她坦白告诉大家：

“那是三个月了呢？你们还看不出？”

菱芝嫂在她肚皮上摸了一下，她邪昵地浅浅地笑了：

"真没出息，整夜尽搂着男人睡吧？"

"谁说？你们新媳妇，才那样。"

"新媳妇……？哼！倒不见得！"

"像我们都老了！那不算一回事啦，你们年青，那才了不得哪！小丈夫才会新鲜哩！"

每个人为了言词的引诱，都在幻想着自己，每个人都有些心跳；或是每个人的脸都发烧。就连没出嫁的五姑姑都感着神秘而不安了！她羞羞迷迷地经过厨房回家去了！只留下妇人们在一起，她们言调更无边际了！王婆也加入这一群妇人的队伍，她却不说什么，只是帮助着笑。

在乡村永久不晓得，永久体验不到灵魂，只有物质来充实她们。

李二婶子小声问菱芝嫂；其实小声人们听得更清！

"一夜几回呢？"

菱芝嫂她毕竟是新嫁娘，她猛然羞着了！不能开口。李二婶子的奶子颤动着，用手去推动菱芝嫂：

"说呀！你们年青，每夜要有那事吧？"

在这样的当儿，二里半的婆子进来了！二婶子推撞菱芝嫂一下：

"你快问问她！"

"你们一夜几回？"

那个傻婆娘一向说话是有头无尾：

"十多回。"

全屋人都笑得流着眼泪了！孩子从母亲的怀中起来，大声的哭号。

李二婶子静默一会，她站起来说：

"月英要吃咸黄瓜，我还忘了，我是来拿黄瓜。"

李二婶子，拿了黄瓜走了，王婆去烧晚饭，别人也陆续着回家了。王婆自己在厨房里炸鱼。为了烟，房中也不觉得寂寞。

鱼摆在桌子上，平儿也不回来，平儿的爹爹也不回来，暗色的光中王婆自己吃饭，热气作伴着她。

月英是打鱼村最美丽的女人。她家也最贫穷，和李二婶子隔壁住着。她是如此温和，从不听她高声笑过，或是高声吵嚷。生就的一对多情的眼睛，每个人接触她的眼光，好比落到绵绒中那样愉快和温暖。

可是现在那完全消失了！每夜李二婶子听到隔壁惨厉的哭声；十二月严寒的夜，隔壁的哼声愈见沉重了！

山上的雪被风吹着像埋蔽这傍山的小房似的。大树号叫，风雪向小房遮蒙下来。一株山边斜歪着的大树，倒折下来。寒月怕被一切声音扑碎似的，退缩到天边去了！这时候隔壁透出来的声音，更哀楚。

"你……你给我一点水吧！我渴死了！"

声音弱得柔惨欲断似的：

"嘴干死了！……把水碗给我呀！"

一个短时间内仍没有回应，於是孱若哀楚的小响不再作了！啜泣着，哼着，隔壁像是听到她流泪一般，滴滴点点地。

日间孩子们集聚在山坡，缘着树枝爬上去，顺着结冰的小道滑下来，他们有各样不同的姿势：——倒滚着下来，两腿分张着下来。也有冒险的孩子，把头向下，脚伸向空中溜下来。常常他们要跌破流血回家。冬天，对于村中的孩子们，和对于花果同样暴虐。他们每人的耳朵春天要脓胀起来，手或是脚都裂开条口，乡村的母亲们对于孩子们永远和对敌人一般。当孩子把爹爹的棉帽偷着戴起跑出去的时候，妈妈追在后面打骂着夺回来，妈妈们摧残孩子永久疯狂着。

王婆约会五姑姑来探望月英。正走过山坡，平儿在那里。平儿偷穿着爹爹的大毡靴子；他从山坡奔逃了！靴子好像两只大熊掌样挂在那个孩子的脚上，平儿蹒跚着了！从上坡滚落着了！可怜的孩子带着那样黑大不相称的脚，球一般滚转下来，跌在山根的大树杆上。王婆宛如一阵风落到平儿的身上；那样好像山间的野兽要猎食小兽一般凶暴。终于王婆提了靴子，平儿赤脚回家，使平儿走在雪上，好像使他走在火上一般不能停留。任孩子走得怎样远，王婆仍是说着：

“一双靴子要穿过三冬，踏破了哪里有钱买？你爹进城去都没穿哩！”

月英看见王婆还不及说话，她先哑了嗓子。王婆把靴子放在炕下，手在抹擦鼻涕：

“你好了一点？脸孔有一点血色了！”

月英把被子推动一下，但被子仍然伏盖在肩上，她说：

“我算完了，你看我连被子都拿不动了！”

月英坐在炕的当心。那幽黑的屋子好像佛龛，月英好像佛龛中坐着的女佛。用枕头四面围住她，就这样过了一年。一年月英没能倒下睡过。她患着瘫病，起初她的丈夫替她请神，烧香，也跑到土地庙前索药。后来就连城里的庙也去烧香，但是奇怪的是月英的病并不为这些香火和神鬼所治好。以后做丈夫的觉得责任尽到了，并且月英一个月比一个月加病，做丈夫的感着伤心！他嘴里骂：

“娶了你这样老婆，真算不走运气！好像娶个小祖宗来家，供奉着你吧！”

起初因为她和他分辩，他还打她。现在不然了，绝望了！晚间他从城里卖完青菜回来，烧饭自己吃，吃完便睡下，一夜睡到天明，坐在一边那个受罪的女人一夜呼唤到天明。宛如一个人和一个鬼安放在一起，彼此不相关联。

月英说话只有舌尖在转动。王婆靠近她，同时那一种难忍的气味更强烈了！更强烈的从那一堆污浊的东西，发散出来。月英指点身后说：

“你们看看，这是那死鬼给我弄来的砖，他说我快死了！用不着被子了！用砖依住我，我全身一点肉都瘦空。那个没有天良的，他想法折磨我呀！”

五姑姑觉得男人太残忍，把砖块完全抛下炕去。月英的声音欲断一般又说：

“我不行啦！我怎么能行，我快死啦！”

她的眼睛，白眼珠完全变绿，整齐的一排前齿也完全变绿，她的头发烧焦了似的，紧贴住头皮。她像一头患病的猫儿，孤独而无望。

王婆给月英围好一张被子在腰间，月英说：

“看看我的身下，脏污死啦！”

王婆下地用条枝拢了盆火，火盆腾着烟放在月英身后。王婆打开她的被子时，看见那一些排泄物淹浸了那座小小的骨盆。五姑姑扶住月英的腰，但是她仍然使人心楚的在呼唤！

“唉哟，我的娘！……唉哟疼呀！”

她的腿像一双白色的竹竿平行着伸在前面。她的骨架在炕上正确的做成一个直角，这完全用线条组成的人形，只有头阔大些，头在身子上仿佛是一个灯笼挂在杆头。

王婆用麦草揩着她的身子，最后用一块湿布为她擦着。五姑姑在背后把她抱起来，当擦臀部下时，王婆觉得有小小白色的东西落到手上，会蠕行似的。借着火盆边的火光去细看，知道那是一些小蛆虫，她知道月英的臀下是腐了，小虫在那里活跃。月英的身体将变成小虫们的洞穴！王婆问月英：

“你的腿觉得有点痛没有？”

月英摇头。王婆用凉水洗她的腿骨，但她没有感觉，整个下体在那个瘫人像是外接的，是另外的一件物体。当给她一杯水喝的时候，王婆问：

“牙怎么绿了？”

终于五姑姑到隔壁借一面镜子，同时她看了镜子，悲痛沁人心魂地她大哭起来。但面孔上不见一点泪珠，仿佛是猫忽然被斩轧，她难忍的声音，没有温情的声音，开始低哑。

她说：“我是个鬼啦！快些死吧！活埋了我吧！”

她用手来撕头发，脊骨摇扭着，一个长久的时间她忙乱的不停。

现在停下了，她是那样无力。头是歪斜地横在肩上；她又那样微微的睡去。

王婆提了靴子走出这个傍山的小房。荒寂的山上有行人走在天边，她昏旋了！为着强的光线，为着瘫人的气味，为着生、老、病、死的烦恼，她的思路被一些烦恼的波所遮拦。

五姑姑当走进大门时向王婆打了个招呼。留下一段更长的路途，给那个经验过多样人生的老太婆去走吧！

王婆束紧头上的蓝布巾，加快了速度，雪在脚下也相伴而狂速地呼叫。

三天以后，月英的棺材抬着横过荒山而奔着去埋葬，葬在荒山下。

死人死了！活人计算着怎么活下去。冬天女人们预备夏季的衣裳；男人们计虑着怎样开始明年的耕种。

那天赵三进城回来，他披着两张羊皮回家。王婆问他：

“哪里来的羊皮？——你买的吗？……哪来的钱呢……？”

赵三有什么事在心中似的，他什么也没言语。摇闪的经过炉灶，通红的火光立刻鲜明着，他走出去了。

夜深的时候他还没有回来。王婆命令平儿去找他。平儿的脚已是难于行动，于是王婆就到二里半家去。他不在二里半家，她到打鱼村去了。赵三阔大的喉咙从李青山家的窗纸透出，王婆知道他又是喝过了酒。当她推门的时候她就说：

“什么时候了？还不回家去睡？”

这样立刻全屋别的男人们也把嘴角合起来。王婆感到不能意料了。青山的女人也没在家，孩子也不见。赵三说：

“你来干么？回家睡吧！我就去……去……”

王婆看一看赵三的脸神，看一看周围也没有可坐的地方，她转身出来，她的心徘徊着：

——青山的媳妇怎么不在家呢？这些人是在做什么？

又是一个晚间。赵三穿好新制成的羊皮小袄出去。夜半才回来。披着月亮敲门。王婆知道他又是喝过了酒，但他睡的时候，王婆一点酒味也没嗅到。那么出去做些什么呢？总是愤怒的归来。

李二婶子拖了她的孩子来了，她问：

"是地租加了价吗？"

王婆说："我还没听说。"

李二婶子做出一个确定的表情：

"是的呀！你还不知道吗？三哥天天到我家去和他爹商量这事。我看这种情形非出事不可，他们天天夜晚计算着，就连我，他们也躲着。昨夜我站在窗外才听到他们说哩：'打死他吧！那是一块恶祸。'你想他们是要打死谁呢？这不是要出人命吗？"

李二婶子抚着孩子的头顶，有一点哀怜的样子：

"你要劝说三哥，他们若是出了事，像我们怎样活？孩子还都小着哩！"

五姑姑和别的村妇们带着他们的小包袱，约会着来的，踏进来的时候，她们是满脸盈笑。可是立刻她们转变了，当她们看见李二婶子和王婆默无言语的时候，也把事件告诉了她们，她们也立刻忧郁起来，一点闲情也没有！一点笑声也没有，每个人痴呆地想了想，惊恐地探问了几句。五姑姑的姐姐，她是第一个扭着大圆的肚子走出去，就这样一个连着一个寂寞的走去。她们好像群聚的鱼似的，忽然有钓竿投下来，她们四下分行去了！

李二婶子仍没有走，她为的是嘱告王婆怎样破坏着件险事。

赵三这几天常常不在家吃饭；李二婶子一天来过三四次：

"三哥还没回来？他爹爹也没回来。"

一直到第二天下午赵三回来了，当进门的时候，他打了平儿，因为平儿的脚病着，一群孩子集到家来玩。在院心放了一点米，一块长板用短条棍架着，条棍上系着长绳，绳子从门限拉进去，雀子们去啄食谷粮，孩子们蹲在门限守望，什么时候雀子满集成堆时，那时候，孩子们就抽动绳索。许多饥饿的麻雀丧亡在长板下。厨房里充满了雀毛的气味，孩子们在灶堂里烧食过许多雀子。

赵三焦烦着，他看见一只鸡被孩子们打住。他把板子给踢翻了！他坐在炕沿上燃着小烟袋，王婆把早饭从锅里摆出来。他说：

“我吃过了！”

于是平儿来吃这些残饭。

“你们的事情预备得怎样了？能下手便下手。”

他惊疑。怎么会走漏消息呢？王婆又说：

“我知道的，我还能弄支枪来。”

他无从想象自己的老婆有这样的胆量。王婆真的找来一支老洋炮。可是赵三还从没用过枪。晚上平儿睡了以後王婆教他怎样装火药，怎样上炮子。

赵三对于他的女人慢慢可以感到可以敬重！但是更秘密一点的事情总不向她说。

忽然从牛棚里发现五个新镰刀。王婆意度这事情是不远了！

李二婶子和别的村妇们挤上门来打听消息的时候，王婆的头沉埋一下，她说：

“没有这回事，他们想到一百里路外去打围，弄得几张兽皮大家分用。”

是在过年的前夜，事情终于发生了！北地端鲜红的血染着雪地；但事情做错了！赵三近些日子有些失常，一条梨木杆打折了小偷的腿骨。他去呼唤二里半，想要把那小偷丢在土坑去，用雪埋起来。二里半说：

“不行，开春时节，土坑发现死尸，传出风声，那是人命哩！”

村中人听着极痛的呼叫，四面出来寻找。赵三拖着独腿人转着弯跑，但他不能把他掩藏起来。在赵三惶恐的心情下，他愿意寻到一个井把他放下去。赵三弄了满手血。

惊动了全村的人，村长进城报告警所。

于是赵三去坐监狱，李青山他们的“镰刀会”少了赵三也就衰弱了！消灭了！

正月末赵三受了主人的帮忙，把他从监狱里提放出来。那时他头发很长，脸也灰白了些，他有点苍老。

为着给那个折腿的小偷做赔偿，他牵了那条仅有的牛上市去卖；小羊皮袄也许是卖了？再不见他穿了！

晚间李青山他们来的时候，赵三忏悔一般地说：

“我做错了！也许是我该招的灾祸；那是一个天将黑的时候，我正喝酒，听着平儿大喊有人偷柴。刘二爷前些日子来说要加地租，我不答应，我说我们联合起来不给他加，于是他走了！过了几天他又来，说非加不可。再不然叫你们滚蛋！我说好啊！等着你吧！那个管事的，他说：你还要造反？不滚蛋，你们的草堆，就要着火！我只当是那个小子来点着我的柴堆呢！拿着杆子跑出去就把腿给打断了！打断了也甘心，谁想那是一个小偷？哈哈！小偷倒霉了！就是治好，那也是跌子了！”

关于“镰刀会”的事情他像忘记了一般。李青山问他：

“我们应该怎样铲除二爷那恶棍？”

是赵三说的话：

“打死他吧！那个恶祸。”

还是从前他说的话，现在他又不那样说了：

“除他又能怎样？我招灾祸，刘二爷也向东家（地主）说了不少好话。从前我是错了！也许现在是受了责罚！”

他说话时不像从前那样英气了！脸是有点带着忏悔的意味，羞惭和不安了。王婆坐在一边，听了这话她后脑上的小发卷也像生着气：“我没见过这样的汉子，起初看来还像一块铁，后来越看越是一堆泥了！”

赵三笑了："人不能没有良心！"

于是好良心的赵三天天进城，弄一点白菜担着给东家送去，弄一点土豆也给东家送去。为着送这一类菜，王婆同他激烈地吵打，但他绝对保持着他的良心。

有一天少东家出来，站在门阶上像训诲着他一般：

"好险！若不为你说一句话，三年大狱你可怎么蹲呢？那个小偷他算没走好运吧！你看我来着手给你办，用不着给他接腿，让他死了就完啦。你把卖牛的钱也好省下，我们是'地东'、'地户'哪有看着过去的……"

说话的中间，间断了一会，少东家把话尾落到别处：

"不过今年地租是得加。左近地邻不都是加了价吗？地东地户年头多了，不过得……少加一点。"

过不了几天小偷从医院抬出来，可真的死了就完了！把赵三的牛钱归还一半，另一半少东家说是用做杂费了。

二月了。山上的积雪现出毁灭的色调。但荒山上却有行人来往。渐渐有送粪的人担着担子行过荒凉的山岭。农民们蛰伏的虫子样又醒过来。渐渐送粪的车子忙着了！只有赵三的车子没有牛挽，平儿冒着汗和爹爹并架着车辕。

地租就这样加成了！

五　羊群

平儿被雇做了牧羊童。他追打群羊跑遍山坡。山顶像是开着小花一般，绿了！而变红了！山顶拾野菜的孩子，平儿不断的戏弄她们，他单独的赶着一只羊去吃她们筐子里拾得的野菜。有时他选一条大身体的羊，像骑马一样的骑着来了！小的女孩们吓得哭着，她们看他像个猴子坐在羊背上。平儿从牧羊时起，他的本领渐渐得以发展。他把羊赶到荒凉的地方去，招集村中所有的孩子练习骑羊。每天那些羊和不喜欢行动的猪一样散遍在旷野。

行在归途上，前面白茫茫的一片，他在最后的一个羊背上，仿佛是大将统治着兵卒一般。他手耍着鞭子，觉得十分得意。

“你吃饱了吗？午饭。”

赵三对儿子温和了许多。从遇事以后他好像是温顺了。

那天平儿正戏耍在羊背上，在进大门的时候，羊疯狂的跑着，使他不能从羊背跳下，那样他像耍着的羊背上张狂的猴子。一个下雨的天气，在羊背上进大门的时候，他把小孩撞倒，主人用拾柴的耙子把他打下羊背来，仍是不停，像打着一块死肉一般。

夜里，平儿不能睡，辗翻着不能睡。爹爹动着他庞大的手掌拍抚他：

“跑了一天！还不困倦，快快睡吧！早早起来好上工！”

平儿在爹爹温顺的手下，感到委屈了！

“我挨打了！屁股疼。”

爹爹起来，在一个纸包里取出一点红色的药粉给他涂擦破口的地方。

爹爹是老了！孩子还那样小，赵三感到人活着没有什么意趣了。第二天平儿去上工被辞退回来，赵三坐在厨房用谷草正织鸡笼，他说：

“好啊！明天跟爹爹去卖鸡笼吧！”

天将明他叫着孩子：

“起来吧，跟爹爹去卖鸡笼。”

王婆把米饭用手打成坚实的团子，进城的父子装进衣袋去，算做午餐。

第一天卖出去的鸡笼很少，晚间又都背着回来。王婆弄着米缸响：

“我说多留些米吃，你偏要卖出去……又吃什么呢？……又吃什么呢？”

老头子把怀中的铜板给她，她说：

“不是今天没有吃的，是明天呀？”

赵三说："明天，那好说，明天多卖出几个笼子就有了！"

一个上午，十个鸡笼卖出去了！只剩下三个大些的，堆在那里。爹爹手心上数着票子平儿在吃饭团。

"一百枚还多着，我们该去喝碗豆腐脑来！"

他们就到不远的那个布棚下，蹲在担子旁吃着冒气的食品。是平儿先吃，爹爹的那碗才正在上面倒醋。平儿对于这食品是怎样新鲜呀！一碗豆腐脑是怎样舒畅着平儿的小肠子呀！他的眼睛圆圆地把一碗豆腐脑吞食完了！

那个叫卖人说："孩子再来一碗吧！"

爹爹惊奇着："吃完了？"

那个叫卖人把勺子放下锅去说："再来一碗算半碗的钱吧！"

平儿的眼睛溜着爹爹把碗递过去。他喝豆腐脑作出大大的抽响来。赵三却不那样，他把眼光放在鸡笼的地方，慢慢吃，慢慢吃终于也吃完了！他说：

"平儿，你吃不下吧？倒给我碗点。"

平儿倒给爹爹很少很少。给过钱爹爹去看守鸡笼。平儿仍在那里，孩子贪恋着一点点最末的汤水，头仰向天，把碗扣在脸上一般。

菜市上买菜的人经过，若注意一下鸡笼，赵三就说：

"买吧！仅是十个铜板。"

终于三个鸡笼没有人买，两个分给爹爹，留下一个在平儿的背上突起着。经过牛马市，平儿指嚷着：

"爹爹，咱们的青牛在那儿。"

大鸡笼在背上荡动着，孩子去看青牛。赵三笑了，向那个卖牛人说：

"又出卖吗？"

说着这话，赵三无缘地感到酸心。到家他向王婆说：

"方才看见那条青牛在市上。"

"人家的了，就别提了。"王婆整天地不耐烦。

卖鸡笼渐渐的赵三会说价了；慢慢的坐在墙根他会招呼了，也常常给平儿买一两块红绿的糖球吃。后来连饭团也不用带。

他弄些铜板每天交给王婆，可是她总不喜欢，就像无意之中把钱放起来。

二里半又给说妥一家，叫平儿去做小伙计。孩子听了这话，就生气。

“我不去，我不能，他们好打我呀！”平儿为了卖鸡笼所迷恋，“我还是跟爹爹进城。”

王婆绝对主张孩子去做小伙计。她说：

“你爹爹卖鸡笼你跟着做什么？”

赵三说：“算了吧，不去就不去吧。”

铜板兴奋着赵三，半夜他也是织鸡笼，他向王婆说：

“你就不好也来学学，一种营生呢！还好多织几个。”

但是王婆仍是去睡，就像对于他织鸡笼，怀着不满似的，就像反对他织鸡笼似的。

平儿同情着父亲，他愿意背鸡笼，多背一个。爹爹说：

“不要背了！够了！”

他又背一个，临出门时他又找个小一点的提在手里。爹爹问：

“你能拿动吗？送回两个去吧，卖不完啊！”

有一次从城里割一斤肉回来，吃了一顿像样的晚餐。

村中妇人羡慕王婆：

“三哥真能干哩！把一条牛卖掉，不能再种粮食，可是这比种粮食更好，更能得钱。”

经过二里半门前，平儿把罗圈腿也领进城去。平儿向爹爹要了铜板给小朋友买两片油煎馒头。又走到敲锣搭着小棚的地方去挤撞，每人花一个铜板看一看“西洋景”（街头影戏）。那是从一个嵌着小玻璃镜，只容一只眼睛的地方看进去，里面有一张放大的画片活动着。打仗的，拿着枪的，很快又换上一张别样的。耍画片的人一面唱：一面讲：

“这又是一片洋人打仗。你看‘老毛子’夺城，那真是哗啦啦！打死的不知多少……”

罗圈腿嚷着看不清，平儿告诉他：“你把眼睛闭起一个来！”

可是不久这就完了！从热闹的、孩子热爱的城里把他们又赶出来，平儿又被装进这睡着一般的乡村。原因，小鸡初生卵的时节已经过去。家家把鸡笼全预备好了。

平儿不愿跟着，赵三自己进城，减价出卖。后来折本卖。最后，他也不去了。厨房里鸡笼靠墙高摆起来。这些东西从前会使赵三欢喜，现在会使他生气。

平儿又骑在羊背上去牧羊。但是赵三是受了挫伤！

六　刑罚的日子

房后的草堆上，温暖在那里蒸腾起了。全个农村跳跃着泛滥的阳光。小风开始荡漾田禾，夏天又来到人间，叶子上树了！假使树会开花，那么花也上树了！

房后草堆上，狗在那里生产。大狗四肢在颤动，全身抖擞着。经过一个长时间，小狗生出来。

暖和的季节，全村忙着生产。大猪带着成群的小猪喳喳的跑过，也有的母猪肚子那样大，走路时快要接触着地面，它多数的乳房有什么在充实起来。

那是黄昏时候，五姑姑的姐姐她不能再延迟，她到婆婆屋中去说：

“找个老太太来吧！觉得不好。”

回到房中放下窗帘和幔帐。她开始不能坐稳，她把席子卷起来，就在草上爬行。收生婆来时，她乍望见这房中，她就把头扭着。她说：

“我没见过，像你们这样大户人家，把孩子还要生养到草上。‘压柴，压柴，不能发财。'”

家中的婆婆把席下的柴草又都卷起来，土炕上扬起灰尘。光着身子的女人，和一条鱼似的，她爬在那里。

黄昏以后，屋中起着烛光。那女人是快生产了，她小声叫号了一阵，收生婆和一个邻居的老太婆架扶着她，让她坐起来，在炕上微微的移动。可是罪恶的孩子，总不能生产，闹着夜半过去，外面鸡叫的时候，女人忽然苦痛得脸色灰白，脸色转黄，全家人不能安定。为她开始预备葬衣，在恐怖的烛光里四下翻寻衣裳，全家为了死的黑影所骚动。

赤身的女人，她一点不能爬动，她不能为生死再挣扎最后的一刻。天渐亮了。恐怖仿佛是僵尸，直伸在家屋。

五姑姑知道姐姐的消息，来了，正在探询：

“不喝一口水吗？她从什么时候起？”

一个男人撞进来，看形象是一个酒疯子。他的半面脸红而肿起，走到幔帐的地方，他吼叫：“快给我的靴子！”

女人没有应声，他用手撕扯幔帐，动着他厚肿的嘴唇：

“装死吗？我看看你还装不装死！”

说着他拿起身边的长烟袋来投向那个死尸。母亲过来把他拖出去。每年是这样，一看见妻子生产他便反对。

日间苦痛减轻了些，使她清明了！她流着大汗坐在幔帐中，忽然那个红脸鬼，又撞进来，什么也不讲，只见他怕人的手中举起大水盆向着帐子抛来。最后人们拖他出去。

大肚子的女人，仍涨着肚皮，带着满身冷水无言的坐在那里。她几乎一动不敢动，她仿佛是在父权下的孩子一般怕着她的男人。

她又不能再坐住，她受着折磨，产婆给换下她着水的上衣。门响了她又慌张了，要有神经病似的。一点声音不许她哼叫，受罪的女人，身边若有洞，她将跳进去！身边若有毒药，她将吞下去。她仇视着一切，窗台要被她踢翻。她愿意把自己的腿弄断，宛如进了蒸笼，全身将被热力所撕碎一般呀！

产婆用手推她的肚子：

“你再刚强一点，站起来走走，孩子马上就会下来的，到了时候啦！”

走过一个时间，她的腿颤颤得可怜，患着病的马一般，倒了下来。产婆有些失神色，她说：“媳妇子怕要闹事，再去找一个老太太来吧！”

五姑姑回家去找妈妈。

这边孩子落产了，孩子当时就死去！用人拖着产妇站起来，立刻孩子掉在炕上，像投一块什么东西在炕上响着。女人横在血光中，用肉体来浸着血。

窗外，阳光洒满窗子，屋内妇人为了生产疲乏着。

田庄上绿色的世界里，人们洒着汗滴。

四月里，鸟雀们也孵雏了！常常看见黄嘴的小雀飞下来，在檐下跳跃着啄食。小猪的队伍逐渐肥起来，只有女人在乡村夏季更贫瘦，和耕种的马一般。

刑罚，眼看降临到金枝的身上，使她短的身材，配着那样大的肚子，十分不相称。金枝还不像个妇人，仍和一个小女孩一般。但是肚子膨胀起了！很快做妈妈了，妇人们的刑罚快擒着她。

并且她出嫁还不到四个月，就渐渐会诅咒丈夫，渐渐感到男人是炎凉的人类！那正和别的村妇一样。

坐在河边沙滩上，金枝在洗衣服。红日斜照着河水，对岸林子的倒影，随逐着红波模糊下去！

成业在后边，站在远远的地方：

“天黑了呀！你洗衣裳，懒老婆，白天你做什么来？”

天还不明，金枝就摸索着穿起衣裳。在厨房，这大肚子的小女人开始弄得厨房蒸着气。太阳出来，铲地的工人掮着锄头回来。堂屋挤满着黑黑的人头，吞饭、吞汤的声音，无纪律地在响。

中午又烧饭；晚间烧饭，金枝过于疲乏了！腿子痛得折断一般。天黑下来卧倒休息一刻。在她迷茫中坐起来，知道成业回来了！努力掀起在睡的眼睛，她问：

“才回来？”

过了几分钟，她没有得到答话。只看男人解脱衣裳，她知道又要挨骂了！正相反，没有骂，金枝感到背后温热一些，男人努力低音向她说话：

“…………”

金枝被男人朦胧着了！

立刻，那和灾难一般，跟着快乐而痛苦追来了。金枝不能烧饭。村中的产婆来了！她在炕角苦痛着脸色，她在那里受着刑罚，王婆来帮助她把孩子生下来。王婆摇着她多经验的头颅：“危险，昨夜你们必定是不安着的。年轻什么也不晓得，肚子大了，是不许那样的。容易丧掉性命！”

十几天后金枝又行动在院中了！小金枝在屋中哭唤她。

牛或是马在不知觉中忙着栽培自己的痛苦。夜间乘凉的时候，可以听见马或是牛棚做出异样的声音来。牛也许是为了自己的妻子而角斗，从牛棚撞出来了。木杆被撞掉，狂张着，成业去拾了耙子猛打疯牛，于是又安然被赶回棚里。

在乡村，人和动物一起忙着生，忙着死……

二里半的婆子和李二婶子在地端相遇。

“啊呀！你还能弯下腰去？”

“你怎么样？”

“我可不行了呢？”

“你什么时候的日子？”

“就是这几天。”

外面落着毛毛雨。忽然二里半的家屋吵叫起来！傻婆娘一向生孩子是闹惯了的，她大声哭，她怨恨男人：

"我说再不要孩子啦！没有心肝的，这不都是你的吗？我算死在你身上！"

惹得老王婆扭着身子闭住嘴笑。过了一会傻婆娘又滚转着高声嚷叫：

"肚子疼死了，拿刀快把我肚子给割开吧！"

吵叫声中看得见孩子的圆头顶。

在这时候，五姑姑变青脸色，走进门来，她似乎不会说话，两手不住的扭绞：

"没有气了！小产了，李二婶子快死了呀！"

王婆就这样丢下麻面婆赶向打鱼村去。另一个产婆来时，麻面婆的孩子已在土炕上哭着。产婆洗着刚会哭的小孩。

等王婆回来时，窗外墙根下，不知谁家的猪也正在生小猪。

七　罪恶的五月节

五月节来临，催逼着两件事情发生：王婆服毒，小金枝惨死。

弯月如同弯刀刺上林端。王婆散开头发，她走向房后柴栏，在那儿她轻开篱门。柴栏外是墨沉沉的静谧的，微风不敢惊动这黑色的夜面；黄瓜爬上架了！玉米响着雄宽的叶子，没有蛙鸣，也少虫声。

王婆披着散发，幽魂一般的，跪在柴草上，手中的杯子放到嘴边。一切涌上心头，一切诱惑她。她平身向草堆倒卧过去。被悲哀汹淘着大哭了。

赵三从睡床了起来，他什么都不清楚，柴栏里，他带点愤怒对待王婆：

"为什么？在发疯！"

他以为她是闷着刺到柴栏去哭。

赵三撞到草中的杯子了，使他立刻停止一切思维。他跑到屋中，灯光下，发现黑色浓重的液体东西在杯底。他先用手试一试，再用舌头试一试，那是苦味。

“王婆服毒了！”

次晨村中嚷着这样的新闻。村人凄静的断续的来看她。

赵三不在家，他跑出去，乱坟岗子上，给她寻个位置。

乱坟岗子活人为死人掘着坑子了，坑子深了些，二里半先跳下去。下层的湿土，翻到坑子旁边，坑子更深了！大了！几个人都跳下去，铲子不住的翻着，坑子埋过人腰。外面的土堆涨过人头。

坟场是死的城廓，没有花香，没有虫鸣，即使有花，即使有虫，那都是唱奏着别离歌，陪伴着说不尽的死者永久的寂寞。

乱坟岗子是地主施舍给贫苦农民们死后的住宅。但活着的农民，常常被地主们驱逐，使他们提着包袱，提着小孩，从破房子再走进更破的房子去。有时被逐着在马棚里借宿。孩子们哭闹着马棚里的妈妈。

赵三去进城，突然的事情打击着他，使他怎样柔弱呵！遇见了打鱼村进城卖菜的车子，那个驱车人麻麻烦烦的讲一些：“菜价低了，钱帖毛荒。粮食也不值钱。”

那个车夫打着鞭子，他又说：

“只有布匹贵，盐贵。慢慢一家子连咸盐都吃不起啦！地租是增加，还叫老庄活不活呢？”

赵三跳上车，低了头坐在车尾的辕边。两条衰乏的腿子，凄凉的挂下，并且摇荡。车轮在辙道上哐啷的牵响。

城里，大街上拥挤着了！菜市过量的纷嚷。围着肉铺，人们吵架一般。忙乱的叫卖童，手中花色的葫芦，随着空气而跳荡，他们为了“五月节”而癫狂。

赵三他什么也没看见，好像街上的人都没有了！好像街是空街。但是一个小孩跟在后面：

“过节了，买回家去，给小孩玩吧！”

赵三听见这话，那个卖葫芦的孩子，好像自己不是孩子，自己是大人了一般，他追逐：

“过节了，买回家去，给小孩玩吧！”

柳条枝上各色花样的葫芦好像一些被系住的蝴蝶，跟住赵三在后面跑。

一家棺材铺，红色的，白色的，门口摆了多多少少，他停在那里。孩子也停止追逐。

一切都准备好！棺材停在门前，掘坑的铲子停止翻扬了！

窗子打开，使死者见一见最后的阳光。王婆跳突着胸口，微微尚有一点呼吸，明亮的光线照拂着她素静的打扮。已经为她换上一件黑色棉裤和一件浅色短单衫。除了脸是紫色，临死她没有什么怪异的现象，人们吵嚷说：

“抬吧！抬她吧！”

她微微尚有一点呼吸，嘴里吐出一点点白沫，这时候她已经被抬起来了。外面平儿急叫：

“冯丫头来了！冯丫头！”

母女们相逢太迟了！母女们永远永远不会再相逢了！那个孩子手中提了小包袱，慢慢慢慢走到妈妈面前。她细看一看，她的脸孔快要接触到妈妈脸孔的时候，一阵清脆的爆裂的声浪嘶叫开来，她的小包袱滚滚着落地。

四围的人，眼睛和鼻子感到酸楚和湿浸。谁能止住被这小女孩唤起的难忍的酸痛而不哭呢？不相关联的人混同着女孩哭她的母亲。

其中新死去丈夫的寡妇哭得最厉害，也最哀伤。她几乎完全哭着自己的丈夫，她完全幻想是坐在她丈夫的坟前。

男人们嚷叫：“抬呀！该抬了。收拾妥当再哭！”

那个小女孩感到不是自己家，身边没有一个亲人，她不哭了。

服毒的母亲眼睛始终是张着，但她不认识女儿，她什么也不认识了！停在厨房板块上，口吐白沫，她心坎尚有一点微微跳动。

赵三坐在炕沿，点上烟袋。女人们找一条白布给女孩包在头上，平儿把白带束在腰间。

赵三不在屋的时候，女人们便开始问那个女孩：

“你姓冯的那个爹爹多咱死的？”

“死两年多。”

“你亲爹呢？”

“早回山东了！”

“为什么不带你们回去？”

“他打娘，娘领着哥哥和我到了冯叔叔家。”

女人们探问王婆旧日的生活，她们为王婆感动。那个寡妇又说：

“你哥怎不来？回家去找他来看看娘吧！”

包白头的女孩，把头转向墙壁，小脸孔又爬着眼泪了！她努力咬住嘴唇，小嘴唇偏张开，她又张着嘴哭了！接受女人们的温情使她大胆一点，走到娘的近边，紧紧捏住娘的冰寒手指，又用手给妈妈抹擦唇上的泡沫。小心恐怕为母亲所惊扰，她带来的包袱踏在脚下。女人们又说：

“家去找哥哥来看看你娘吧！”

一听说哥哥，她就要大哭，又勉强止住。那个寡妇又问：

“你哥哥不在家吗？”

她终于用白色的包头布拢络住脸孔大哭起来了。借了哭势，她才敢说哥哥：

“哥哥前天死了呀，官项捉去枪毙的。”

包头布从头上扯掉。孤独的孩子癫痫着一般用头摇着母亲的心窝哭：

“娘呀……娘呀……”

她再什么也不会哭诉，她还小呢！

女人们彼此说：“哥哥多久死的？怎么都没听……”

赵三的烟袋出现在门口，他听清楚她们议论王婆的儿子。赵三晓得那小子是个“红胡子”。怎样死的，王婆服毒不是听说儿子枪毙才自杀的吗？这只有赵三晓得。他不愿意叫别人知道，老婆自杀还关联着某个匪案，他觉得当土匪无论如何有些不光明。

摇起他的烟袋来，他僵直的空的声音响起，用烟袋催着女孩：

“你走好啦！她已死啦！没有什么看的，你快走回你家去！”

小女孩被爹爹抛弃，哥哥又被枪毙了，带来包袱和妈妈同住，妈妈又死了，妈妈不在，让她和谁生活呢？

她昏迷地忘掉包袱，只顶了一块白布，离开妈妈的门槛，离开妈妈的门庭，那有点像丢开她的心让她远走一般。

赵三因为他年老。他心中裁判着年青人：

“私姘妇人，有钱可以，无钱怎么也去姘？没见过。到过节，那个淫妇无法过节，使他去抢，年青人就这样丧掉性命。”

当他看到也要丧命的自己的老婆的时候，他非常仇恨那个枪毙的小子。当他想起去年冬天，王婆借来老洋炮的那回事。他又佩服人了：

“久当胡子哩！不受欺侮哩！”

妇人们燃柴，锅渐渐冒气。赵三燃着烟袋他来回踱走。

过一会他看看王婆仍多多少少有一点气息，气息仍不断绝。他好像为了她的死等待得不耐烦似的，他困倦了，依着墙瞌睡。

长时间死的恐怖，人们不感到恐怖！人们集聚着吃饭，喝酒，这时候王婆在地下作出声音，看起来，她紫色的脸变成淡紫。人们放下杯子，说她又要活了吧？

不是那样，忽然从她的嘴角流出一些黑血，并且她的嘴唇有点像是起动，终于她大吼两声，人们瞪住眼睛说她就要断气了吧！

许多条视线围着她的时候，她活动着想要起来了！人们惊慌了！女人跑在窗外去了！男人跑去拿挑水的扁担。说她是死尸还魂。

喝过酒的赵三勇猛着：

“若让她起来，她会抱住小孩死去，或是抱住树，就是大人她也有力量抱住。”

赵三用他的大红手贪婪着把扁担压过去。扎实的刀一般的切在王婆的腰间。她的肚子和胸膛突然增涨，像是鱼泡似的。她立刻眼睛圆起来，像发着电光。她的黑嘴角也动了起来，好像说话，可是没有说话，血从口腔直喷，射了赵三的满单衫。赵三命令那个人：

“快轻一点压吧！弄得满身血。”

王婆就算连一点气息也没有了！她被装进待在门口的棺材里。

后村的庙前，两个村中无家可归的老头，一个打着红灯笼，一个手提水壶，领着平儿去报庙。绕庙走了三周，他们顺着毛毛的行人小道回来，老人念一套成谱调的话，红灯笼伴了孩子头上的白布，他们回家去。平儿一点也不哭，他只记得住那年妈妈死的时候不也是这样报庙吗？

王婆的女儿却没能回来。

王婆的死信传遍全存，女人们坐在棺材边大大的哭起！扭着鼻涕，号啕着：哭孩子的，哭丈夫的，哭自己命苦的，总之，无管有什么冤屈都到这里来送了！村中一有年岁大的人死，她们，女人之群们，就这样做。

将送棺材上坟场！要钉棺材盖了！

王婆终于没有死，她感到寒凉，感到口渴，她轻轻说：

“我要喝水！”

但她不知道，她是睡在什么地方。

五月节了，家家门上挂起葫芦。二里半那个傻婆子屋里有孩子哭着，她却蹲在门口拿刷马的铁耙子给羊刷毛。

二里半跛着脚。过节，带给他的感觉非常愉快。他在白菜地里看见白菜被虫子吃倒几棵。若在平日他会用短句咒骂虫子，或是生气把白菜用脚踢着。但是现在过节了，他一切愉快着，他觉得自己是应该愉快。走在地边他看一看柿子还没红，他想摘几个柿子给孩子吃吧！过节了！

全村表示着过节，菜田和麦地，无管什么地方都是静静的，甜美的。虫子们也仿佛比平日会唱了些。

过节渲染着整个二里半的灵魂。他经过家门没有进去，把柿子扔给孩子又走了！他要趁着这样愉快的日子会一会朋友。

左近邻居的门上都了纸葫芦，他经过王婆家，那个门上摆荡着的是绿的葫芦。再走，就是金枝家。金枝家，门外没有葫芦，门里没有人了！二里半张望好久：孩子的尿布在锅灶旁被风吹着，飘飘的在浮游。

小金枝来到人家才够一个月，就被爹爹摔死了。婴儿为什么来到这样的人间？使她带了怨悒回去！仅仅是这样短促呀！仅仅是几天的小生命！

小小的孩子睡在许多死人中，他不觉得害怕吗？妈妈走远了！妈妈啜泣声不见了！

天黑了！月亮也不来为孩子做伴。

五月节的前些日子，成业总是进城跑来跑去。家来和妻子吵打。他说："米价落了！三月里买的米现在卖出去折本一小半。卖了还债也不足，不卖又怎能过节？"

并且他渐渐不爱小金枝，当孩子夜里把他吵醒的时候，他说："拼命吧！闹死吧！"

过节的前一天，他家什么也没预备，连一斤面粉也没买。烧饭的时候豆油罐子什么也倒流不出。

成业带着怒气回家，看一看还没有烧菜。他厉声嚷叫：

"啊！像我……该饿死啦，连饭也没得吃……我进城……我进城。"

孩子在金枝怀中吃奶。他又说：

"我还有好的日子吗？你们累得我，是我做强盗都没有机会。"

金枝垂了头把饭摆好，孩子在旁边哭。

成业看着桌上的咸菜和粥饭，他想了一刻又不住的说起：

"哭吧！败家鬼，我卖掉你去还债！"

孩子仍哭着，妈妈在厨房里，不知是扫地；还是收拾柴堆。爹爹发火了：

“把你们都一块卖掉，要你们这些吵家鬼有什么用……”

厨房里的妈妈和火柴一般被燃着：

“你像个什么？回来吵打，我不是你的冤家，你会卖掉，看你卖吧！”

爹爹飞着饭碗！妈妈暴跳起来。

“我卖，我摔死她吧！……我卖什么！”

就这样小生命被截止了！

王婆听说金枝的孩子死，她要来看看，可是她只扶了杖子立起来又倒卧下来。她的腿骨被毒质所侵还不能行走。

年青的妈妈过了三天她到乱岗子去看孩子。但那能看到什么呢？被狗扯得什么也没有。

成业他看到一堆草染了血，他幻想是捆小金枝的草吧！他俩背向着流过眼泪。

乱坟岗子不知晒干多少悲惨的眼泪？永年悲惨的地带，连个乌鸦也不落下。

成业又看见一个坟窟，头骨在那里重见天日。

走出坟场，一些棺材，坟堆，死寂死寂的印象催迫着他们加快着步子。

八　蚊虫繁忙着

她的女儿来了！王婆的女儿来了！

王婆能够拿着鱼竿坐在河沿钓鱼了！她脸上的纹摺没有什么增多或减少，这证明她依然没有什么变动，她还必须活下去。

晚间河边蛙声震耳。蚊子从河边的草丛出发，嗡声喧闹的队伍，迷漫着每个家庭。日间太阳也炎热起来！太阳烧上人们的皮肤，夏天、田庄上人们怨恨太阳和怨恨一个恶毒的暴力者一般。全个田间，一个大火球在那里滚转。

但是王婆永久欢迎夏天。因为夏天有肥绿的叶子，肥的园林，更有夏夜会唤起王婆诗意的心田，她该开始向着夏夜述说故事。今夏她什么也不说了！她偎在窗下和睡了似的，对向幽邃的天空。

蛙鸣震碎人人的寂寞；蚊虫骚扰着不能停息。

这相同平常的六月，这又是去年割麦的时节。王婆家今年没种田。她更忧伤而消默了！当举着钓竿经过作浪的麦田时，她把竿头的绳线绕起来，她仰了头，望着高空，就这样睬也不睬地经过麦田。

王婆的性情更恶劣了！她又酗酒起来。她每天钓鱼。全家人的衣服她不补洗，她只每夜烧鱼，吃酒，吃得醉疯疯的，满院，满屋她旋走；她渐渐要到树林里去旋走。

有时在酒杯中她想起从前的丈夫；她痛心看见来在身边孤独的女儿，总之在喝酒以后她更爱烦想。

现在她近于可笑，和石块一般沉在院心，夜里她习惯于在院中睡觉。

在院中睡觉被蚊虫围绕着，正像蚂蚁群拖着已腐的苍蝇。她是再也没有心情了吧！再也没有心情生活！

王婆被蚊虫所食，满脸起着云片，皮肤肿起来。

王婆在酒杯中也回想着女儿初来的那天，女儿横在王婆怀中：

“妈呀！我想你是死了！你的嘴吐着白沫，你的手指都凉了呀！……哥哥死了，妈妈也死了，让我到那里去讨饭吃呀！……他们把我赶出时，带来的包袱都忘了啦，我哭……哭昏啦……妈妈，他们坏心肠，他们不叫我多看你一刻……”

后来孩子从妈妈怀中站起来时，她说出更有意义的话：

“我恨死他们了！若是哥哥活着，我一定告诉哥哥把他打死。”

最后那个女孩，拭干眼泪说：

“我必定要像哥哥，……”

说完她咬一下嘴唇。

王婆思想着女孩怎么会这样烈性呢？或者是个中用的孩子？

王婆忽然停止酗酒，她每夜，开始在林中教训女儿，在静的林里，她严峻地说：

“要报仇。要为哥哥报仇，谁杀死你的哥哥？”

女孩子想：“官项杀死哥哥的。”她又听妈妈说：“谁杀死哥哥，你要杀死谁，……”

女孩子想过十几天以后，她向妈妈踌躇着：

“是谁杀死哥哥？妈妈明天领我去进城，找到那个仇人，等后来什么时候遇见他我好杀死他。”

孩子说了孩子话，使妈妈笑了！使妈妈心痛。

王婆同赵三吵架的那天晚上，南河的河水涨出了河床。南河沿嚷着：

“涨大水啦！涨大水啦！”

人们来往在河边，赵三在家里也嚷着：

“你快叫她走，她不是我家的孩子，你的崽子我不招留。快——”

第二天家家的麦子送上麦场。第一场割麦，人们要吃一顿酒来庆祝。赵三第一年不种麦，他家是静悄悄的。有人来请他，他坐到别人欢说的酒桌前，看见别人欢说，看见别人收麦，他红色的大手在人前窘迫着了！不住的胡乱的扭搅，可是没有人注意他，种麦人和种麦人彼此谈话。

河水落了却带来众多的蚊虫。夜里蛤蟆的叫声，好像被蚊子的嗡嗡压住似的。日间蚊群也是忙着飞。只有赵三非常哑默。

九　传染病

乱岗子，死尸狼藉在那里。无人掩埋，野狗活跃在尸群里。太阳血一般昏红；从朝至暮蚊虫混同着蒙雾充塞天空。高梁，玉米和一切菜类被人丢弃在田圃，每个家庭是病的家庭。是将绝灭的家庭。全村静悄了。植物也没有风摇动它们。一切沉浸在雾中。赵三坐在南地端出卖五把新镰刀。那是组织“镰刀会”时剩下的。他正看着那伤心的遗留物，村中的老太太来问他：

“我说…天象，这是什么天象？要天崩地陷了。老天爷叫人全死吗？嗳……”

老太婆离去赵三，曲背立即消失在雾中，她的语声也像隔远了似的：

“天要灭人呀！…老天早该灭人啦！人世尽是强盗、打仗、杀害，这是人自己招的罪…”

渐渐远了！远处听见一个驴子在号叫，驴子号叫在山坡吗？驴子号叫在河沟吗？

什么也看不见，只能听闻：那是，二里半的女人作嘎的不愉悦的声音来近赵三。赵三为着镰刀所烦恼，他坐在雾中，他用烦恼的心思在忌恨镰刀。他想：

“青牛是卖掉了！麦田没能种起来。”

那个婆子向他说话，但他没有注意到。那个婆子被脚下的土块跌倒，她起来慌张着，在雾层中看不清她怎样张惶。她的音波织起了网状的波纹，和老大的蚊音一般：

“三哥，还坐在这里！家怕是有‘鬼子’来了，就连小孩子，‘鬼子’也要给打针。你看我把孩子抱出来，就是孩子病死也甘心，打针可不甘心。”

麻面婆离开赵三去了！抱着她未死的、连哭也不会哭的孩子沉没在雾中。

太阳变成暗红色的放大而无光的圆轮，当在人头。昏茫的村庄埋着天然灾难的种子，渐渐种子在滋生。

传染病和放大的太阳一般勃发起来，茂盛起来！

赵三踏着死蛤蟆走路；人们抬着棺材在他身边暂时现露而滑过去！一个歪斜面孔的小脚女人跟在后面，她小小的声音哭着。又听到驴子叫，不一会驴子闪过去，背上驮着一个重病的老人。

西洋人，人们叫他“洋鬼子”，身穿白外套，第二天雾退时，白衣女人来到赵三的窗外，她嘴上挂着白囊，说起难懂的中国话：

“你的，病人的有？我的治病好，来。快快的。”

那个老的胖一些的，动一动胡子，眼睛胖得和猪一般，把头探着窗子望。

赵三着慌说没有病人，可是终于给平儿打针了！

“老鬼子”向那个“小鬼子”说话，嘴上的白囊一动一动的。管子，药瓶和亮刀从提包倾出，赵三去井边提一壶冷水。那个“鬼子”开始擦他通孔的玻璃管。

平儿被停在窗前的一块板上，用白布给他蒙住眼睛。隔院的人们都来看着，因为要晓得“鬼子”怎样治病，“鬼子”治病究竟怎样可怕。

玻璃管从肚脐一寸的地方插下，五寸长的玻璃管只有半段在肚皮外闪光。于是人们捉紧孩子，使他仰卧不得摇动。“鬼子”开始一个人提起冷水壶，另一个对准那个长长的橡皮管顶端的漏水器。看起来“鬼子”像修理一架机器。四面围观的人好像有叹气的，好像大家一起在缩肩膀。孩子只是作出“呀！呀”的短叫，很快一壶水灌完了！最后在滚涨的肚子上擦一点黄色药水，用小剪子剪一块白绵贴在破口。就这样白衣“鬼子”提了包轻便的走了！又到别人家去。

又是一天晴朗的日子，传染病患到绝顶的时候！女人们抱着半死的小孩子，女人们始终惧怕打针，惧怕白衣的“鬼子”用水壶向小孩子肚里灌水。她们不忍看那肿涨起来奇怪的肚子。

恶劣的传闻布遍着。

“李家的全家死了！”“城里派人来检查，有病象的都用车子拉进城去，老太婆也拉，孩子也拉，拉去打药针。”

人死了听不见哭声，静悄地抬着草捆或是棺材向着乱坟岗子走去，接接连连的，不断……

过午二里半的婆子把小孩送到乱坟岗子去！她看到别的几个小孩有的头发蒙住白脸，有的被野狗拖断了四肢，也有几个好好的睡在那里。

野狗在远的地方安然的嚼着碎骨发响。狗感到满足，狗不再为着追求食物而疯狂，也不再猎取活人。

平儿整夜呕着黄色的水，绿色的水，白眼珠满织着红色的丝纹。赵三喃喃着走出家门，虽然全村的人死了不少，虽然庄稼在那里衰败，镰刀他却总想出卖，镰刀放在家里永久刺着他的心。

十　十年

十年前村中的山，山下的小河，而今依旧似十年前，河水静静的在流，山坡随着季节而更换衣裳；大片的村庄生死轮回着和十年前一样。

屋顶的麻雀仍是那样繁多。太阳也照样暖和。山下有牧童在唱童谣，那是十年前的旧调："秋夜长，秋风凉，谁家的孩儿没有娘，谁家的孩儿没有娘，……月亮满西窗。"

什么都和十年前一样，王婆也似没有改变，只是平儿长大了！平儿和罗圈腿都是大人了！

王婆被凉风飞着头发，在离墙外远听从山坡传来的童谣。

十一　年轮转动了

雪天里，村人们永没见过的旗子飘扬起，升上天空！

全村寂静下去，只有日本旗子在山岗临时军营前，振荡地响着。

村人们在想：这是什么年月？中华国改了国号吗？

十二　黑色的舌头

宣传"王道"的旗子来了！带着尘烟和骚闹来的。

宽宏的树夹道；汽车闹嚣着了！

田间无际限的浅苗湛着青色。但这不再是静穆的村庄，人们已经失去了心的平衡。草地上汽车突起着飞尘跑过，一些红色绿色的纸片播着种子一般落下来。小茅房屋顶有花色的纸片在起落。附近大道旁的枝头挂住纸片，在飞舞嘶鸣。从城里出发的汽车又追踪着驰来。车上站着威风飘扬的日本人，高丽人，也站着扬威的中国人。车轮突飞的时候，车上每人手中的旗子摆摆有声，车上的人好像生了翅膀齐飞过去。那一些举着日本旗子作出媚笑杂样的人，消失在道口。

那一些“王道”的书篇飞到山腰去，河边去……

王婆立在门前，二里半的山羊垂下它的胡子。老羊轻轻走过正在繁茂的树下。山羊不再寻什么实物，它困倦了！它过于老，全身变成土一般地毛色。它的眼神模糊好像垂泪似的。山羊完全幽默和可怜起来；拂摆着长胡子走向洼地。

对着前面的洼地，对着山羊，王婆追踪过去痛苦的日子。她想把那些日子捉回，因为今日的日子还不如昨日。洼地没人种，上岗那些往日的麦田荒乱在那里。她在伤心的追想。

日本飞机拖起狂大的嗡鸣飞过，接着天空翻飞着纸片。一张纸片落在王婆头顶的树枝，她取下看了看丢在脚下。飞机又过去时留下更多的纸片。她不再理睬一下那些纸片，丢在脚下来复的乱踏。

过了一会，金枝的母亲经过王婆，她手中捉住两只公鸡，她问王婆说：

“日子算是没法过了！可怎么过？就剩两只鸡，还得快快去卖掉！”

王婆问她：“你进城去卖吗？”

“不进城谁家肯买？全村也没有几只鸡了！”

她向王婆耳语了一阵：

“日本子恶得很！村子里的姑娘都跑空了！年青的媳妇也是一样。我听说王家屯一个十三岁的小丫头叫日本子弄去了！半夜三更弄走的。”

“歇一歇再走吧！”王婆说。

她俩坐在树下。大地上的虫子并不鸣叫，只是她俩惨淡而忧伤地谈着。

公鸡在手下不时振动着膀子。太阳有点正中了！树影做成圆形。

村中添设出异样的风光，日本旗子，日本兵。人们开始讲究这一些；“王道”啦！日“满”亲善啦！快有“真龙天子”啦！

在“王道”之下，村中的废田多起来，人们在广场上忧郁着徘徊。

那老婆说到最后：“我这些年来，都是养鸡，如今连个鸡毛也不能留，连个‘啼明’的公鸡也不让留下。这是什么年头……”

她震动一下袖子，有点癫狂似的，她立起来，踏过前面一块不耕的废田，废田患着病似的，短草在那婆婆的脚下不愉快的没有弹力的被踏过。

走得很远，仍可辨出两只公鸡是用那个挂下的手提着，另外一只手在面部不住的抹擦。

王婆睡下的时候，她听见远处好像有女人尖叫。打开窗子听一听……

再听一会警笛嚣叫起来，枪鸣起来，远处的人家闯入什么魔鬼了吗？

“你家有人没有？”

当夜日本兵，中国警察搜遍全村。这是搜到王婆家。她回答：

“有什么人？没有。”

他们掩住鼻子在屋中转了一个弯出去了。手电灯发青的光线乱闪着，临走出门栏，一个日本兵在铜帽子下面说中国话：

“也带走她。”

“怎么也带女人吗？”她想，“女人也要捉去枪毙吗？”

“谁稀罕她，一个老婆子！”那个中国警察说。

中国人都笑了！日本人也瞎笑。可是他们不晓得着话是什么意思，别人笑，他们也笑。

真的，不知他们牵了谁家的女人，曲背和猪一般被他们牵走。在稀薄乱动的手电灯绿色的光线里面，分辨不出这女人是谁！

还没走出栏门，他们就调笑那个女人。并且由王婆看见那个日本“铜帽子”的手在女人的屁股上急忙的爬了一下。

十三　你要死灭吗?

王婆以为又是假装搜查到村中捉女人，于是她不想到什么恶劣的事情上去，安然的睡了！赵三那老头子也非常老了！他回来没有惊动谁也睡了！

过了夜，日本宪兵在门外轻轻敲门，走进来的，看样像个中国人，他的长靴染了湿淋的露水，从口袋取出手巾，摆出泰然的样子坐在炕沿慢慢擦他的靴子，访问就在这时开始：

“你家昨夜没有人来过？不要紧。你要说实话。”

赵三刚起来，意识有点不清，不晓得这是什么事情发生。于是那个宪兵把手中的帽子用力抖了一下，不是柔和而不在意的态度了：“混蛋！你怎么不知道？等带去你就知道了！”

说了这样话并没带他去。王婆一面在扣衣纽一面抢说：

“问的是什么人？昨夜来过几个‘老总’，搜查没有什么就走了！”

那个军官样的把态度完全是对着王婆，用一种亲昵的声音问：

“老太太请告诉吧！有赏哩！”

王婆的样子仍是没有改变。那人又说：

“我们是捉胡子，有胡子乡民也是同样受害，你没见着昨天汽车来到村子宣传‘王道’吗？‘王道’叫人诚实。老太太说了吧！有赏呢？”

王婆面对着窗子照上来的红日影，她说：

“我不知道这回事。”

那个军官又想大叫，可是停住了，他的嘴唇困难的又动几下：

“‘满洲国’要把害民的胡子扫清，知道胡子不去报告，查出来枪毙！”这时那个长靴人用斜眼神侮辱赵三一下。接着他再不说什么，等待答复，终于他什么也没得到答复。

还不到中午，乱坟岗子多了三个死尸，其中一个是女尸。

人们都知道那个女尸，就是北村一个寡妇家搜出的那个“女学生”。

赵三听得别人说“女学生”是什么“党”。但是他不晓得什么“党”做什么解释。当夜在喝酒以后把这一切告诉了王婆，他也不知道那“女学生”倒有什么密事，到底为什么才死？他只感到不许传说的事情神秘，他也必定要说。

王婆她十分不愿意听，因为这件事发生，她担心她的女儿，她怕是女儿的命运和那个“女学生”一般样。

赵三的胡子白了！也更稀疏，喝过酒，脸更是发红，他任意把自己摊散在炕角。

平儿担了大捆的绿草回来，晒干可以成柴，在院心他把绿草铺平。进屋他不立刻吃饭，透汗的短衫脱在身边，他好像愤怒似的，用力来抬响他多肉的肩头，嘴里长长的吐着呼吸。过了长时间爹爹说：

“你们年青人应该有些胆量。这不是叫人死吗？亡国了！麦地不能种了，鸡犬也要死净。”

老头子说话像吵架一般。王婆给平儿缝汗衫上的大口，她感动了，想到亡国，把汗衫缝错了！她把两个袖口完全缝住。

赵三和一个老牛般样，年青时的气力全都消灭，只回想“镰刀会”，又告诉平儿：

“那时候你还小着哩！我和李青山他们弄了个‘镰刀会’。勇得很！可是我受了打击，那一次使我碰壁了，你娘去借只洋炮来，谁知道没有用洋炮，就是一条棍子出了人命，从那时起就倒霉了！一年不如一年活到如今。”

“狗，到底不是狼，你爹从出事以后，对‘镰刀会’就没趣了！青牛就是那年卖的。”

她这样抢白着，使赵三感到羞耻和愤恨。同时自己为什么当时就那样卑小？心脏发燃了一刻，他说着使自己满意的话。

“这下子东家也不东家了！有日本子，东家也不好干什么！”

他为轻松充血的身子，他向树林那面去散步，那儿有树林，林梢在青色的天边图出美调的和舒卷着的云一般的弧线。青的天幕在前面直垂下来，曲卷的树梢花边般地嵌上天幕。田间往日的蝶儿在飞，一切野花还不曾开。小草房一座一座的摊落着，有的留下残墙在晒阳光，有的也许是被炸弹带走了屋盖。房身整整齐齐地摆在那里。

赵三阔大开胸膛，他呼吸田间透明的空气。他不愿意走了，停脚在一片荒芜的、过去的麦地旁。就这样不多一时，他又感到烦恼，因为他想起往日自己的麦田而今丧尽在炮火下，在日本兵的足下必定不能够再长起来，他带着麦田的忧伤又走过一片瓜田，瓜田也不见了种瓜的人，瓜田尽被一些蒿草充塞。去年看守瓜地小房，依然存在；赵三倒在小房下的短草梢头。他欲睡了！朦胧中看见一些“高丽”人从大树林穿过。视线从地平面直发过去，那一些“高丽”人仿佛是走在天边。

假如没有乱插在地面的家屋，那么赵三觉得自己是躺在天边了！

阳光眯住他的眼睛，使他不能再远看了！听得见村狗在远方无聊的吠叫。

如此荒凉的旷野，野狗也不到这里巡行。独有酒烧胸膛的赵三到这里巡行，但是他无有目的，任意足尖踏到什么地点，走过无数秃田，他觉得过于可惜，点一点头，摆一摆手，不住的叹着气走回家去。

村中的寡妇多起来，前面是三个寡妇，其中的一个尚拉着她的孩子走。

红脸的老赵三走近家门又转弯了！他是那样信步而无主地走！忧伤在前面招示他，忽然间一个大凹洞，踏下脚去。他未曾注意这个，好像他一心要完成长途似的，继续前进。那里更有炸弹的洞穴，但不能阻碍他的去路，因为喝酒，壮年的血气鼓动他。

在一间房子里，一只母猫正在哺乳一群小猫。他不愿看这些，他更走，没有一个熟人与他遇见。直到天西烧红着云彩，他滴血的心，垂泪的眼睛竟来到死去的年青时伙伴们的坟上，不带酒祭奠他们，只是无话坐在朋友们之前。

亡国后的老赵三，蓦然念起那些死去的英勇的伙伴！留下活着的老的，只有悲愤而不能走险了，老赵三不能走险了！

那是个繁星的夜，李青山发着疯了！他的哑喉咙，使他讲话带着神秘而紧张的声色。这是一次他们大型的集会。在赵三家里，他们像在举行什么盛大的典礼，庄严与静肃。人们感到缺乏空气一般，人们连鼻子也没有一个作响。屋子不燃灯，人们的眼睛和夜里的猫眼一般，闪闪有磷光而发绿。

王婆的尖脚，不住的踏在窗外，她安静的手下提了一只破洋灯罩，她时时准备着把玻璃灯罩摔碎。她是个守夜的老鼠，时时防备猫来。她到篱笆外绕走一趟，站在篱笆外听一听他们的谈论高低，有没有危险性？手中的灯罩她时刻不能忘记。

屋中李青山固执而且浊重的声音继续下去：

“在这半月里，我才真知道人民革命军真是不行，要干人民革命军那就必得倒霉，他们尽是些‘洋学生’，上马还得用人抬上去。他们嘴里就会狂喊‘退却’。二十八日那夜外面下小雨，我们十个同志正吃饭，饭碗被炸碎了哩！派两个出去寻炸弹的来路。大家来想一想，两个‘洋学生’跑出去，唉！丧气，被敌人追着连帽子都跑丢了，‘学生’们常常给敌人打死。……”

罗圈腿插嘴了：“革命军还不如红胡子有用？”

月光照进窗来太暗了！当时没有人能发现罗圈腿发问时是个什么奇怪的神情。

李青山又在开始：

“革命军纪律可真厉害，你们懂吗？什么叫纪律？那就是规矩。规矩大紧，我们也受不了。比方吧：屯子里年轻轻的姑娘望着不准去……哈哈！我吃了一回苦，同志打了我十下枪柄哩！”

他说到这里，自己停下笑起来，但是没敢大声。他继续下去。

二里半对于这些事情始终是缺乏兴致，他在一边瞌睡，老赵三用他的烟袋撞一下在睡的缺乏政治思想的二里半，并且赵三大不满意起来：

“听着呀！听着，这是什么年头还睡觉？”

王婆的尖脚乱踏着地面作响一阵，人们听一听，没听到灯罩的响声，知道日本兵没有来，同时人民感到严重的气氛。李青山的计划庄重着发表。

李青山是个农人，尚分不清该怎样把事弄起来，只说着：

“屯子里的小伙子招集，起来救国吧！革命军那一群‘学生’是不行。只有红胡子才有胆量。”

老赵三他的烟袋没有燃着，丢在炕上，急快的拍一下手他说：

“对！招集小伙子们，起名也叫革命军。”

其实赵三完全不能明白，因为他还不曾听说什么叫做革命军，他无由得到安慰，他的大手掌快乐的不停的搔着胡子。对于赵三这完全和十年前组织“镰刀会”同样兴致，也是暗室，也是静悄悄的讲话。

老赵三快乐得终夜不能睡觉，大手掌翻了个终夜。

同时站在二里半的墙外可以数清他鼾声的拍子。

乡间，日本人的毒手努力毒化农民，就说要恢复“大清国”，要做“忠臣”，“孝子”，“节妇”；可是另一方面，正相反的势力也增长着。

天一黑下来就有人越墙藏在王婆家中，那个黑胡子的人每夜来，成为王婆的熟人。在王婆家吃夜饭，那人向她说：

“你的女儿能干得很，背着步枪爬山爬得快呢！可是……已经……”

平儿蹲在炕下，他吸爹爹的烟袋。轻微的一点妒嫉横过心面。他有意弄响烟袋在门扇上，他走出去了。外面是阴沉全黑的夜，他在黑色中消灭了自己。等他恍惚着转回来时，王婆已是在垂泪的境况。

那夜老赵三回来得很晚，那是因为他逢人便讲亡国，救国，义勇军，革命军，……这一些出奇的字眼，所以弄得回来这样晚。快鸡叫的时候了！赵三的家没有鸡，全村听不见往日的鸡鸣。只有褪色的月光在窗上，“三星”不见了，知道天快明了。

他把儿子从梦中唤醒，他告诉他得意的宣传工作：东村那个寡妇怎样把孩子送回娘家预备去投义勇军。小伙子们怎样准备集合。老头子好像已在衙门里做了官员一样，摇摇摆摆着他讲话时的姿势，摇摇摆摆着他自己的心情，他整个的灵魂在阔步！

稍微沉静一刻，他问平儿：

“那个人来了没有？那个黑胡子的人？”

平儿仍回到睡中，爹爹正鼓动着生力，他却睡了！爹爹的话在他耳边，像蚊虫嗡叫一般的无意义。赵三立刻动怒起来，他觉得他光荣的事业，不能有人承受下去，感到养了这样的儿子没用，他失望。

王婆一点声息也不作出，像是在睡般地。

明朝，黑胡子的人忽然走来，王婆又问他：

“那孩子死的时候，你到底是亲眼看见她没有？”

他弄着骗术一般：

“老太太你怎么还不明白？不是老早对你讲么？死了就死了吧！革命就不怕死，那是露脸的死啊……比当日本狗的奴隶活着强得多哪！”

王婆常常听他们这一类人说“死”说“活”……她也想死是应该，于是安静下去，用她昨夜为着泪水所侵蚀的眼睛观察那熟人急转的面孔。终于她接受了！那人从囊中取出来的所有小本子，和像黑点一般的小字充满在上面的零散的纸张，她全接受了！另外还有发亮的小枪一支也递给王婆。那个人急忙着要走，这时王婆又不自禁问：

“她也是枪打死的吗？”

那人开门急走出去了！因为急走，那人没有注意到王婆。

王婆往日里，她不知恐怖，常常把那一些别人带来的小本子放在厨房里。有时她竟丢在席子下面。今天她却减少了胆量，她想那些东西若被搜查着，日本兵的刺刀会刺通了自己。她好像觉着自己的遭遇要和女儿一样似的，尤其是手掌里的小枪。她被恫吓着慢慢颤栗起来。女儿也一定被同样的枪杀死。她终止了想，她知道当前的事开始紧急。

赵三仓皇着脸回来，王婆没有理他走向后面柴堆那儿。柴草不似每年，那是燃空了！在一片平地上稀疏的生着马蛇菜。她开始掘地洞；听村狗在狂咬，她有些心慌意乱，把镰刀头插进土去无力拔出。她好像要倒落一般，全身受着什么压迫要把肉体解散了一般。过了一刻难忍昏迷的时间，她跑去呼唤她的老同伴。可是当走到房门又急转回来，她想起别人的训告：

——重要的事情谁也不能告诉，两口子也不能告诉。

那个黑胡子的人，向她说过的话也使回想了一遍：

——你不要叫赵三知道，那老头子说不定和孩子似的。

等她埋好之后，日本兵继续来过十几遍。多半只戴了铜帽，连长靴都没穿就来了。

人们知道他们又是在弄女人。

王婆什么观察力也失去了！不自觉地退缩在赵三的背后，就连那永久带着笑脸，常来王婆家搜查的日本官长，她也不认识了。临走时那人向王婆说“再见”，她直直迟疑着而不回答一声。

“拔”——“拔”，就是出发的意思，老婆们给男人在搜集衣裳或是鞋袜。

李青山派人到每家去寻个公鸡，没得寻到，有人提议把二里半的老山羊杀了吧！山羊正走在李青山的门前，或者是歇凉，或者是它走不动了！它的一只独角塞进篱墙的缝隙，小伙子们去抬它，但是无法把独角弄出。

二里半从门口经过，山羊就跟在后面回家去了！二里半说：

“你们要杀就杀吧！早晚还不是给日本子留着吗！”

李二婶子在一边说：“日本子可不要它，老得不成样。”

二里半说：“日本子可不要它，老也老死了！”

人们宣誓的日子到了！没有寻到公鸡，决定拿老山羊来代替。小伙子们把山羊抬着，在杆上四脚倒挂下去，山羊不住哀叫。二里半可笑的悲哀的形色跟着山羊走来，他的跛脚仿佛是一步一步把地面踏陷。波浪状的行走，愈走愈快！他的老婆疯狂的想把他拖回去，然而不能做到，二里半惶惶的走了一路。山羊被抬过一个山腰的小曲道。山羊被升上院心铺好红布的方桌。

东村的寡妇也来了！她在桌前跪下祷告一阵，又到桌前点着两只红蜡烛，蜡烛一点着，二里半知道快要杀羊了。

院心除了老赵三，那尽是一些年青小伙子在走、转。他们袒胸露背，强壮而且凶横。

赵三总是向那个东村的寡妇说，他一看见她便宣传她。他一遇见事情，就不像往日那样贪婪吸他的烟袋。说话表示出庄严，连胡子也动荡一下：

“救国的日子就要来到。有血气的人不肯当亡国奴，甘愿做日本刺刀下的屈死鬼。”

赵三只知道自己是中国人。无论别人对他讲解了多少遍，他总不能明白他在中国人中是站在怎样的阶级。虽然这样，老赵三也是非常进步，他可以代表整个村人在进步着，那就是他从前不晓得什么叫国家，从前也许忘掉了自己是哪国的国民！

他不开言了！静站在院心，等待宏壮悲愤的典礼来临。

来到三十多人，带来重压的大会，可真的触到赵三了！使他的胡子也感到非常重要而不可搓碰一下。

四月里晴朗的天空从山脊流照下来，房周的大树群在正午垂曲的立在太阳下。畅明的天光与人们共同宣誓。

寡妇们和亡家的独身汉在李青山喊过口号之后，完全用膝头曲倒在天光之下。羊的脊背流过天光，桌前的大红蜡烛在沉默的人头前面燃烧。李青山的大个子直立在桌前：“弟兄们！今天是什么日子！知道吗？今天……我们去敢死……决定了……就是把我们的脑袋挂满了整个村子所有的树梢也情愿，是不是啊？……是不是……？弟兄们……？”

回声先从寡妇们传出：“是呀！千刀万剐也愿意！”

哭声刺心一般痛，哭声方锥一般落进每个人的胸膛。一阵强烈的悲酸掠过低垂的人头，苍苍然蓝天却坠了！

老赵三立到桌子前面，他不发声，先流泪：

“国……国亡了！我……我也……老了！你们还年青，你们去救国吧！我这许老骨头再……再也不中用了！我是个老亡国奴，我不会眼见你们把日本的旗撕碎，等着我埋在坟里……也要把中国旗子插在坟头，我是中国人……我要中国旗子，我不要当亡国奴，生是中国人，死是中国鬼……不……不是亡……亡国奴……”

浓重不可分解的悲酸，使树叶垂头。赵三在红蜡烛前用力鼓了桌子两下，人们一起哭向苍天了！人们一起向苍天哭泣。大群的人起着号啕！

就是这样把一支匣枪装好子弹摆在众人前面。每人走到那枪口就跪倒下去“盟誓”：

“若是心不诚，天杀我，枪杀我，枪子是有灵有圣有眼睛的啊！”

寡妇们也是盟誓。也是把枪口对准心窝说话。只有二里半在人们宣誓之后快要杀羊时他才回来。从什么地方他捉一只公鸡来！只有他没曾宣誓，对于国亡，他似乎没有什么伤心，他领着山羊，就回家去。别人的眼睛，尤其是老赵三的眼睛在骂他：

“你个老跛脚的东西，你，你不想活吗？……”

十四　到都市里去

临行的前夜，金枝在水缸沿上磨剪刀，而后用剪刀撕破死孩子的尿布。年青的寡妇是住在妈妈家里。

“你明天一定走吗？”

睡在身边的妈妈被灯光照醒，带着无限怜惜，在已决定的命运中求得安慰似的。

“我不走，过两天再走。”金枝答她。

又过了不多时候老太太醒来，她再不能睡，当她看见女儿不在身边而在地心洗涤什么的时候，她坐起来问着：

“你是明天走吗？再住三两天不能够吧！”

金枝在夜里收拾东西，母亲知道她是要走。金枝说：

“娘，我走两天，就回来，娘……不要着急！”

老太太像在摸索什么，不再发声音。

太阳很高很高了，金枝尚偎在病母亲的身边，母亲说：

“要走吗？金枝！走就走吧！去赚些钱吧！娘不阻碍你。”母亲的声音有些惨然：

“可是要学好，不许跟别人学，不许和男人打交道。”

女人们再也不怨恨丈夫。她向娘哭着：

“这不都是小日本子吗？挨千刀的小日本子！不走等死吗？”

金枝听老人讲，女人独行路要扮个老相，或丑相，束上一条腰带，她把油罐子挂在身边，盛米的小桶也挂在腰带上，包着针线和一些碎布的小包袱塞进米桶去，装做讨饭的老婆，用灰尘把脸涂得很脏并有条纹。

临走时妈妈把自己耳上的银环摘下，并且说：

“你把这个带去吧！放在包袱里，别叫人给你抢去，娘一个钱也没有，若肚饿时，你就去卖掉，买个干粮吃吧！”走出门去还听母亲说：“遇见日本子，你快伏在蒿子下。”

金枝走得很远，走下斜坡，但是娘的话仍是那样在耳边反复：“买个干粮吃。”她心中乱乱的幻想，她不知走了多远，她像从家向外逃跑一般，速步而不回头。小道也尽生着短草，即便是短草也障碍金枝赶路的脚。

日本兵坐着马车，口里吸烟，从大道跑过。金枝有点颤抖了！她想起母亲的话，很快躺在道旁的蒿子里。日本兵走过，她心跳着站起，她四面惶惶在望：母亲在哪里？家乡离开她很远，前面又来到一个生疏的村子，使她感觉到走过无数人间。

红日快要落过天边去，人影横倒地面杆子一般瘦长。踏过去一条小河桥，再没有多少路途了！

哈尔滨城渺茫中有工厂的烟囱插入云天。

金枝在河边喝水，她回头望向家乡，家乡遥远而不可见。只是高高的山头，山下分辨不清是烟是树，母亲就在烟树荫中。

她对于家乡的山是那般难舍，心脏在胸中飞起了！金枝感到自己的心已被摘掉不知抛向何处！她不愿走了，强行走过河桥又转入小道。前面哈尔滨城在招示她，背后家山向她送别。

小道不生蒿草，日本兵来时，让她躲身到地缝中去吗？她四面寻找，为了心脏不能平衡，脸面过量的流汗，她终于被日本兵寻到。

“你的……站住。”

金枝好比中了枪弹，滚下小沟去，日本兵走近，看一看她脏汗的样子。他们和肥鸭一般，嘴里发响动着身子，没有理她走过去了！他们走了许久许久，她仍没起来，以后她哭着，木桶扬翻在那里，小包袱从木桶滚出。她重新走起时，身影在地面越瘦越长起来，和细线似的。

金枝在夜的哈尔滨，睡在一条小街阴沟板上。那条街是小工人和洋车夫们的街道。有小饭馆，有最下等的妓女，妓女们的大红裤时时在小土房的门前出现。闲散的人，做出特别姿态，慢慢和大红裤们说笑，后来走进小房去，过一会又走出来。但没有一个人理会破乱的金枝，她好像一个垃圾桶，好像一个病狗似的堆偎在那里。

这条街连警察也没有，讨饭的老婆和小饭馆的伙计吵架。

满天星火，但那都疏远了！那是与金枝绝缘的物体。半夜过后金枝身边来了一条小狗，也许小狗是个受难的小狗？这流浪的狗钻进木桶去睡。金枝醒来仍没出太阳，天空许多星充塞着。

许多街头流浪人，尚挤在饭馆门前，等候着最后的施舍。

金枝腿骨断了一般酸痛，不敢站起。最后她也挤进要饭人堆去，等了好久，伙计不见送饭出来，四月里露天睡觉打着透心的寒战。别人看她的时候，她觉得这个样子难看，忍了饿又来在原处。

夜的街头，这是怎样的人间？金枝小声喊着娘，身体在阴沟板上不住的抽拍。绝望着，哭着，但是她和木桶里在睡的小狗一般同样不被人注意，人间好像没有他们存在。天明，她不觉得饿，只是空虚，她的头脑空空尽尽了！在街树下，一个缝补的婆子，她遇见对面去问：

"我是新来了，新从乡下来的……"

看她作窘的样子那个缝婆没理她，面色在清凉的早晨发着淡白走去。

卷尾的小狗偎依着木桶好像偎依妈妈一般，早晨小狗大约感到太寒。

小饭馆渐渐有人来往。一堆白热的馒头从窗口堆出。

"老婶娘，我新从乡下来……我跟你去，去赚几个钱吧！"

第二次，金枝成功了，那个婆子领她走，一些搅扰的街道，发出浊气的街道，她们走过，金枝好像才明白，这里不是乡间了，这里只是生疏、隔膜、无情感。一路除了饭馆门前的鸡、鱼、和香味，其余她都没有看见似的，都没有听闻似的。

"你就这样把袜子缝起来。"

在一个挂金牌的"鸦片专卖所"的门前，金枝打开小包，用剪刀剪了块布角，缝补不认识的男人的破袜。那婆子又在教她：

"你要快缝，不管好坏，缝住，就算。"

金枝一点力量也没有，好像愿意赶快死似的，无论怎样努力眼睛也不能张开。一部汽车擦着她的身边驶过，跟着警察来了，指挥她说：

“到那边去！这里也是你们缝穷的地方？”

金枝忙仰头说：“老总，我刚从乡下，还不懂得规矩。”

在乡下叫惯了老总，她叫警察也是老总，因为她看警察也是庄严的样子，也是腰间佩枪。别人都笑她，那个警察也笑了。老缝婆又教说她：

“不要理他，也不必说话，他说你，你躲后一步就完。”

她，金枝立刻觉得自己发羞，看一看自己的衣裳也不和别人同样，她立刻讨厌从乡下带来的破罐子，用脚踢了罐子一下。

袜子补完，肚子空虚的滋味不见终止，假若得法，她要到无论什么地方去偷一点东西吃，很长时间她停住针，细看那个立在街头吃饼干的孩子，一直到孩子把饼干的最末一块送进嘴去，她仍在看。

“你快缝，缝完吃午饭……可是你吃了早饭没有？”

金枝感到过于亲热，好像要哭出来似的，她想说：“从昨天就没吃一点东西，连水也没喝过。”

中午来到，她们和从“鸦片馆”出来游魂似的人们同行着。女工店有一种特别不流通的气息，使金枝想到这又不是乡村，但是那一些停滞的眼睛，黄色脸，知道吃过饭，大家用水盆洗脸时她才注意到，全屋五丈多长，没有隔壁，墙的四周涂满了臭虫血，满墙拖长着黑色紫色的血点。一些污秽发酵的包袱围墙堆集着。这些多样的女人，好像每个患着病似的，就在包袱上枕了头讲话。

“我那家的太太，待我不错，吃饭都是一样吃，哪怕吃包子我也一样吃包子。”

别人跟住声音去羡慕她。过了一阵又是谁说她被公馆里的听差扭一下嘴巴。她说她气病了一场，接着还是不断的乱说。这一些烦烦乱乱的话金枝尚不能听明白，她正在细想什么叫公馆呢，什么是太太。她用遍了思想而后问一个身边在吸烟的剪发的妇人：

“‘太太’不就是老太太吗？”

那个妇人没答她，丢下烟袋就去呕吐。她说吃饭吃了苍蝇。可是全屋通长的板炕，那一些城市的女人她们笑得使金枝生厌，她们是前仆后折的笑。她们为笑着这个乡下女人彼此兴奋得拍响着肩膀，笑得过甚的竟流起眼泪来。金枝却静静坐在一边。等夜晚睡觉时，她向初识那个老太太说：

“我看哈尔滨倒不如乡下好，乡下姐妹很和气，你看午间她们笑我拍着掌哩！”

说着她卷紧一点包袱，因为包袱里面藏着赚得的两角钱纸票，金枝枕了包袱，在都市里的臭虫堆中开始睡觉。

金枝赚钱赚得很多了！在裤腰间缝了一个小口袋，把两元钱的票子放进去，而后缝住袋口。女工店向她收费用时她同那人说：

“晚几天给不行吗？我还没赚到钱。”她无法又说，“晚上给吧！我是新从乡下来的。”

终于那个人不走，她用手摆在金枝眼下。女人们也越集越多，把金枝围起来。她好像在耍把戏一般招来这许多观众，其中有一个三十多岁的胖子，头发完全脱掉，粉红色闪光的头皮，独超出人前，她的脖子装好颤丝一般，使闪光的头颅轻便而随意的在转，在颤，她就向金枝说：

“你快给人家！怎么你没有钱？你把钱放在什么地方我都知道。”

金枝生气，当着大众把口袋撕开，她的票子四分之三觉得是损失了！被人夺走了！她只剩五角钱。她想：

“五角钱怎样送给妈妈？两元要多少日子再赚得？”

她到街上去上工很晚。晚间一些臭虫被打破，发出袭人的臭味，金枝坐起来全身搔痒，直到搔出血来为止。

楼上她听着两个女人骂架，后来又听见女人哭，孩子也哭。

母亲病好了没有？母亲自己拾柴烧吗？下雨房子流水吗？渐渐想得恶化起来：她若死了不就是自己死在炕上无人知道吗？

金枝正在走路，脚踏车响着铃子驶过她，立刻心脏膨胀起来，好像汽车要轧上身体，她终止一切幻想了。

金枝知道怎样赚钱，她去过几次独身汉的房舍，她替人缝被，男人们问她：

“你丈夫多大岁数咧？”

“死啦！”

“你多大岁数？”

“二十七。”

一个男人拖着拖鞋，散着裤口，用他奇怪的眼睛向金枝扫了一下，奇怪的嘴唇跳动着：

“年轻轻的小寡妇哩！”

她不懂不在意这个，缝完，带了钱走了。有一次走出门时有人喊她：

“你回来……你回来。”

给人以奇怪感觉的急切的呼叫，金枝也懂得应该快走，不该回头。晚间睡下时，她向身边的周大娘说：

“为什么缝完，拿钱走时他们叫我？”

周大娘说：“你拿人家多少钱？”

“缝一个被子，给我五角钱。”

“怪不得他们叫你！不然为什么给你那么多钱？普通一张被两角。”

周大娘在倦乏之中只告诉她一句。

“缝穷婆谁也逃不了他们的手。”

那个全秃的亮头皮的妇人在对面的长炕上类似尖巧的呼叫，她一面走到金枝头顶，好像要去抽拔金枝的头发。弄着她的胖手指：

“唉呀！我说小寡妇，你的好运气来了！那是又来财又开心。”

别人被吵醒开始骂那个秃头：

“你该死的，有本领的野兽，一百个男人也不怕，一百个男人你也不够。”

女人骂着，彼此在交谈，有人在大笑，不知谁在一边重复了好几遍：

“还怕！一百个男人还不够哩！”

好像闹着的蜂群静了下去，女人们一点嗡声也停住了，她们全体到梦中去。

“还怕！一百个男人还不够哩！”不知谁，她的声音没有人接受，空洞的在屋中走了一周，最后声音消灭在白月的窗纸上。

金枝站在一家俄国点心铺的纱窗外。里面格子上各式各样的油黄色的点心，肠子、猪腿、小鸡，这些吃的东西，在那里发出油亮。最后她发现一个整个的肥胖小猪，竖起耳朵伏在一个长盘里。小猪四周摆了一些小白菜和红辣椒。她要立刻上去连盘子都抱住，抱回家去快给母亲看。不能那样做，她又恨小日本子，若不是小日本子搅闹乡村，自家的母猪不是早生了小猪吗？“布包”在肘间渐渐脱落，她不自觉的在铺门前站不安定，行人道上人多起来，她碰撞着行人。一个漂亮的俄国女人从点心铺出来，金枝连忙注意到她透孔的鞋子下面染红的脚趾甲；女人走得很快，比男人还快，使她不能再看。

人行道上：哓——哓——的大声，大队的人经过，金枝一看见铜帽子就知道日本兵，日本兵使她离开点心铺快快跑走。

她遇到周大娘向她说：

“一点活计也没有，我穿这一件短衫，再没有替换的，连买几尺布钱也攒不下，十天一交费用，那就是一块五角。又老，眼睛又花，缝的也慢，从没人领我到家里去缝。一个月的饭钱还是欠着，我住得年头多了！若是新来，那就非被赶出去不可。”她走一条横道又说，“新来的一个张婆，她有病都被赶走了。”

经过肉铺，金枝对肉铺也很留恋，她想买一斤肉回家也满足。母亲半年多没尝过肉味。

松花江，江水不住的流，早晨还没有游人，舟子在江沿无聊的彼此骂笑。

周大娘坐在江边。怅然了一刻，接着擦着她的眼睛，眼泪是为着她末日的命运在流。江水轻轻拍着江岸。

金枝没感动，因为她刚来到都市，她还不晓得都市。

金枝为着钱，为着生活，她小心的跟了一个独身汉去到他的房舍。刚踏进门，金枝看见那张床，就害怕，她不坐在床沿，坐在椅子上先缝被褥。那个男人开始慢慢和他说话，每一句话使她心跳。可是没有什么，金枝觉得那人很同情她。接着就缝一件夹衣的袖口，夹衣是从那个人身上立刻脱下的，等到袖口缝完时，那男人从腰带间一个小口袋取出一元钱给她，那男人一面把钱送过去，一面用他短胡子的嘴向金枝扭了一下，他说：

“寡妇有谁可怜你？”

金枝是乡下女人，她还看不清那人是假意同情，她轻轻受了“可怜”字眼的感动，她心有些波荡，停在门口，想说一句感谢的话，但是她不懂说什么，终于走了！她听道旁大水壶的笛子在耳边叫，面包作坊门前取面包的车子停在道边，俄国老太太花红的头巾驰过她。

“嗳！回来……你来，还有衣裳要缝。”

那个男人涨红了脖子追在后面。等来到房中，没有事可做，那个男人像猿猴一般，袒露出多毛的胸膛，去用厚手掌闩门去了！而后他开始解他的裤子，最后他叫金枝：

“快来呀……小宝贝。”他看一看金枝吓住了，没动，“我叫你是缝裤子，你怕什么？”

缝完了，那人给她一元票，可是不把票子放到她的手里，把票子摔到床底，让她弯腰去取，又当她取得票子时夺过来让她再取一次。

金枝完全摆在男人怀中，她不是正音嘶叫：

“对不起娘呀！……对不起娘……”

她无助的嘶狂着，圆眼睛望一望锁住的门不能自开，她不能逃走，事情必然要发生。

女工店吃过晚饭，金枝好像踏着泪痕行走，她的头过分的迷昏，心脏落进污水沟中似的，她的腿骨软了，松懈了，爬上炕取她的旧鞋，和一条手巾，她要回乡，马上躺到娘身上去哭。炕尾一个病婆，垂死时被店主赶走，她们停下那件事不去议论，金枝把她们的趣味都集中来。

“什么勾当？这样着急？”第一个是周大娘问她。

“她一定进财！”第二个是秃顶胖子猜说。

周大娘也一定知道金枝赚到钱了，因为每个新来的第一次“赚钱”都是过分的羞恨。羞恨摧毁她，忽然患着传染病一般。

“惯了就好了！那怕什么！弄钱是真的，我连金耳环都赚到手里。”

秃胖子用好心劝她，并且手在扯着耳朵。别人骂她：

“不要脸，一天就是你不要脸！”

旁边那些怒容看见金枝的痛苦，就是自己的痛苦，人们慢慢四散，去睡觉了，对于这件事情并不表示新奇和注意。

金枝勇敢的走进都市，羞恨又把她赶回了乡村，在村头的大树上发现人头。一种感觉通过骨髓麻寒她全身的皮肤，那是怎样可怕，血浸的人头！

母亲拿着金枝的一元票子，她的牙齿在嘴里埋没不住，完全外露。她一面细看票子上的花纹，一面快乐有点不能自制的说：

“来家住一夜明日就走吧！”

金枝在炕沿捶打酸痛的腿骨；母亲不注意女人为什么不欢喜，她只跟了一张票子想到另一张，在她想许多票子不都可以到手吗？她必须鼓励女儿。

“你应该洗洗衣裳收拾一下，明天一早必得要行路的，在村子里是没有出头露面之日。”

为了心切她好像责备着女儿一般，简直对于女儿没热情。

一扇窗子立刻打开，拿着枪的黑脸孔的人竟跳进来，踏了金枝的左腿一下。那个黑人向棚顶望了望，他熟习的爬向棚顶去，王婆也跟着走来，她多日不见金枝而没说一句话，宛如她什么也看不见似的。一直爬上棚顶去。金枝和母亲什么也不晓得，只是爬上去。直到黄昏恶消息仍没传来，他们和爬虫样才从棚顶爬下。王婆说："哈尔滨一定比乡下好，你再去就在那里不要回来，村子里日本子越来越恶，他们捉大肚女人，破开肚子去破'红枪会'（义勇军的一种），活鲜鲜的小孩子从肚皮流出来。为这事，李青山把两个日本子的脑袋割下挂到树上。"

金枝鼻子作出哼声：

"从前恨男人，现在恨小日本子。"最后她转到伤心的路上去，"我恨中国人呢，除外我什么也不恨。"

王婆的学识有点不如金枝了。

十五　失败的黄色药包

开拔的队伍在南山道转弯时，孩子在母亲怀中向父亲送别。行过大树道，人们滑过河边。他们的衣装和步伐看起来不像一个队伍，但衣服下藏着猛壮的心。这些心把他们带走，他们的心铜一般凝结着出发。最末一刻大山坡还未曾遮没最后的一个人，一个抱在妈妈怀中的小孩呼叫"爹爹"。孩子的呼叫什么也没得到，父亲连手臂也没摇动一下，孩子好像把声响撞到了岩石。

女人们一进家屋，屋子好像空了；房屋好像修造在天空，素白的阳光在窗上，却不带来一点意义。她们不需要男人回来，只需要好消息。消息来时，是五天过后，老赵三赤着他显露筋骨的脚奔向李二婶子去告诉：

"听说青山他们被打散啦！"显然赵三是手足无措，他的胡子也震惊起来，似乎忙着要从他的嘴巴跳下。

“真的有人回来了吗？”

李二婶的喉咙变做细长的管道，使声音出来做出多角形。

“真的平儿回来啦。”赵三说。

严重的夜，从天上走下。日本兵团剿打鱼村，白旗屯和三家子……

平儿正在王寡妇家，他休息在情妇的心怀中。外面狗叫，听到日本人说话，平儿越墙逃走；他埋进一片蒿草中，蛤蟆在脚间跳。

“非拿住这小子不可，怕是他们和义勇军接连。”

在蒿草中他听清这是谁们在说：“走狗们。”

平儿听清他的情妇被拷打：

“男人哪里去啦？——快说，再不说枪毙！”

他们不住骂：“你们这些母狗，猪养的。”

平儿完全赤身，他走了很远。他去扯衣襟拭汗，衣襟没有了，在腿上扒了一下，于是才发现自己的身影落在地面和光身的孩子一般。

二里半的麻婆子被杀，罗圈腿被杀，死了两个人，村中安息两天。第三天又是要死人的日子。日本兵满村窜走，平儿到金枝家棚顶去过夜。金枝说：

“不行呀！棚顶方才也来小鬼子翻过。”

平儿于是在田间跑着，枪弹不住向他放射，平儿的眼睛不会转弯，他听有人近处叫：“拿活的，拿活的。……”

他错觉的听到了一切，他遇见一扇门推进去，一个老头在烧饭，平儿快流眼泪了：

“老伯伯，救命，把我藏起来吧！快救命吧！”

老头子说：“什么事？”

“日本子捉我。”

平儿鼻子流血，好像他说到日本子才流血。他向全屋四面张望，就像连一条缝也没寻到似的，他转身要跑，老人捉住，出了后门，盛粪的长形的笼子在门旁，掀起粪笼老人说：

“你就爬进去，轻轻喘气。”

老人用粥饭涂上纸条把后门封起来，他到锅边吃饭。粪笼下的平儿听见来人和老人讲话，接着他便听到有人在弄门闩，门就要开了，自己就要被捉了！他想要从笼子跳出来。但，很快那些人，那些魔鬼去了！

平儿从安全的粪笼出来，满脸粪屑，白脸染着红血条，鼻子仍然流血，他的样子已经很可怜。

李青山这次他信任“革命军”有用，逃回村来，他不同别人一样带回衰丧的样子，他在王婆家说：

“革命军所好是他不混乱干事，他们有纪律，这回我算相信，红胡子算完蛋，自己纷争，乱撞胡撞。”

这次听众很少，人们不相信青山。村人天生容易失望，每个人容易失望。每个人觉得完了！只有老赵三，他不失望，他说：

“那么再组织起来去当革命军吧！”

王婆觉得赵三说话和孩子一般可笑。但是她没笑他。她对身边坐着戴男人帽子的当过胡子救国的女英雄说：

“死的就丢下，那么受伤的怎么样了？”

“受微伤的不都回来了吗！受重伤那就管不了，死就是啦！”

正这时北村一个老婆婆疯了似的哭着跑来和李青山拼命。她捧住头，像捧住一块石头般地投向墙壁，嘴中发出短句：

“李青山……仇人……我的儿子让你领走去丧命。”

人们拉开她，她奋力挣扎，比一条疯牛更有力：

“就这样不行，你把我给小日本子送去吧！我要死……到应死的时候了……！”

她就这样不住的捉她的头发，慢慢她倒下来，她换不上气来，她轻轻拍着王婆的膝盖：

“老姐姐，你也许知道我的心，十九岁守寡，守了几十年，守这个儿子……我那些挨饿的日子呀！我跟孩子到山坡去割毛草，大雨来了，雨从山坡把娘儿两个拍滚下来，我的头，在我想是碎了，谁知道？还没死……早死早完事。”

她的眼泪一阵湿热湿透王婆的膝盖。她开始轻轻哭：

“你说我还守什么？……我死了吧！有日本子等着，菱花那丫头也长不大，死了吧！”

果然死了，房梁上吊死的。三岁孩子菱花小脖颈和祖母并排悬着，高挂起正像两条瘦鱼。

死亡率在村中又在开始快速，但是人们不怎样觉察，患着传染病一般地全村又在昏迷中挣扎。

“爱国军”从三家子经过，张着黄色旗，旗上有红字“爱国军”。人们有的跟着去了！他们不知道怎么爱国，爱国又有什么用处，只是他们没有饭吃啊！

李青山不去，他说那也是胡子编成的。老赵三为着“爱国军”和儿子吵架：

“我看你是应该去，在家里若是传出风声去有人捉拿你。跟去混混，到最末就是杀死一个日本鬼子也上算，也出出气。年青气壮，出一口气也是好的。”

老赵三一点见识也没有，他这样盲动的说话使儿子不佩服，平儿同爹爹讲话总是把眼睛绕着圈子斜视一下，或是不调协的抖一两下肩头，这样对待他，他非常不愿意接受，有时老赵三自己想：

“老赵三怎不是个小赵三呢！”

十六　尼姑

金枝要做尼姑去。尼姑庵红砖房子就在山尾那端。她去开门没能开，成群的麻雀在院心啄食，石阶生满绿色的苔藓，她问一个邻妇，邻妇说：

"尼姑在事变以后就不见，听说跟造房子的木匠跑走的。"

从铁门栏看进去，房子还未上好窗子，一些长短的木块尚在院心，显然可以看见正房里，凄凉的小泥佛正坐着。

金枝看见那个女人肚子大起来，金枝告诉她说：

"这样大的肚子你还敢出来？你没听说小日本子把大肚女人弄去破'红枪会'吗？日本子把大肚子割开，去带着上阵，他们说红枪会什么也不怕，就怕女人；日本子叫'红枪会'做'铁孩子'呢！"

那个女人立刻哭起来。

"我说不嫁出去，妈妈不许，她说日本子就要姑娘，看看，这回怎么办？孩子的爹爹走就没见回来，他是去当'义勇军'。"

有人从庙后爬出来，金枝她们吓着跑。

"你们见了鬼吗？我是鬼吗？……"

往日美丽的年青的小伙子，和死蛇一般爬回来。五姑姑出来看自己的男人，她想到往日受伤的马，五姑姑问他："'义勇军'全散了吗？"

"全散啦！全死啦！就连我也死啦！"他用一只胳膊打着草梢轮回：

"养汉老婆，我弄得这样子，你就一句亲热的话也没有吗？"

五姑姑垂下头，和睡了的向日葵花一般。大肚子的女人回家去了！金枝又走向哪里去？她想出家庙庵早已空了！

十七　不健全的腿

"'人民革命军'在哪里？"二里半突然问起赵三说。这使赵三想："二里半当了走狗吧？"他没对他告诉。二里半又去问青山。青山说：

"你不要问，再等几天跟着我走好了！"

二里半急迫着好像他就要跑到革命军去。青山长声告诉他：

"革命军在磐石，你去得了吗？我看你一点胆量也没有，杀一只羊都不能够。”接着他故意羞辱他似的：

“你的山羊还好啊？”

二里半为着生气，他的白眼球立刻多过黑眼球，他的热情立刻在心里结成冰。

李青山不与他再多说一句，望向窗外天边的树，小声摇着头，他唱起小调来。二里半临出门，青山的女人流汗在厨房向他说：

“李大叔，吃了饭了吧。”

青山看到二里半可怜的样子，他笑说：

“回家做什么，老婆也没有了，吃了饭再说吧！”

他自己没有了家庭，他贪恋别人的家庭。当他拾起筷子时，很快一碗麦饭吃下去了，接连他又吃两大碗，别人还不吃完，他已经在抽烟了！他一点汤也没喝，只吃了饭就去抽烟。

“喝些汤，白菜汤很好。”

“不喝，老婆死了三天，三天没吃干饭哩！”二里半摇着头。

青山忙问：“你的山羊吃了干饭没有？”

二里半吃饱饭，好像一切都有希望。他没生气，照例自己笑起来。他感到满意离开青山家，在小道不断的抽他的烟，天色茫茫的并不引起他悲哀，蛤蟆在小河道一声声的哇叫。河边的小树随了风在骚闹，他踏着往日自己的菜田，他振动着往日的心波。菜田连棵菜也不生长。

那边的人家老太太和小孩们载起暮色来在田上匍匐。他们相遇在地端，二里半说：

“你们在掘地吗？地下可有宝物？若有我也蹲下掘吧！”

一个很小的孩子发出脆声：“拾麦穗呀！”孩子似乎是快乐，老祖母在那边已叹息了：

“有宝物？……我的老天爷？孩子饿得乱叫，领他们来拾几粒麦穗，回家给他们做干粮吃。”二里半把烟袋给老太太吸，她拿过烟袋，连擦都没有擦，就放进嘴里去。显然她是熟习吸烟，并且十分需要。她把肩膀抬得高高，她紧合了眼睛，浓烟不住从嘴冒出，从鼻孔冒出。

那样很危险，好像她的鼻子快要着火。

“一个月也多了，没得到摸到烟袋。”

她像仍不愿意舍弃烟袋，理智勉强了她。二里半接过去把烟袋在地面敲着。

人间已是那般寂寞了，天边的红霞没有鸟儿翻飞，人家的篱墙没有狗儿吠叫。

老太太从腰间慢慢取出一个纸团，纸团慢慢在手下舒展开，而后折平。

“你回家去看看吧！老婆、孩子都死了！谁能救你，你回家去看看吧！看看就明白啦！”

她指点那张纸，好似指点符咒似的。

天更黑了！黑得和帐幕紧逼住人脸。最小的孩子，走几步，就抱住祖母的大腿，他不住的嚷着：

“奶奶，我的筐满了，我提不动呀！”

祖母为他提筐，拉着他。那几个大一些的孩子卫队似的跑在前面。到家，祖母点灯看时，满筐蒿草，蒿草从筐沿要流出来，而没有麦穗。祖母打着孩子的头笑了：

“这都是你拾的麦穗吗？”祖母把笑脸转换哀伤的脸，她想，“孩子还不能认识麦穗，难为了孩子！”

五月节，虽然是夏天，却像吹起秋风来。二里半熄了灯，雄壮着从屋檐出现，他提起切菜刀，在墙角，在羊棚，就是院外扬树下，他也搜遍。他要使自己无牵去挂，好像非立刻杀死老羊不可。

这是二里半临行的前夜。

老羊鸣叫着回来，胡子间挂了野草，在栏棚处擦得栏栅响。二里半手中的刀，举得比头还高，他朝向栏杆走去。

菜刀飞出去，喳啦的砍倒了小树。

老羊走过来，在他的腿间搔痒。二里半许久许久的摸抚羊头，他十分羞愧，好像耶稣教徒一般向羊祷告。

清早他像对羊说话，在羊棚喃喃了一阵，关好羊栏，羊在栏中吃草。

五月节，晴明的蓝空。老赵三看这不像个五月节样：麦子没长起来，嗅不到麦香，家家门前没挂纸葫芦。他想这一切是变了！变得这样速！去年的五月节，清清明明的，就在眼前似的，孩子们不是捕蝴蝶吗？他不是喝酒吗？

他坐在门前一棵倒折的树干上，凭吊这已失去的一切。

李青山的身子经过他，他扮成“小工”模样，赤足卷起裤口，他说给赵三：

“我走了！城里有人候着，我就要去……”

青山没提到五月节。

二里半远远跛脚奔来，他青色马一样的脸孔，好像带着笑容。他说：

“你在这里坐着，我看你快要朽在这根木头上……”

二里半回头看时，被关在栏中的老羊，居然随在身后，立刻他的脸更拖长起来：

“这条老羊……替我养着吧！赵三哥！你活一天替我养一天吧！……”

二里半的手，在羊毛上惜别，他流泪的手，最后一刻摸着羊毛。

他快走，跟上前面李青山去。身后老羊不住哀叫，羊的胡子慢慢在摆动……

二里半不健全的腿颠跛着颠跛着，远了！模糊了！山岗和树林，渐去渐遥。羊声在遥远处伴着老赵三茫然的嘶鸣。

1934 年 9 月 9 日

散文

蹲在洋车上

看到了乡巴佬坐洋车，忽然想起一个童年的故事。

当我还是小孩的时候，祖母常常进街。我们并不住在城外，只是离市镇较偏的地方罢了！有一天，祖母又要进街，命令我：

“叫你妈妈把斗风给我拿来！”

那时因为我过于娇惯，把舌头故意缩短一些，叫斗篷作斗风，所以祖母学着我，把风字拖得很长。

她知道我最爱惜皮球，每次进街的时候，她问我：

“你要些什么呢？”

“我要皮球。”

“你要多大的呢？”

“我要这样大的。”

我赶快把手臂拱向两面，好像张着的鹰的翅膀。大家都笑了！祖父轻动着嘴唇，好像要骂我一些什么话，因我的小小的姿式感动了他。

祖母的斗篷消失在高烟囱的背后。

等她回来的时候，什么皮球也没带给我，可是我也不追问一声：

“我的皮球呢？”

因为每次她也不带给我；下次祖母再上街的时候，我仍说是要皮球，我是说惯了，我是熟练而惯于作那种姿式。

祖母上街尽是坐马车回来，今天却不是，她睡在仿佛是小槽子里，大概是槽子装置了两个大车轮。非常轻快，雁似的从大门口飞来，一直到房门。在前面挽着的那个人，把祖母停下，我站在玻璃窗里，小小的心灵上，有无限的奇秘冲击着。我以为祖母不会从那里头走出来，我想祖母为什么要被装进槽子里呢？我渐渐惊怕起来，我完全成个呆气的孩子，把头盖顶住玻璃，想尽方法理解我所不能理解的那个从来没有见过的槽子。

很快我领会了！见祖母从口袋里拿钱给那个人，并且祖母非常兴奋，她说叫着，斗篷几乎从她的肩上脱溜下去！

“呵！今天我坐的东洋驴子回来的，那是过于安稳呀！还是头一次呢，我坐过安稳的车子！”

祖父在街上也看见过人们所呼叫的东洋驴子，妈妈也没有奇怪。只是我，仍旧头皮顶撞在玻璃那儿，我眼看那个驴子从门口飘飘地不见了！我的心魂被引了去。

等我离开窗子，祖母的斗篷已是脱在炕的中央，她嘴里叨叨地讲着她街上所见的新闻。可是我没有留心听，就是给我吃什么糖果之类，我也不会留心吃，只是那样的车子太吸引我了！太捉住我小小的心灵了！

夜晚在灯光里，我们的邻居，刘三奶奶摇闪着走来，我知道又是找祖母来谈天的。所以我稳当当地占了一个位置在桌边。于是我咬起嘴唇来，仿佛大人样能了解一切话语，祖母又讲关于街上所见的新闻，我用心听，我十分费力！

“……那是可笑，真好笑呢！一切人站下瞧，可是那个乡巴佬还是不知道笑自己，拉车的回头才知道乡巴佬是蹲在车子前放脚的地方，拉车的问：‘你为什么蹲在这地方？’

“他说怕拉车的过于吃力，蹲着不是比坐着强吗？比坐在那里不是轻吗？所以没敢坐下……”

邻居的三奶奶，笑得几个残齿完全摆在外面，我也笑了！祖母还说，她感到这个乡巴佬难以形容，她的态度，她用所有的一切字眼，都是引人发笑。

“后来那个乡巴佬，你说怎么样！他从车上跳下来，拉车的问他为什么跳？他说：若是蹲着吗？那还行。坐着，我实在没有那样的钱。拉车的说：坐着，我不多要钱。那个乡巴佬到底不信这话，从车上搬下他的零碎东西，走了。他走了！”

我听得懂，我觉得费力，我问祖母：

“你说的，那是什么驴子？”

她不懂我的半句话，拍了我的头一下，当时我真是不能记住那样繁复的名词。过了几天祖母又上街，又是坐驴子回来的，我的心里渐渐羡慕那驴子，也想要坐驴子。

过了两年，六岁了！我的聪明，也许是我的年岁吧！支持着我使我愈见讨厌我那个皮球，那真是太小，而又太旧了；我不能喜欢黑脸皮球，我爱上邻家孩子手里那个大的；买皮球，好像我的志愿，一天比一天坚决起来。

向祖母说，她答：“过几天买吧，你先玩这个吧！”

又向祖父请求，他答：“这个还不是很好吗？不是没有出气吗？”

我得知他们的意思是说旧皮球还没有破，不能买新的。于是把皮球在脚下用力捣毁它，任是怎样捣毁，皮球仍是很圆，很鼓，后来到祖父面前让他替我踏破！祖父变了脸色，像是要打我，我跑开了！

从此，我每天表示不满意的样子。

终于一天晴朗的夏日，戴起小草帽来，自己出街去买皮球了！朝向母亲曾领我到过的那家铺子走去，离家不远的时候，我的心志非常光明，能够分辨方向，我知道自己是向北走。过了一会，不然了！太阳我也找不着了！一些些的招牌，依我看来都是一个样，街上的行人好像每个要撞倒我似的，就连马车也好像是旋转着。我不晓得自己走了多远，只是我实在疲劳。不能再寻找那家商店；我急切地想回家，可是家也被寻觅不到。我是从哪一条路来的？究竟家是在什么方向？

我忘记一切危险，在街心停住，我没有哭，把头向天，愿看见太阳。因为平常爸爸不是拿指南针看看太阳就知道或南或北吗？我虽然看了，只见太阳在街路中央，别的什么都不能知道，我无心留意街道，跌倒了在阴沟板上面。

“小孩！小心点。”

身边的马车夫驱着车子过去，我想问他我的家在什么地方，他走过了！我昏沉极了！忙问一个路旁的人：

“你知道我的家吗？”

他好像知道我是被丢的孩子，或许那时候我的脸上有什么急慌的神色，那人跑向路的那边去，把车子拉过来，我知道他是洋车夫，他和我开玩笑一般：

“走吧！坐车回家吧！”

我坐上了车，他问我，总是玩笑一般地：

“小姑娘！家在哪里呀？”

我说：“我们离南河沿不远，我也不知道哪面是南，反正我们南边有河。”

走了一会，我的心渐渐平稳，好象被动荡的一盆水，渐渐静止下来，可是不多一会，我忽然忧愁了！抱怨自己皮球仍是没有买成！从皮球连想到祖母骗我给买皮球的故事，很快又联想到祖母讲的关于乡巴佬坐东洋驴子的故事。于是我想试一试，怎样可以像个乡巴佬。该怎样蹲法呢？轻轻地从座位滑下来，当我还没有蹲稳当的时节，拉车的回头来：

“你要做什么呀？”

我说：“我要蹲一蹲试试，你答应我蹲吗？”

他看我已经偎在车前放脚的那个地方，于是他向我深深地做了一个鬼脸，嘴里哼着：

“倒好哩！你这样孩子，很会淘气！”

车子跑得不很快，我忘记街上有没有人笑我。车跑到红色的大门楼，我知道家了！我应该起来呀！应该下车呀！不，目的想给祖母一个意外的发笑，等车拉到院心，我仍蹲在那里，像耍猴人的猴样，一动不动。祖母笑着跑出来了！祖父也是笑！我怕他们不晓得我的意义，我用尖音喊：

“看我！乡巴佬蹲东洋驴子！乡巴佬蹲东洋驴子呀！”

只有妈妈大声骂着我，忽然我怕她要打我，我是偷着上街的。

洋车忽然放停，从上面我倒滚下来，不记得被跌伤没有。祖父猛力打了拉车的，说他欺侮小孩，说他不让小孩坐车让蹲在那里。没有给他钱，从院子把他轰出去。

所以后来，无论祖父对我怎样疼爱，心里总是生着隔膜，我不同意他打洋车夫，我问：

“你为什么打他呢？那是我自己愿意蹲着。”

祖父把眼睛斜视一下：“有钱的孩子是不受什么气的。”

现在我是廿多岁了！我的祖父死去多年了！在这样的年代中，我没发现一个有钱的人蹲在洋车上；他有钱，他不怕车夫吃力，他自己没拉过车，自己所尝到的，只是被拉着舒服滋味。假若偶尔有钱家的小孩子要蹲在车厢中玩一玩，那么孩子的祖父出来，拉洋车的便要被打。

可是我呢？现在变成个没有钱的孩子了！

（首刊于1934年3月30、31日哈尔滨《国际协报》副刊《国际公园》）

夏夜

汪林在院心坐了很长的时间了。小狗在她的脚下打着滚睡了。

“你怎么样？我胳臂疼。”

“你要小声点说，我妈会听见。”

我抬头看，她的母亲在纱窗里边，于是我们转了话题。在江上摇船到“太阳岛”去洗澡这些事，她是背着她的母亲的。第二天，她又是去洗澡。我们三个人租一条小船，在江上荡着。清凉的，水的气味。郎华和我都唱起来了。汪林的嗓子比我们更高。小船浮得飞起来一般。

夜晚又是在院心乘凉，我的胳臂为着摇船而痛了，头觉得发胀。我不能再听那一些话感到趣味。什么恋爱啦，谁的未婚夫怎样啦，某某同学结婚，跳舞……我什么也不听了，只是想睡。

“你们谈吧。我可非睡觉不可，”我向她和郎华告辞。

睡在我脚下的小狗，我误踏了它，小狗还在哽哽地叫着，我就关了门。

最热的几天，差不多天天去洗澡，所以夜夜我早早睡。郎华和汪林就留在暗夜的院子里。

只要接近着床，我什么全忘了。汪林那红色的嘴，那少女的烦闷……夜夜我不知道郎华什么时候回屋来睡觉。就这样，我不知过了几天了。

“她对我要好，真是……少女们。”

“谁呢？”

“那你还不知道！”

“我还不知道。”我其实知道。

很穷的家庭教师，那样好看的有钱的女人竟向他要好了。

“我坦白地对她说了：我们不能够相爱的，一方面有吟，一方面我们彼此相差得太远……你沉静点吧……”他告诉我。又要到江上去摇船。那天又多了三个人，汪林也在内。一共是六个人：陈成和他的女人，郎华和我，汪林，还有那个编辑朋友。

停在江边的那一些小船动荡得落叶似的。我们四个跳上了一条船，当然把汪林和半胖的人丢下。他们两个就站在石堤上。本来是很生疏的，因为都是一对一对的，所以我们故意要看他们两个也配成一对，我们的船离岸很远了。

“你们坏呀！你们坏呀！”汪林仍叫着。

为什么骂我们坏呢？那人不是她一个很好的小水手吗？为她荡着桨，有什么不愿意吗？也许汪林和我的感情最好，也许她最愿意和我同船。船荡得那么远了，一切江岸上的声音都隔绝，江沿上的人影也消灭了轮廓。

水声，浪声，郎华和陈成混合着江声在唱。远远近近的那一些女人的阳伞，这一些船，这一些幸福的船呀！满江上是幸福的船，满江上是幸福了！人间，岸上，没有罪恶了吧！再也听不到汪林的喊，他们的船是脱开离我们很远了。

郎华故意把桨打起的水星落到我的脸上。船越行越慢，但郎华和陈成流起汗来。桨板打到江心的沙滩了，小船就要搁浅在沙滩上。这两个勇敢的大鱼似的跳下水去，在大江上挽着船行。

一入了湾，把船任意停在什么地方都可以。

我凫水是这样凫的：把头昂在水外，我也移动着，看起来在浮，其实手却抓着江底的泥沙，鳄鱼一样，四条腿一起爬着浮。那只船到来时，听着汪林在叫。很快她脱了衣裳，也和我一样抓着江底在爬，但她是快乐的，爬得很有意思。在沙滩上滚着的时候，居然很熟识了，她把伞打起来，给她同船的人遮着太阳，她保护着他。陈成扬着沙子飞向他："陵，着镖吧！"

汪林和陵站了一队，用沙子反攻。

我们的船出了湾，已行在江上时，他们两个仍在沙滩上走着。

"你们先走吧，看我们谁先上岸。"汪林说。

太阳的热力在江面上开始减低，船是顺水行下去的。他们还没有来，看过多少只船，看过多少柄阳伞，然而没有汪林的阳伞。太阳西沉时，江风很大了，浪也很高，我们有点担心那只船。李说那只船是"迷船"。

四个人在岸上就等着这"迷船"，意想不到的是他们绕着弯子从上游来的。

汪林不骂我们是坏人了，风吹着她的头发，那兴奋的样子，这次摇船好像她比我们得到的快乐更大，更多……

早晨在看报时，编辑居然作诗了。大概就是这样的意思：愿意风把船吹翻，愿意和美人一起沉下江去……

我这样一说，就没有诗意了。总之，可不是前几天那样的话，什么摩登女子吃"血"活着啦，小姐们的嘴是吃"血"的嘴啦……总之可不是那一套。这套比那套文雅得多，这套说摩登女子是天仙，那套说摩登女子是恶魔。

汪林和郎华在夜间也不那么谈话了。陵编辑一来，她就到我们屋里来，因此陵到我们家来的次数多多了。

"今天早点走……多玩一会，你们在街角等我。"这样的话，汪林再不向我们说了。她用不到约我们去"太阳岛"了。

伴着这吃人血的女子在街上走，在电影院里会，他也不怕她会吃他的血，还说什么怕呢，常常在那红色的嘴上接吻，正因为她的嘴和血一样红才可爱。

骂小姐们是恶魔是羡慕的意思，是伸手去攫取怕她逃避的意思。

在街上，汪林的高跟鞋，陵的亮皮鞋，格登格登和谐地响着。

（作为“随笔三篇”之三，首刊于1936年5月上海《中学生》第65号）

镀金的学说

我的伯伯，他是我童年唯一崇拜的人物，他说起话有宏亮的声音，并且他什么时候讲话总关于正理，至少那时候我觉得他的话是严肃的，有条理的，千真万对的。

那年我15岁，是秋天，无数张叶子落了，回旋在墙根了，我经过北门旁在寒风里号叫着的老榆树，那榆树的叶子也向我打来。可是我抖擞着跑进屋去，我是参加一个邻居姐姐出嫁的筵席回来。一边脱换我的新衣裳，一边同母亲说，那好像同母亲吵嚷一般：“妈，真的没有见过，婆家说新娘笨，也有人当面来羞辱新娘，说她站着的姿式不对，生（坐）着的姿式不好看，林姐姐一声也不作，假若是我呀！哼！……”

母亲说了几句同情的话，就在这样的当儿，我听清伯父在呼唤我的名字。他的声音是那样低沉，平素我是爱伯父的，可是也怕他，于是我心在小胸膛里边惊跳着走出外房去。我的两手下垂，就连视线也不敢放过去。

“你在那里讲究些什么话？很有趣哩！讲给我听听。”伯父说话的时候，他的眼睛流动，笑着，我知道他没有生气，并且我想他很愿意听我讲话。我就高声把那事又说了一遍，我且说且做出种种姿式来。等我说完的时候，我仍欢喜，说完了我把说话时跳打着的手足停下，静等着伯伯夸奖我呢！可是过了很多工夫，伯伯在桌子旁仍写他的文字。

对我好像没有反应，再等一会他对于我的讲话也绝对没有回响。至于我呢，我的小心房立刻感到压迫，我想我的错在什么地方？话讲得是很流利呀！讲话的速度也算是活泼呀！伯伯好像一块朽木塞住我的咽喉，我愿意快躲开他到别的房中去长叹一口气。

伯伯把笔放下了，声音也跟着来了："你不说假若是你吗？是你又怎么样？你比别人更糟糕，下回少说这一类话！小孩子学着夸大话，浅薄透了！假如是你，你比别人更糟糕，你想你总要比别人高一倍吗？再不要夸口，夸口是最可耻，最没出息。"

我走进母亲的房里时，坐在炕沿我弄着发辫，默不作声，脸部感到很烧很烧。以后我再不夸口了！

伯父又常常讲一些关于女人的服装的意见，他说穿衣服素色最好，不要涂粉，抹胭脂，要保持本来的面目。我常常是保持本来的面目，不涂粉不抹胭脂，也从没穿过花色的衣裳。

后来我渐渐对于古文有趣味，伯父给我讲古文，记得讲到《吊古战场文》那篇，伯父被感动得有些声咽，我到后来竟哭了！从那时起我深深感到战争的痛苦与残忍。大概那时我才 14 岁。

又过一岁，我从小学卒业就要上中学的时候，我的父亲把脸沉下了！他终天把脸沉下。等我问他的时候，他瞪一瞪眼睛，在地板上走转两圈，必须要过半分钟才能给一个答话："上什么中学？上中学在家上吧！"

父亲在我眼里变成一只没有一点热气的鱼类，或者别的不具着情感的动物。

半年的工夫，母亲同我吵嘴，父亲骂我："你懒死啦！不要脸的，"当时我过于气愤了，实在受不住这样一架机器压轧了。我问他，"什么叫不要脸呢？谁不要脸！"听了这话立刻像火山一样暴裂起来。当时我没能看出他头上有火冒也没？父亲满头的发丝一定被我烧焦了吧！那时我是在他的手掌下倒了下来，等我爬起来时，我也没有哭。可是父亲从那时起他感到父亲的尊严是受了一大挫折，也从那时起每天想要恢复他的父权。他想做父亲的更该尊严些，或者加倍的尊严着才能压住子女吧？

可真加倍尊严起来了；每逢他从街上回来，都是黄昏时候，父亲一走到花园的地方便从喉管作出响动，咳嗽几声啦，或是吐一口痰啦。后来渐渐我听他只是咳嗽而不吐痰，我想父亲一定会感着痰不够用了呢！我想做父亲的为什么必须尊严呢？或者因为做父亲的肚子太清洁？！把肚子里所有的痰都全部吐出来了。

一天天睡在炕上，慢慢我病着了！我什么心思也没有了！一班同学不升学的只有两三个，升学的同学给我来信告诉我，她们打网球，学校怎样热闹，也说些我所不懂的功课。我愈读这样的信，心愈加重点。

老祖父支住拐杖，仰着头，白色的胡子振动着说："叫樱花上学去吧！给她拿火车费，叫她收拾收拾起身吧！小心病坏！"

父亲说："有病在家养病吧，上什么学，上学！"

后来连祖父也不敢向他问了，因为后来不管亲戚朋友，提到我上学的事他都是连话不答，出走在院中。

整整死闷在家中三个季节，现在是正月了。家中大会宾客，外祖母啜着汤食向我说："樱花，你怎么不吃什么呢？"

当时我好像要流出眼泪来，在桌旁的枕上，我又倒下了！因为伯父外出半年是新回来，所以外祖母向伯父说："他伯伯，向樱花爸爸说一声，孩子病坏了，叫她上学去吧！"

伯父最爱我，我五六岁时他常常来我家，他从北边的乡村带回来榛子。冬天他穿皮大氅，从袖口把手伸给我，那冰寒的手呀！当他拉住我的手的时候，我害怕挣脱着跑了，可是我知道一定有榛子给我带来，我光着头两手捏耳朵，在院子里我向每个货车夫问："有榛子没有？榛子没有？"

伯父把我裹在大氅里，抱着我进去，他说："等一等给你榛子。"

我渐渐长大起来，伯父仍是爱我的，讲故事给我听。买小书给我看，等我入高级，他开始给我讲古文了！有时族中的哥哥弟弟们都唤来，他讲给我们听，可是书讲完他们临去的时候，伯父总是说："别看你们是男孩子，樱花比你们全强，真聪明。”

他们自然不愿意听了，一个一个退走出去。不在伯父面前他们齐声说：“你好呵！你有多聪明！比我们这一群混蛋强得多。”

男孩子说话总是有点野，我不愿意听，便离开他们了。谁想男孩子们会这样放肆呢？他们扯住我，要打我：“你聪明，能当个什么用？我们有气力，要收拾你。”“什么狗屁聪明，来，我们大家伙看看你的聪明到底在哪里！”

伯父当着什么人都夸奖我：“好记力，心机灵快。”

现在一讲到我上学的事，伯父微笑了：“不用上学，家里请个老先生念念书就够了！哈尔滨的文学生们太荒唐。”

外祖母说：“孩子在家里教养好，到学堂也没有什么坏处。”

于是伯父斟了一杯酒，夹了一片香肠放到嘴里，那时我多么不愿看他吃香肠呵！那一刻我是怎样恼烦着他！我讨厌他喝酒用的杯子，我讨厌他上唇生着的小黑髭，也许伯伯没有观察我一下！他又说：“女学生们靠不住，交男朋友啦！恋爱啦！我看不惯这些。”

从那时起伯父同父亲是没有什么区别，变成严凉的石块。

当年，我升学了，那不是什么人帮助我，是我自己向家庭施行的骗术。后一年暑假，我从外回家，我和伯父的中间，总感到一种淡漠的情绪，伯父对我似乎是客气了，似乎是有什么从中间隔离着了！

一天伯父上街去买鱼，可是他回来的时候，筐子是空空的。母亲问：

“怎么！没有鱼吗？”

“哼！没有。”

母亲又问：“鱼贵吗？”

“不贵。”

伯父走进堂屋坐在那里好像幻想着一般，后门外树上满挂着绿的叶子，伯父望着那些无知的叶子幻想，最后他小声唱起，像是有什么悲哀蒙蔽着他了！看他的脸色完全可怜起来。他的眼睛是那样忧烦的望着桌面，母亲说："哥哥头痛吗？"

伯父似乎不愿回答，摇着头，他走进屋倒在床上，很长时间，他翻转着，扇子他不用来摇风，在他手里乱响。他的手在胸膛上拍着，气闷着，再过一会，他完全安静下去，扇子任意丢在地板，苍蝇落在脸上，也不去搔它。

晚饭桌上了，伯父多喝了几杯酒，红着颜面向祖父说："菜市上看见王大姐呢！"

王大姐，我们叫他王大姑，常听母亲说："王大姐没有妈，爹爹为了贫穷去为匪，只留这个可怜的孩子住在我们家里。"伯父很多情呢！伯父也会恋爱呢，伯父的屋子和我姑姑们的屋子挨着，那时我的三个姑姑全没出嫁。

一夜，王大姑没有回内房去睡，伯父伴着她哩！

祖父不知这件事，他说："怎么不叫她来家呢？"

"她不来，看样子是很忙。"

"呵！从出了门子总没见过，20多年了，20多年了！"

祖父捋着斑白的胡子，他感到自己是老了！

伯父也感叹着："嗳！一转眼，老了！不是姑娘时候的王大姐了！头发白了一半。"

伯父的感叹和祖父完全不同，伯父是痛惜着他破碎的青春的故事。又想一想他婉转着说，说时他神秘的有点微笑："我经过菜市场，一个老太太回头看我，我走过，她仍旧看我。停在她身后，我想一想，是谁呢？过会我说：'是王大姐吗？'她转过身来，我问她，'在本街住吧？'她很忙，要回去烧饭，随后她走了，什么话也没说，提着空筐子走了！"

夜间，全家人都睡了，我偶然到伯父屋里去找一本书，因为对他，我连一点信仰也失去了，所以无言走出。

伯父愿意和我谈话似的："没睡吗？"

"没有。"

隔着一道玻璃门，我见他无聊的样子翻着书和报，枕旁一只蜡烛，火光在起伏。伯父今天似乎是例外，同我讲了好些话，关于报纸上的，又关于什么年鉴上的。他看见我手里拿着一本花面的小书，他问："什么书。"

"小说。"

我不知道他的话是从什么地方说起："言情小说，西厢是妙绝，红楼梦也好。"

那夜伯父奇怪地向我笑，微微地笑，把视线斜着看住我。我忽然想起白天所讲的王大姑来了，于是给伯父倒一杯茶，我走出房来，让他伴着茶香来慢慢的回味着记忆中的姑娘吧！

我与伯伯的学说渐渐悬殊，因此感情也渐渐恶劣，我想什么给感情分开的呢？我需要恋爱，伯父也需要恋爱。伯父见着他年轻时候的情人痛苦，假若是我也是一样。

那么他与我有什么不同呢？不过伯伯相信的是镀金的学说。

（署名田娣刊于1934年6月14、21、28日哈尔滨《国际协报》周刊《文艺》第19、20、21期）

饿

“列巴圈”挂在过道别人的门上，过道好像还没有天明，可是电灯已经熄了。夜间遗留下来睡朦朦的气息充塞在过道，茶房气喘着，抹着地板。我不愿醒得太早，可是已经醒了，同时再不能睡去。

厕所房的电灯仍开着，和夜间一般昏黄，好像黎明还没有到来，可是“列巴圈”已经挂上别人家的门了！有的牛奶瓶也规规矩矩地等在别的房间外。只要一醒来，就可以随便吃喝。但，这都只限于别人，是别人的事，与自己无关。

扭开了灯，郎华睡在床上，他睡得很恬静，连呼吸也不震动空气一下。听一听过道连一个人也没走动。全旅馆的三层楼都在睡中，越这样静越引诱我，我的那种想头越坚决。过道尚没有一点声息，过道越静越引诱我，我的那种想头越想越充胀我：去拿吧！正是时候，即使是偷，那就偷吧！

轻轻扭动钥匙，门一点响动也没有。探头看了看，“列巴圈”对门就挂着，东隔壁也挂着，西隔壁也挂着。天快亮了！牛奶瓶的乳白色看得真真切切，“列巴圈”比每天也大了些，结果什么也没有去拿，我心里发烧，耳朵也热了一阵，立刻想到这是“偷”。儿时的记忆再现出来，偷梨吃的孩子最羞耻。

过了好久，我就贴在已关好的门扇上，大概我像一个没有灵魂的、纸剪成的人贴在门扇。大概这样吧：街车唤醒了我，马蹄嗒嗒、车轮吱吱地响过去。我抱紧胸膛，把头也挂到胸口，向我自己心说："我饿呀！不是'偷'呀！"

第二次也打开门，这次我决心了！偷就偷，虽然是几个"列巴圈"，我也偷，为着我"饿"，为着他"饿"。

第二次失败，那么不去做第三次了。下了最后的决心，爬上床，关了灯，推一推郎华，他没有醒，我怕他醒。在"偷"这一刻，郎华也是我的敌人；假若我有母亲，母亲也是敌人。

天亮了！人们醒了。做家庭教师，无钱吃饭也要去上课，并且要练武术。他喝了一杯茶走的，过道那些"列巴圈"早已不见，都让别人吃了。

从昨夜到中午，四肢软一点，肚子好像被踢打放了气的皮球。

窗子在墙壁中央，天窗似的，我从窗口升了出去，赤裸裸，完全和日光接近；市街临在我的脚下，直线的，错综着许多角度的楼房，大柱子一般工厂的烟囱，街道横顺交织着，秃光的街树。白云在天空作出各样的曲线，高空的风吹乱我的头发，飘荡我的衣襟。市街像一张繁繁杂杂颜色不清晰的地图，挂在我们眼前。楼顶和树梢都挂住一层稀薄的白霜，整个城市在阳光下闪闪烁烁撒了一层银片。我的衣襟被风拍着作响，我冷了，我孤孤独独的好像站在无人的山顶。每家楼顶的白霜，一刻不是银片了，而是些雪花、冰花，或是什么更严寒的东西在吸我，像全身浴在冰水里一般。

我披了棉被再出现到窗口，那不是全身，仅仅是头和胸突在窗口。一个女人站在一家药店门口讨钱，手下牵着孩子，衣襟裹着更小的孩子。药店没有人出来理她，过路人也不理她，都象说她有孩子不对，穷就不该有孩子，有也应该饿死。

我只能看到街路的半面，那女人大概向我的窗下走来，因为我听见那孩子的哭声很近。

"老爷，太太，可怜可怜……"可是看不见她在逐谁，虽然是三层楼，也听得这般清楚，她一定是跑得颠颠断断地呼喘："老爷老爷……

可怜吧！”

那女人一定正像我，一定早饭还没有吃，也许昨晚的也没有吃。她在楼下急迫地来回的呼声传染了我，肚子立刻响起来，肠子不住地呼叫……

郎华仍不回来，我拿什么来喂肚子呢？桌子可以吃吗？草褥子可以吃吗？

晒着阳光的行人道，来往的行人，小贩乞丐……这一些看得我疲倦了！打着呵欠，从窗口爬下来。

窗子一关起来，立刻生满了霜，过一刻，玻璃片就流着眼泪了！起初是一条条的，后来就大哭了！满脸是泪，好像在行人道上讨饭的母亲的脸。

我坐在小屋，像饿在笼中的鸡一般，只想合起眼睛来静着，默着，但又不是睡。

“咯，咯！”这是谁在打门！我快去开门，是三年前旧学校里的图画先生。

他和从前一样很喜欢说笑话，没有改变，只是胖了一点，眼睛又小了一点。他随便说，说得很多。他的女儿，那个穿红花旗袍的小姑娘，又加了一件黑绒上衣，她在藤椅上，怪美丽的。但她有点不耐烦的样子：“爸爸，我们走吧。”小姑娘哪里懂得人生！小姑娘只知道美，哪里懂得人生？

曹先生问：“你一个住在这里吗？”

“是——”我当时不晓得为什么答应“是”，明明是和郎华同住，怎么要说自己住呢？

好像这几年并没有别开，我仍在那个学校读书一样。他说：

“还是一个人好，可以把整个的心身献给艺术。你现在不喜欢画，你喜欢文学，就把全心身献给文学。只有忠心于艺术的心才不空虚，只有艺术才是美，才是真美。爱情这话很难说，若是为了性欲才爱，那么就不如临时解决，随便可以找到一个，只要是异性。爱是爱，爱很不容易，那么就不如爱艺术，比较不空虚……”

“爸爸，走吧！”小姑娘哪里懂得人生，只知道“美”，她看一看这屋子一点意思也没有，床上只铺一张草褥子。

“是，走——”曹先生又说，眼睛指着女儿，“你看我，13 岁就结了婚。这不是吗？曹云都 15 岁啦！”

“爸爸，我们走吧！”

他和几年前一样，总爱说“13 岁”就结了婚。差不多全校同学都知道曹先生是 13 岁结婚的。

“爸爸，我们走吧！”

他把一张票子丢在桌上就走了！那是我写信去要的。

郎华还没有回来，我应该立刻想到饿，但我完全被青春迷惑了，读书的时候，哪里懂得“饿”？只晓得青春最重要，虽然现在我也并没老，但总觉得青春是过去了！过去了！

我冥想了一个长时期，心浪和海水一般翻了一阵。

追逐实际吧！青春唯有自私的人才系念她，“只有饥寒，没有青春。”

几天没有去过的小饭馆，又坐在那里边吃喝了。“很累了吧！腿可疼？道外道里要有 15 里路。”我问他。

只要有得吃，他也很满足，我也很满足。其余什么都忘了！

那个饭馆，我已经习惯，还不等他坐下，我就抢个地方先坐下，我也把菜的名字记得很熟，什么辣椒白菜啦，雪里红豆腐啦……什么酱鱼啦！怎么叫酱鱼呢？哪里有鱼！用鱼骨头炒一点酱，借一点腥味就是啦！我很有把握，我简直都不用算一算就知道这些菜也超不过一角钱。因此我用很大的声音招呼，我不怕，我一点也不怕花钱。

回来没有睡觉之前，我们一面喝着开水，一面说：

“这回又饿不着了，又够吃些日子。”

闭了灯，又满足又安适地睡了一夜。

（首发于 1935 年 6 月 1 日《文学》第 4 卷第 6 号）

祖父死了的时候

祖父总是有点变样子，他喜欢流起眼泪来，同时过去很重要的事情他也忘掉。比方过去那一些他常讲的故事，现在讲起来，讲了一半下一半他就说："我记不得了。"

某夜，他又病了一次，经过这一次病，他竟说："给你三姑写信，叫她来一趟，我不是四五年没看过她吗？"他叫我写信给我已经死去五年的姑母。

那次离家是很痛苦的。学校来了开学通知信，祖父又一天一天地变样起来。

祖父睡着的时候，我就躺在他的旁边哭，好像祖父已经离开我死去似的，一面哭着一面抬头看他凹陷的嘴唇。我若死掉祖父，就死掉我一生最重要的一个人，好像他死了就把人间一切"爱"和"温暖"带得空空虚虚。我的心被丝线扎住或铁丝绞住了。

我联想到母亲死的时候。母亲死以后，父亲怎样打我，又娶一个新母亲来。这个母亲很客气，不打我，就是骂，也是指着桌子或椅子来骂我。客气是越客气了，但是冷淡了，疏远了，生人一样。

"到院子去玩玩吧！"祖父说了这话之后，在我的头上撞了一下，"喂！你看这是什么？"一个黄金色的橘子落到我的手中。

夜间不敢到茅厕去，我说："妈妈同我到茅厕去趟吧。"

“我不去！”

“那我害怕呀！”

“怕什么？”

“怕什么？怕鬼怕神？”父亲也说话了，把眼睛从眼镜上面看着我。

冬天，祖父已经睡下，赤着脚，开着纽扣跟我到外面茅厕去。

学校开学，我迟到了四天。三月里，我又回家一次，正在外面叫门，里面小弟弟嚷着：“姐姐回来了！姐姐回来了！”大门开时，我就远远注意着祖父住着的那间房子。果然祖父的面孔和胡子闪现在玻璃窗里。我跳着笑着跑进屋去。但不是高兴，只是心酸，祖父的脸色更惨淡更白了。等屋子里一个人没有时，他流着泪，他慌慌忙忙的一边用袖口擦着眼泪，一边抖动着嘴唇说：“爷爷不行了，不知早晚……前些日子好险没跌……跌死。”

“怎么跌的？”

“就是在后屋，我想去解手，招呼人，也听不见，按电铃也没有人来，就得爬啦。还没到后门口，腿颤，心跳，眼前发花了一阵就倒下去。没跌断了腰……人老了，有什么用处！爷爷是八十一岁呢。”

“爷爷是八十一岁。”

“没用了，活了八十一岁还是在地上爬呢！我想你看不着爷爷了，谁知没有跌死，我又慢慢爬到炕上。”

我走的那天也是和我回来那天一样，白色的脸的轮廓闪现在玻璃窗里。

在院心我回头看着祖父的面孔，走到大门口，在大门口我仍可看见，出了大门，就被门扇遮断。

从这一次祖父就与我永远隔绝了。虽然那次和祖父告别，并没说出一个永别的字。我回来看祖父，这回门前吹着喇叭，幡杆挑得比房头更高，马车离家很远的时候，我已看到高高的白色幡杆了，吹鼓手们的喇叭怆凉的在悲号。马车停在喇叭声中，大门前的白幡、白对联、院心的灵棚、闹嚷嚷许多人，吹鼓手们响起呜呜的哀号。

这回祖父不坐在玻璃窗里，是睡在堂屋的板床上，没有灵魂的躺在那里。我要看一看他白色的胡子，可是怎样看呢！拿开他脸上蒙着的纸吧，胡子、眼睛和嘴，都不会动了，他真的一点感觉也没有了？我从祖父的袖管里去摸他的手，手也没有感觉了。祖父这回真死去了啊！

祖父装进棺材去的那天早晨，正是后园里玫瑰花开放满树的时候。我扯着祖父的一张被角，抬向灵前去。吹鼓手在灵前吹着大喇叭。

我怕起来，我号叫起来。

“咣咣！”黑色的，半尺厚的灵柩盖子压上去。

吃饭的时候，我饮了酒，用祖父的酒杯饮的。饭后我跑到后园玫瑰树下去卧倒，园中飞着蜂子和蝴蝶，绿草的清凉的气味，这都和十年前一样。可是十年前死了妈妈。妈妈死后我仍是在园中扑蝴蝶；这回祖父死去，我却饮了酒。

过去的十年我是和父亲打斗着生活。在这期间我觉得人是残酷的东西。父亲对我是没有好面孔的，对于仆人也是没有好面孔的，他对于祖父也是没有好面孔的。因为仆人是穷人，祖父是老人，我是个小孩子，所以我们这些完全没有保障的人就落到他的手里。后来我看到新娶来的母亲也落到他的手里，他喜欢她的时候，便同她说笑，他恼怒时便骂她，母亲渐渐也怕起父亲来。

母亲也不是穷人，也不是老人，也不是孩子，怎么也怕起父亲来呢？我到邻家去看看，邻家的女人也是怕男人。我到舅家去，舅母也是怕舅父。

我懂得的尽是些偏僻的人生，我想世间死了祖父，就没有再同情我的人了，世间死了祖父，剩下的尽是些凶残的人了。

我饮了酒，回想，幻想……

以后我必须不要家，到广大的人群中去，但我在玫瑰树下颤慄了，人群中没有我的祖父。

所以我哭着，整个祖父死的时候我哭着。

（署名悄吟，刊于 1935 年 7 月 28 日长春《大同报》副刊《大同俱乐部》）

初冬

初冬，我走在清凉的街道上，遇见了我的弟弟。

“莹姐，你走到哪里去？”

“随便走走吧！”

“我们去吃一杯咖啡，好不好，莹姐。”

咖啡店的窗子在帘幕下挂着苍白的霜层。我把领口脱着毛的外衣搭在衣架上。

我们开始搅着杯子铃啷的响了。

“天冷了吧！并且也太孤寂了，你还是回家的好。”弟弟的眼睛是深黑色的。

我摇了头，我说：“你们学校的篮球队近来怎么样？还活跃吗？你还很热心吗？”

“我掷筐掷得更进步，可惜你总也没到我们球场上来了。你这样不畅快是不行的。”

我仍搅着杯子，也许飘流久了的心情，就和离了岸的海水一般，若非遇到大风是不会翻起的。我开始弄着手帕。弟弟再向我说什么我已不去听清他，仿佛自己是沉坠在深远的幻想的井里。

我不记得咖啡怎样被我吃干了杯了。茶匙在搅着空的杯子时，弟弟说：“再来一杯吧！”

女侍者带着欢笑一般飞起的头发来到我们桌边，她又用很响亮的脚步摇摇地走了去。

也许因为清早或天寒，再没有人走进这咖啡店。在弟弟默默看着我的时候，在我的思想凝静得玻璃一般平的时候，壁间暖气管小小嘶鸣的声音都听得到了。

“天冷了，还是回家好，心情这样不畅快，长久了是无益的。”

“怎么！”

“太坏的心情与你有什么好处呢？”

“为什么要说我的心情不好呢？”

我们又都搅着杯子。有外国人走进来，那响着嗓子的、嘴不住在说的女人，就坐在我们的近边。她离得我越近，我越嗅到她满衣的香气，那使我感到她离得我更辽远，也感到全人类离得我更辽远。也许她那安闲而幸福的态度与我一点联系也没有。

我们搅着杯子，杯子不能像起初搅得发响了。街车好像渐渐多了起来，闪在窗子上的人影，迅速而且繁多了。隔着窗子，可以听到暗哑的笑声和暗哑的踏在行人道上的鞋子的声音。

“莹姐，”弟弟的眼睛深黑色的，“天冷了，再不能飘流下去，回家去吧！”弟弟说，“你的头发这样长了，怎么不到理发店去一次呢？”我不知道为什么被他这话所激动了。

也许要熄灭的灯火在我心中复燃起来，热力和光明鼓荡着我：

“那样的家我是不想回去的。”

“那么飘流着，就这样飘流着？”弟弟的眼睛是深黑色的。他的杯子留在左手里边，另一只手在桌面上，手心向上翻张了开来，要在空间摸索着什么似的。最后，他是捉住自己的领巾。我看着他在抖动的嘴唇：“莹姐，我真担心你这个女浪人！”他牙齿好像更白了些，更大些，而且有力了，而且充满热情了。为热情而波动，他的嘴唇是那样的退去了颜色。并且他的全人有些近乎狂人，然而安静，完全被热情侵占着。

出了咖啡店，我们在结着薄碎的冰雪上面踏着脚。

初冬，早晨的红日扑着我们的头发，这样的红光使我感到欣快和寂寞。弟弟不住地在手下摇着帽子，肩头耸起了又落下了；心脏也是高了又低了。

渺小的同情者和被同情者离开了市街。

停在一个荒败的枣树园的前面时，他突然把很厚的手伸给了我，这是我们要告别了。

“我到学校去上课！”他脱开我的手，向着我相反的方向背转过去。可是走了几步，又转回来：

“莹姐，我看你还是回家的好！”

“那样的家我是不能回去的，我不愿意受和我站在两极端的父亲的豢养……”

“那么你要钱用吗？”

“不要的。”

“那么，你就这个样子吗？你瘦了！你快要生病了！你的衣服也太薄啊！”弟弟的眼睛是深黑色的，充满着祈祷和愿望。我们又握过手，分别向不同的方向走去。

太阳在我的脸面上闪闪耀耀。仍和未遇见弟弟以前一样，我穿着街头，我无目的地走。寒风，刺着喉头，时时要发作小小的咳嗽。

弟弟留给我的是深黑色的眼睛，这在我散漫与孤独的流荡人的心板上，怎能不微温了一个时刻？

（首刊于 1936 年 1 月 5 日上海《生活知识》第 1 卷第 7 期）

过夜

也许是快近天明了吧！我第一次醒来。街车稀疏的从远处响起，一直到那声音雷鸣一般地震撼着这房子，直到那声音又远远的消灭下去，我都听到的。但感到生疏和广大，我就像睡在马路上一样，孤独并且无所凭据。

睡在我旁边的是我所不认识的人，那鼾声对于我简直是厌恶和隔膜。我对她并不存着一点感激，也像憎恶我所憎恶的人一样憎恶她。虽然在深夜里她给我一个住处，虽然从马路上把我招引到她的家里。

那夜寒风逼着我非常严厉，眼泪差不多和哭着一般流下，用手套抹着，揩着，在我敲打姨母家的门的时候，手套几乎是结了冰，在门扇上起着小小的粘结。我一面敲打一面叫着：

"姨母！姨母……"她家的人完全睡下了，狗在院子里面叫了几声。我只好背转来走去。脚在下面感到有针在刺着似的痛楚。我是怎样的去羡慕那些临街的我所经过的楼房，对着每个窗子我起着愤恨。那里面一定是温暖和快乐，并且那里面一定设置着很好的眠床。一想到眠床，我就想到了我家乡那边的马房，挂在马房里面不也很安逸吗！甚至于我想到了狗睡觉的地方，那一定有茅草。坐在茅草上面可以使我的脚温暖。

积雪在脚下面呼叫："吱……吱……吱……"我的眼毛感到了纠绞，积雪随着风在我的腿部扫打。当我经过那些平日认为可怜的下等妓馆的门前时，我觉得她们也比我幸福。

我快走，慌张的走，我忘记了我背脊怎样的弓起，肩头怎样的耸高。

“小姐！坐车吧！”经过繁华一点的街道，洋车夫们向我说着。

都记不得了，那等在路旁的马车的车夫们也许和我开着玩笑。

“喂……喂……冻得活像个他妈的……小鸡样……”

但我只看见马的蹄子在石路上面踩打。

我完全感到充血是我走上了我熟人的扶梯，我摸索，我寻找电灯，往往一件事情越接近着终点越容易着急和不能忍耐。升到最高级了，几乎从顶上滑了下来。

感到自己的力量完全用尽了！再多走半里路也好像是不可能，并且这种寒冷我再不能忍耐，并且脚冻得麻木了，需要休息下来，无论如何它需要一点暖气，无论如何不应该再让它去接触着霜雪。

去按电铃，电铃不响了，但是门扇欠了一个缝，用手一触时，它自己开了。一点声音也没有，大概人们都睡了。我停在内间的玻璃门外，我招呼那熟人的名字，终没有回答！我还看到墙上那张没有框子的画片。分明房里在开着电灯。再招呼了几声，但是什么也没有……

“喔……”门扇用铁丝绞了起来，街灯就闪耀在窗子的外面。我踏着过道里搬了家余留下来的碎纸的声音，同时在空屋里我听到了自己苍白的叹息。

“浆汁还热吗？”在一排长街转角的地方，那里还张着卖浆汁的白色的布棚。我坐在小凳上，在集合着铜板……

等我第一次醒来时，只感到我的呼吸里面充满着鱼的气味。

“街上吃东西，那是不行的。您吃吃这鱼看吧，这是黄花鱼，用油炸的……”她的颜面和干了的海藻一样打着波绉。

“小金铃子，你个小死鬼，你给我滚出来……快……”我跟着她的声音才发现墙角蹲着个孩子。

“喝浆汁，要喝热的，我也是爱喝浆汁……哼！不然，你就遇不到我了，那是老主顾，我差不多每夜要喝——偏偏金铃子昨晚上不在家，不然的话，每晚都是金铃子去买浆汁。”

“小死金铃子，你失了魂啦！还等我孝敬你吗？还不自己来装饭！”

那孩子好像猫一样来到桌子旁边。

“还见过吗？这丫头13岁啦，你看这头发吧！活像个多毛兽！”她在那孩子的头上用筷子打了一下，于是又举起她的酒杯来。她的两只袖口都一起往外脱着棉花。

晚饭她也是喝酒，一直喝到坐着就要睡去了的样子。

我整天没有吃东西，昏沉沉和软弱，我的知觉似乎一半存在着，一半失掉了。在夜里，我听到了女孩的尖叫。

“怎么，你叫什么？”我问。

“不，妈呀！”她惶惑的哭着。

从打开着的房门，老妇人捧着雪球回来了。

“不，妈呀！”她赤着身子站到角落里去。

她把雪块完全打在孩子的身上。

“睡吧！我让你知道我的厉害！”她一面说着，孩子的腿部就流着水的条纹。

我究竟不知道这是为了什么。

第二天，我要走的时候，她向我说：

“你有衣裳吗？留给我一件……”

“你说的是什么衣裳？”

“我要去进当铺，我实在没有好当的了！”于是她翻着炕上的旧毯片和流着棉花的被子：“金铃子这丫头还不中用……也无怪她，年纪还不到哩！五毛钱谁肯要她呢？要长样没有长样，要人才没有人才！花钱看样子吗？前些个年头可行，比方我年青的时候，我常跟着我的姨姐到班子里去逛逛，一逛就能落几个……多多少少总能落几个……现在不行了！正经的班子不许你进，土窑子是什么油水也没有，老庄那懂得看样了，花钱让他看样子，他就干了吗？就是凤凰也不行啊！落毛鸡就是不花钱谁又想看呢？”她突然用手指在那孩子的头上点了一下。“摆设，总得像个摆设的样子，看这穿戴……呸呸！”她的嘴和眼睛一致的歪动了一下。“再过两年我就好了。管她长得猫样狗样，可是她倒底是中用了！”

她的颜面和一片干了的海蜇一样。我明白一点她所说的“中用”或“不中用”。

“套鞋可以吧？”我打量了我全身的衣裳，一件棉外衣，一件夹袍，一件单衫，一件短绒衣和绒裤，一双皮鞋，一双单袜。

“不用进当铺，把它卖掉，三块钱买的，五角钱总可以卖出。”

我弯下腰在地上寻找套鞋。

“哪里去了呢？”我开始划着一根火柴，屋子里黑暗下来，好像“夜”又要来临了。

“老鼠会把它拖走的吗？不会的吧？”我好像在反复着我的声音，可是她，一点也不来帮助我，无所感觉的一样。

我去扒着土炕，扒着碎毡片，碎棉花。但套鞋是不见了。

女孩坐在角落里面咳嗽着，那老妇人简直是喑哑了。

“我拿了你的鞋！你以为？那是金铃子干的事……”借着她抽烟时划着火柴的光亮，我看到她打着绉纹的鼻子的两旁挂下两条发亮的东西。

“昨天她把那套鞋就偷着卖了！她交给我钱的时候我才知道。半夜里我为什么打她？就是为着这桩事。我告诉她偷，是到外面去偷。看见过吗？回家来偷。我说我要用雪把她活埋……不中用的，男人不能看上她的，看那小毛辫子！活像个猪尾巴！”

她回转身去扯着孩子的头发，好像在扯着什么没有知觉的东西似的。

“老的老，小的小……你看我这年纪，不用说是不中用的啦！”

两天没有见到太阳，在这屋里，我觉得狭窄和阴暗，好像和老鼠住在一起了。假如走出去，外面又是“夜”。但一点也不怕惧，走出去了！

我把单衫从身上褪了下来。我说："去当，去卖，都是不值钱的。"

这次我是用夏季里穿的通孔的鞋子去接触着雪地。

（首刊于1936年2月20日上海《海燕》第2期）

家庭教师

20元票子，使他做了家庭教师。

这是第一天，他起得很早，并且脸上也像愉悦了些。我欢喜地跑到过道去倒脸水。心中埋藏不住这些愉快，使我一面折着被子，一面嘴里任意唱着什么歌的句子。而后坐到床沿，两腿轻轻地跳动，单衫的衣角在腿下抖荡。我又跑出门外，看了几次那个提篮卖面包的人，我想他应该吃些点心吧，八点钟他要去教书，天寒，衣单，又空着肚子，那是不行的。

但是还不见那提着膨胀的篮子的人来到过道。

郎华做了家庭教师，大概他自己想也应该吃了。当我下楼时，他就自己在买，长形的大提篮已经摆在我们房间的门口。他仿佛是一个大蝎虎样，贪婪地，为着他的食欲，从篮子里往外捉取着面包、圆形的点心和“列巴圈”，他强健的两臂，好像要把整个篮子抱到房间里才能满足。最后他会过钱，下了最大的决心，舍弃了篮子，跑回房中来吃。

还不到八点钟，他就走了。九点钟刚过，他就回来。下午太阳快落时，他又去一次，一个钟头又回来。他已经慌慌忙忙像是生活有了意义似的。当他回来时，他带回一个小包袱，他说那是才从当铺取出的从前他当过的两件衣裳。他很有兴致地把一件夹袍从包袱里解出来，还有一件小毛衣。

“你穿我的夹袍，我穿毛衣。”他吩咐着。

于是两个人各自赶快穿上。他的毛衣很合适。唯有我穿着他的夹袍，两只脚使我自己看不见，手被袖口吞没去，宽大的袖口，使我忽然感到我的肩膀一边挂着一个口袋，就是这样，我觉得很合适，很满足。

电灯照耀着满城市的人家。钞票带在我的衣袋里，就这样，两个人理直气壮地走在街上，穿过电车道，穿过扰嚷着的那条破街。

一扇破碎的玻璃门，上面封了纸片，郎华拉开它，并且回头向我说：“很好的小饭馆，洋车夫和一切工人全都在这里吃饭。”

我跟着进去。里面摆着三张大桌子。我有点看不惯，好几部分食客都挤在一张桌上。屋子几乎要转不过来身。我想，让我坐在哪里呢？三张桌子都是满满的人。我在袖口外面捏了一下郎华的手说：“一张空桌也没有，怎么吃？”

他说：“在这里吃饭是随随便便的，有空就坐。”他比我自然得多，接着，他把帽子挂到墙壁上。堂倌走来，用他拿在手中已经擦满油腻的布巾抹了一下桌角，同时向旁边正在吃的那个人说：“借光，借光。”

就这样，郎华坐在长板凳上那个人剩下来的一头。至于我呢，堂倌把掌柜独坐的那个圆板凳搬来，占据着大桌子的一头。我们好像存在也可以，不存在也可以似的。不一会，小小的菜碟摆上来。我看到一个小圆木砧上堆着煮熟的肉，郎华跑过去，向着木砧说了一声：“切半角钱的猪头肉。”

那个人把刀在围裙上，在那块脏布上抹了一下，熟练地挥动着刀在切肉。我想：他怎么知道那叫猪头肉呢？很快地我吃到猪头肉了。后来我又看见火炉上煮着一个大锅，我想要知道这锅里到底盛的是什么，然而当时我不敢，不好意思站起来满屋摆荡。

“你去看看吧。”

“那没有什么好吃的。”郎华一面去看，一面说。

正相反，锅虽然满挂着油腻，里面却是肉丸子。掌柜连忙说：“来一碗吧？”

我们没有立刻回答。掌柜又连忙说：“味道很好哩。”

我们怕的倒不是味道好不好，既然是肉的，一定要多花钱吧！我们面前摆了五六个小碟子，觉得菜已经够了。他看看我，我看看他。

“这么多菜，还是不要肉丸子吧，”我说。

“肉丸还带汤。”我看他说这话，是愿意了，那么吃吧。一决心，肉丸子就端上来。

破玻璃门边，来来往往有人进出，戴破皮帽子的，穿破皮袄的，还有满身红绿的油匠，长胡子的老油匠，十二三岁尖嗓子的小油匠。

脚下有点潮湿得难过了。可是门仍不住地开关，人们仍是来来往往。一个岁数大一点的妇人，抱着孩子在门外乞讨，仅仅在人们开门时她说一声：“可怜可怜吧！给孩子点吃的吧！”然而她从不动手推门。后来大概她等到时间太长了，就跟着人们进来，停在门口，她还不敢把门关上，表示出她一得到什么东西很快就走的样子。忽然全屋充满了冷空气。郎华拿馒头正要给她，掌柜的摆着手：“多得很，给不得。”

靠门的那个食客强关了门，已经把她赶出去了，并且说：“真她妈的，冷死人，开着门还行！”

不知哪一个发了这一声：“她是个老婆子，你把她推出去。若是个大姑娘，不抱住她，你也得多看她两眼。”

全屋人差不多都笑了，我却听不惯这话，我非常恼怒。

郎华为着猪头肉喝了一小壶酒，我也帮着喝。同桌的那个人只吃咸菜，喝稀饭，他结账时还不到一角钱。接着我们也结账：小菜每碟二分，五碟小菜，半角钱猪头肉，半角钱烧酒，丸子汤八分，外加八个大馒头。

走出饭馆，使人吃惊，冷空气立刻裹紧全身，高空闪烁着繁星。我们奔向有电车经过叮叮响的那条街口。

“吃饱没有？”他问。

“饱了。”我答。

经过街口卖零食的小亭子，我买了两纸包糖，我一块，他一块，一面上楼，一面吮着糖的滋味。

“你真像个大口袋，”他吃饱了以后才向我说。

同时我打量着他，也非常不像样。在楼下大镜子前面，两个人照了好久。他的帽子仅仅扣住前额，后脑勺被忘记似的，离得帽子老远老远地独立着。很大的头，顶个小卷沿帽，最不相宜的就是这个小卷沿帽，在头顶上看起来十分不牢固，好像乌鸦落在房顶，有随时飞走的可能。别人送给他的那身学生服短而且宽。

走进房间，像两个大孩子似的，互相比着舌头，他吃的是红色的糖块，所以是红舌头，我是绿舌头。比完舌头之后，他忧愁起来，指甲在桌面上不住地敲响。

“你看，我当家庭教师有多么不带劲！来来往往冻得和个小叫花子似的。”

当他说话时，在桌上敲着的那只手的袖口，已是破了，拖着线条。我想破了倒不要紧，可是冷怎么受呢？

长久的时间静默着，灯光照在两人脸上，也不跳动一下，我说要给他缝缝袖口，明天要买针线。说到袖口，他警觉一般看一下袖口，脸上立刻浮现着幻想，并且嘴唇微微张开，不太自然似的，又不说什么。

关了灯，月光照在窗外，反映得全室微白。两人扯着一张被子，头下破书当做枕头。隔壁手风琴又咿咿呀呀地在诉说生之苦乐。乐器伴着他，他慢慢打开他幽禁的心灵了：

“敏子……这是敏子姑娘给我缝的。可是过去了，过去了就没有什么意义。我对你说过，那时候我疯狂了。直到最末一次信来，才算结束，结束就是说从那时起她不再给我来信了。这样意外的，相信也不能相信的事情，弄得我昏迷了许多日子……以前许多信都是写着爱我……甚至于说非爱我不可。最末一次信却骂起我来，直到现在我还不相信，可是事实是那样……”

他起来去拿毛衣给我看，“你看过桃色的线……是她缝的……敏子缝的……”

又灭了灯，隔壁的手风琴仍不停止。在说话里边他叫那个名字“敏子，敏子。”都是喉头发着水声。

“很好看的，小眼眉很黑……嘴唇很……很红啊！”说到恰好的时候，在被子里边他紧紧捏了我一下手。我想：我又不是她。

“嘴唇通红通红……啊……”他仍说下去。

马蹄打在街石上嗒嗒响声。每个院落在想象中也都睡去。

（首发于1936年2月上海《中学生》第62号）

他的上唇挂霜了

他夜夜出去在寒月的清光下，到五里路远一条僻街上去教两个人读国文课本。这是新找到的职业，不能说是职业，只能说新找到十五元钱。

秃着耳朵，夹外套的领子还不能遮住下巴，就这样夜夜出去，一夜比一夜冷了！听得见人们踏着雪地的响声也更大。

他带着雪花回来，裤子下口全是白色，鞋也被雪浸了一半。

“又下雪吗？”

他一直没有回答，像是同我生气。把袜子脱下来，雪积满他的袜口，我拿他的袜子在门扇上打着，只有一小部分雪星是震落下来，袜子的大部分全是潮湿了的。等我在火炉上烘袜子的时候，一种很难忍的气味满屋散布着。

“明天早晨晚些吃饭，南岗有一个要学武术的。等我回来吃。”他说这话，完全没有声色，把声音弄得很低很低……或者他想要严肃一点，也或者他把这事故意看做平凡的事。总之，我不能猜到了！

他赤了脚。穿上“傻鞋”，去到对门上武术课。

“你等一等，袜子就要烘干的。”

“我不穿。”

“怎么不穿，汪家有小姐的。”

“有小姐，管什么？”

“不是不好看吗？”

“什么好看不好看！”他光着脚去，也不怕小姐们看，汪家有两个很漂亮的小姐。

他很忙，早晨起来，就跑到南岗去，吃过饭，又要给他的小徒弟上国文课。一切忙完了，又跑出去借钱。晚饭后，又是教武术，又是去教中学课本。

夜间，他睡觉醒也不醒转来，我感到非常孤独了！白昼使我对着一些家具默坐，我虽生着嘴，也不言语；我虽生着腿，也不能走动；我虽生着手，而也没有什么做，和一个废人一般，有多么寂寞！连视线都被墙壁截止住，连看一看窗前的麻雀也不能够，什么也不能够，玻璃生满厚的和绒毛一般的霜雪。这就是“家”，没有阳光，没有暖，没有声，没有色，寂寞的家，穷的家，不生毛草荒凉的广场。

我站在小过道窗口等郎华，我的肚子很饿。

铁门扇响了一下，我的神经便要震荡一下，铁门响了无数次，来来往往都是和我无关的人。汪林很大的皮领子和她很响的高跟鞋相配称，她摇摇晃晃，满满足足，她的肚子想来很饱很饱，向我笑了笑，滑稽的样子用手指点我一下：

“啊！又在等你的郎华……”她快走到门前的木阶，还说着，“他出去，你天天等他，真是怪好的一对！”

她的声音在冷空气里来得很脆，也许是少女们特有的喉咙。对于她，我立刻把她忘记，也许原来就没把她看见，没把她听见。假若我是个男人，怕是也只有这样。肚子响叫起来。

汪家厨房传出来炒酱的气味，隔得远我也会嗅到，他家吃炸酱面吧！炒酱的铁勺子一响，都像说：炸酱，炸酱面……

在过道站着，脚冻得很痛，鼻子流着鼻涕。我回到屋里，关好二层门，不知是想什么，默坐了好久。

汪林的二姐到冷屋去取食物，我去倒脏水见她，平日不很说话，很生疏，今天她却说：

“没去看电影吗？这个片子不错，胡蝶主演。”她蓝色的大耳环永远吊荡着不能停止。

“没去看。”我的袍子冷透骨了！

“这个片很好，煞尾是结了婚，看这片子的人都猜想，假若演下去，那是怎么美满的……”

她热心地来到门缝边，在门缝我也看到她大长的耳环在摆动。

“进来玩玩吧！”

“不进去，要吃饭啦！”

郎华回来了，他的上唇挂霜了！汪二小姐走得很远时，她的耳环和她的话声仍震荡着：“和你度蜜月的人回来啦，他来了。”

好寂寞的，好荒凉的家呀！他从口袋取出烧饼来给我吃。他又走了，说有一家招请电影广告员，他要去试试。

“什么时候回来？什么时候回来？”我追赶到门外问他，好像很久捉不到的鸟儿，捉到又飞了！失望和寂寞，虽然吃着烧饼，也好像饿倒下来。

小姐们的耳环，对比着郎华的上唇挂着的霜。对门居着，他家的女儿看电影，戴耳环；我家呢？我家……

广告员的梦想

有一个朋友到一家电影院去画广告，月薪四十元。画广告留给我一个很深的印象，我一面烧早饭一面看报，又有某个电影院招请广告员被我看到，立刻我动心了：我也可以吧？从前在学校时不也学过画吗？但不知月薪多少。

郎华回来吃饭，我对他说，他很不愿意做这事。他说："尽骗人。昨天别的报上登着一段招聘家庭教师的广告，我去接洽，其实去的人太多，招一个人，就要去十个，二十个……"

"去看看怕什么？不成完事。"

"我不去。"

"你不去我去。"

"你自己去？"

"我自己去！"

第二天早晨，我又留心那块广告，这回更能满足我的欲望。那文告又改登一次，月薪四十元，明明白白的是四十元。

"看一看去。不然，等着职业，职业会来吗？"我又向他说。

"要去吃了饭就去，我还有别的事。"这次他不很坚决了。

走在街上遇到他一个朋友。

"到哪里去？"

"接洽广告员的事情。"

"就是《国际协报》登的吗？"

"是的。"

"四十元啊！"这四十元他也注意到。

十字街商店高悬的大表还不到十一点钟，十二点才开始接洽。

已经寻找得好疲乏了，已经不耐烦了，代替接洽的那个"商行"才寻到。指明的是石头道街，可是那个"商行"是在石头道街旁的一条顺街尾上，我们的眼睛缭乱起来。走进"商行"去，在一座很大的楼房二层楼上，刚看到一块长方形的亮铜牌钉在过道，还没看到究竟是什么个"商行"，就有人截住我们："什么事？"

"来接洽广告员的！"

"今天星期日，不办公。"

第二天再去的时候还是有勇气的。是阴天，飞着清雪。那个商行的人说："请到电影院本家去接洽吧。我们这里不替他们接洽了。"

郎华走出来就埋怨我："这都是你主张，我说他们尽骗人，你不信！"

"怎么又怨我？"我也十分生气。

"不都是想当广告员吗？看你当吧！"

吵起来了。他觉得这是我的过错，我觉得他不应该同我生气。走路时，他在前面，总比我快一些，他不愿意和我一起走的样子，好像我对事情没有眼光使他讨厌的样子。冲突就这样越来越大，当时并不去怨恨那个"商行"，或是那个电影院，只是他生气我，我生气他，真正的目的却丢开了。两个人吵着架回来。

第三天，我再不去了。我再也不提那事，仍是在火炉板上烘着手。他自己出去，戴着他的飞机帽。

"南岗那个人的武术不教了。"晚上他告诉我。

我知道就是那个人不学了。

第二天，他仍戴着他的飞机帽走了一天。到夜间，我也并没提起广告员的事。照样，第三天我也并没有提，我已经没有兴致想找那样的职业。可是他自动的，比我更留心，自己到那个电影院去过两次。

“我去过两次，第一回说经理不在，第二回说过几天再来吧。真他妈的！有什么劲，只为着四十元钱，就去给他们耍宝！画的什么广告？什么情火啦，艳史啦，甜蜜啦，真是无耻和肉麻！”

他发的议论我是不回答的。他愤怒起来，好像有人非捉他去作广告员不可。

“你说，我们能干那样无聊的事？去他娘的吧！滚蛋吧！”他竟骂起来，跟着，他就骂起自己来，“真是混蛋，不知耻的东西，自私的爬虫！”

直到睡觉时，他还没忘掉这件事，他还向我说：“你说，我们不是自私的爬虫是什么？只怕自己饿死，去画广告。画得好一点，不怕肉麻，多招来一些看情史的，使人们羡慕富丽，使人们一步一步地爬上去……就是这样，只怕自己饿死，毒害多少人不管，人是自私的东西，……若有人每月给二百元，不是什么都干了吗？我们就是不能够推动历史，也不能站在相反的方面努力败坏历史！”他讲的使我也感动了，并且声音不自知地越讲越大，他已经开始更细地分析自己……

“你要小点声啊，房东那屋常常有日本朋友来。”我说。

又是一天，我们在“中央大街”闲荡着，很瘦很高的老秦在他肩上拍了一下。冬天下午三四点钟时已经快要黄昏了，阳光仅仅留在楼顶，渐渐微弱下来，街路完全在晚风中，就是行人道上也有被吹起的霜雪扫着人们的腿。

冬天在行人道上遇见朋友，总是不把手套脱下来就握手的。那人的手套大概很凉吧，我见郎华的赤手握了一下就抽回来。我低下头去，顺便看到老秦的大皮鞋上撒着红绿的小斑点。

“你的鞋上怎么有颜料？”

他说他到电影院去画广告了。他又指给我们电影院就是眼前那个，他说：“我的事情很忙，四点钟下班，五点钟就要去画广告。你们可以不可以帮我一点忙？”

听了这话，郎华和我都没回答。

“五点钟我在卖票的地方等你们。你们一进门就能看见我。”老秦走开了。

晚饭吃的烤饼，差不多每张饼都半生就吃下的，为着忙也没有到桌子上去吃，就围在炉边吃的。他的脸被火烤得通红。我是站着吃的，看一看新买的小表，五点了，所以连汤锅也没有盖起我们就走出了，汤在火炉板上蒸着气。

不用说我是连一口汤也没喝，郎华已跑在我的前面。我一面弄好头上的帽子一面追随他。才要走出大门时，忽然想起火炉旁还堆着一堆木柴，怕着了火，又回去看了一趟。等我再出来的时候，他已跑到街口去了。

他说我：“做饭也不晓得快做！磨蹭，你看晚了吧！女人就会磨蹭，女人就能耽误事！”

可笑的内心起着矛盾。这行业不是干不得吗？怎么跑得这样快呢？他抢着跨进电影院的门去。我看他矛盾的样子，好像他的后脑勺也在起着矛盾，我几乎笑出来跟着他进去了。

不知俄国人还是英国人，总之是大鼻子站在售票处卖票。问他老秦，他说不知道。问别人，又不知道哪个人是电影院的人。等了半个钟头也不见老秦，又只好回家了。

他的学说一到家就生出来，照样生出来：“去他娘的吧！那是你愿意去。那不成，那不成啊！人，这自私的东西，多碰几个钉子也对。”

他到别处去了，留我一个人在家。

“你们怎么不去找找？”老秦一边脱着他的皮帽一边说。

“还到哪里找去？等了半点钟也看不到你！”

“我们一同走吧。郎华呢？”

“他出去了。”

“那么我们先走吧。你就是帮我忙，每月四十元，你二十，我二十，均分。”

在广告牌前站到十点钟才回来。郎华找我两次也没有找到，所以他正在房中生气。

这一夜，我和他就吵了半夜。他去买酒喝，我也抢着喝了一半，哭了，两个人都哭了。他醉了以后在地板上嚷着说：“一看到职业，什么也不管就跑了，有职业，爱人也不要了！”

我是个很坏的女人吗？只为了二十元钱，把爱人气得在地板上滚着！醉酒的心像有火烧，像有开水在滚，就是哭也不知道有什么要哭，已经失去了理智。他也和我同样。

第二天酒醒，是星期日。他同我去画了一天的广告。我是老秦的副手，他是我的副手。

第三天就没有去，电影院另请了别人。

广告员的梦到底做成了，但到底是碎了。

（首刊于1936年3月上海《中学生》第63期）

女教师

一个初中学生，拿着书本来到家里上课，郎华一大声开讲，我就躲到厨房里去。第二天，那个学生又来，就没拿书，他说他父亲不许他读白话文，打算让他做商人，说白话文没有用，读古文他父亲供给学费，读白话文他父亲就不管。

最后，他从口袋摸出一张一元票子给郎华。

“很对不起先生，我读一天书，就给一元钱吧！”那学生很难过的样子，他说他不愿意学买卖。手拿着钱，他要哭似的。

郎华和我同时觉得很不好过，临走时，强迫把他的钱给他装进衣袋。

郎华的两个读中学课本的学生也不读了！

他实在不善于这行业，到现在我们的生命线又断尽。胖朋友刚搬过家，我就拿了一张郎华写的条子到他家去。回来时我是带着米、面、木柈，还有几角钱。

我眼睛不住地盯住那马车，怕那车夫拉了木柈跑掉。所以我手下提着用纸盒盛着的米，因为我在快走而震摇着，又怕小面袋从车上翻下来，赶忙跑到车前去弄一弄。

听见马的铃铛响，郎华才出来！这一些东西很使他欢乐，亲切地把小面袋先拿进屋去。他穿着很单的衣裳，就在窗前摆堆着木柈。

“进来暖一暖再出去……冻着！”可是招呼不住他。他始终摆完才进来。

“天真够冷。”他用手扯住很红的耳朵。

他又呵着气跑出去，他想把火炉点着，这是他第一次点火。

“柈子真不少，够烧五六天啦！米面也够吃五六天，又不怕啦！”

他弄着火，我就洗米烧饭。他又说了一些看见米面时特别高兴的话，我简直没理他。

米面就这样早饭晚饭的又快不见了，这就到我做女教师的时候了！

我也把桌子上铺了一块报纸，开讲的时候也是很大的声。郎华一看，我就要笑。他也是常常躲到厨房去。我的女学生，她读小学课本，什么猪啦！羊啦，狗啦！这一类字都不用我教她，她抢着自己念：“我认识，我认识！”

不管在什么地方碰到她认识的字，她就先一个一个念出来，不让她念也不行，因为她比我的岁数还大，我总有点不好意思。她先给我拿五元钱，并说：

“过几天我再交那五元。”

四五天她没有来，以为她不会再来了。那天，我正在烧晚饭，她跑来。她说她这几天生病。我看她不像生病，那么她又来做什么呢？过了好久，她站在我的身边：

“先生，我有点事求求你！”

“什么事？说吧——”我把葱花加到油里去炸。

她的纸单在手心握得很热，交给我；这是药方吗？信吗？都不是。

借着炉台上那个流着油的小蜡烛看，看不清，怕是再点两支蜡烛我也看不清，因为我不认识那样的字。

“这是《易经》上的字！”郎华看了好些时才说。

“我批了个八字，找了好些人也看不懂，我想先生是很有学问的人，我拿来给先生看看。”

这次她走去，再也没有来，大概她觉得这样的先生教不了她，连个八字也说不出所以然来！

小偷、车夫和老头

木柈车在石路上发着隆隆的重响。出了木柈场，这满车的木柈使老马拉得吃力了！但不能满足我，大木柈堆对于这一车木柈真像在牛背上拔了一根毛，我好像嫌这柈子太少。

“丢了两块木柈哩！小偷来抢的，没看见？要好好看着，小偷常偷柈子……十块八块木柈也能丢。”

我被车夫提醒了！觉得一块木柈也不该丢，木柈对我才恢复了它的重要性。小偷眼睛发着光又来抢时，车夫在招呼我们：

“来了啊！又来啦！”

郎华招呼一声，那竖着头发的人跑了！

“这些东西顶没有脸，拉两块就得啦吧！贪多不厌，把这一车都送给你好不好？……”打着鞭子的车夫反复地在说那个小偷的坏话，说他贪多不厌。

在院心把木柈一块块推下车来，那还没有推完，车夫就不再动手了！把车钱给了他，他才说：“先生，这两块给我吧！拉家去好烘火，孩子小，屋子又冷。”

“好吧！你拉走吧！”我看一看那是五块顶大的他留在车上。

这时候他又弯下腰，弄一些碎的，把一些木皮扬上车去，而后拉起马来走了。但他对他自己并没说贪多不厌，别的坏话也没说，跑出大门道去了。

只要有木柈车进院，铁门栏外就有人向院里看着问："柈子拉（锯）不拉？"

那些人带着锯，有两个老头也扒着门扇。

这些柈子就讲妥归两个老头来锯，老头有了工作在眼前，才对那个伙伴说："吃点么？"

我去买给他们面包吃。

柈子拉完又送到柈子房去。整个下午我不能安定下来，好像我从未见过木柈，木柈给我这样的大欢喜，使我坐也坐不定，一会儿跑出去看看。最后老头子把院子扫得干干净净的了！这时候，我给他工钱。

我先用碎木皮来烘着火。夜晚在三月里也是冷一点，玻璃窗上挂着蒸气。没有燃灯，炉火颗颗星星地发着爆炸，炉门打开着，火光照红我的脸，我感到例外的安宁。

我又到窗外去拾木皮，我吃惊了！老头子的斧子和锯都背好在肩上，另一个背着架柈子的木架，可是他们还没有走。这许多的时候，为什么不走呢？

"太太，多给了钱吧？"

"怎么多给的！不多，七角五分不是吗？"

"太太，吃面包钱没有扣去！"那几角工钱，老头子并没放入衣袋，仍呈在他的手上，他借着离得很远的门灯在考察钱数。

我说："吃面包不要钱，拿着走吧！"

"谢谢，太太。"感恩似的他们转过身走去了，觉得吃面包是我的恩情。

我愧得立刻心上烧起来，望着那两个背影停了好久，羞恨的眼泪就要流出来。已经是祖父的年纪了，吃块面包还要感恩吗？

册 子

永远不安定下来的洋烛的火光使眼睛痛了。抄写，抄写……

"几千字了？"

"才三千多。"

"不手疼吗？休息休息吧，别弄坏了眼睛。"郎华打着哈欠到床边，两只手相交着依在头后，背脊靠着铁床的钢骨。我还没停下来，笔尖在纸上作出响声……

纱窗外阵阵起着狗叫，很响的皮鞋，人们的脚步从大门道来近。不自禁的恐怖落在我的心上。

"谁来了，你出去看看。"

郎华开了门，李和陈成进来。他们是剧团的同志，带来的一定是剧本。我没接过来看，让他们随便坐在床边。

"吟真忙，又在写什么？"

"没有写，抄一点什么。"我又拿起笔来抄。

他们的谈话我一句半句地听到一点，我的神经开始不能统一，时时写出错字来，或是丢掉字，或是写重字。

蚊虫啄着我的脚面，后来在灯下也嗡嗡叫，我才放下不写。

呵呀呀，蚊虫满屋了！门扇仍大开着。一个小狗崽溜走进来，又卷着尾巴跑出去。关起门来，蚊虫仍是飞……我用手搔着作痒的耳，搔着腿和脚……手指的骨节搔得肿胀起来，这些中了蚊毒的地方，使我已经发酸的手腕不得不停下。我的嘴唇肿得很高，眼边也感到发热和紧胀。这里搔搔，那里搔搔，我的手感到不够用了。

“册子怎么样啦？”李的烟卷在嘴上冒烟。

“只剩这一篇。”郎华回答。

“封面是什么样子？”

“就是等着封面呢……”

第二天，我也跟着跑到印刷局去。使我特别高兴，折得很整齐的一帖一帖的都是要完成的册子，比儿时母亲为我制一件新衣裳更觉欢喜。……我又到排铅字的工人旁边，他手下按住的正是一个题目，很大的铅字，方的，带来无限的感情，那正是我的那篇《夜风》。

那天预先吃了一顿外国包子，郎华说他为着册子来敬祝我，所以到柜台前叫那人倒了两个杯“伏特克”酒。我说这是为着册子敬祝他。

被大欢喜追逐着，我们变成孩子了！走进公园，在大树下乘了一刻凉，觉得公园是满足的地方。望着树梢顶边的天。外国孩子们在地面弄着沙土。因为还是上午，游园的人不多，日本女人撑着伞走。卖“冰激凌”的小板房洗刷着杯子。我忽然觉得渴了，但那一排排的透明的汽水瓶子，并不引诱我们。我还没有养成那样的习惯，在公园还没喝过一次那样的东西。

“我们回家去喝水吧。”只有回家去喝冷水，家里的冷水才不要钱。

拉开第一扇门，大草帽被震落下来。喝完了水，我提议戴上大草帽到江边走走。

赤着脚，郎华穿的是短裤，我穿的是小短裙子，向江边出发了。

两个人渔翁似的，时时在沿街玻璃窗上反映着。

“划小船吧，多么好的天气！”到了江边我又提议。

“就剩两角钱……但也可以划，都花了吧！”

择一个船底铺着青草的有两副桨的船。和船夫说明，一点钟一角五分。并没打算洗澡，连洗澡的衣裳也没有穿。船夫给推开了船，我们向江心去了。两副桨翻着，顺水下流，好像江岸在退走。我们不是故意去寻，任意遇到了一个沙洲，有两方丈的沙滩突出江心，郎华勇敢地先跳上沙滩，我胆怯，迟疑着，怕沙洲会沉下江底。

最后洗澡了，就在沙洲上脱掉衣服。郎华是完全脱的。我看了看江沿洗衣人的面孔是辨不出来的，那么我借了船身的遮掩才爬下水底把衣服脱掉。我时时靠沙滩，怕水流把我带走。江浪击撞着船底，我拉住船板，头在水上，身子在水里，水光，天光，离开了人间一般的。当我躺在沙滩晒太阳时，从北面来了一只小划船。我慌张起来，穿衣裳已经来不及，怎么好呢？爬下水去吧！船走过，我又爬上来。

我穿好衣服。郎华还没穿好。他找他的衬衫，他说他的衬衫洗完了就挂在船板上，结果找不到。远处有白色的东西浮着，他想一定是他的衬衫了。划船去追白色的东西，那白东西走得很慢，那是一条鱼，死掉的白色的鱼。

虽然丢掉了衬衫并不感到可惜，郎华赤着膀子大嚷大笑地把鱼捉上来，大概他觉得在江上能够捉到鱼是一件很有本领的事。

“晚饭就吃这条鱼，你给煎煎它。”

“死鱼不能吃，大概臭了。”

他赶快把鱼腮掀给我看：“你看，你看，这样红就会臭的？”

直到上岸，他才静下去。

“我怎么办呢！光着膀子，在中央大街上可怎样走？”他完全静下去了，大概这时候忘了他的鱼。

我跑到家去拿了衣裳回来，满头流着汗。可是，他在江沿和码头夫们在一起喝茶了。在那个伞样的布棚下吹着江风。他第一句和我说的话想来是：“你热吧？”

但他不是问我，他先问鱼：“你把鱼放在哪里啦？用凉水泡上没有？”

“五分钱给我！”我要买醋，煎鱼要用醋的。

“一个铜板也没剩，我喝了茶，你不知道？”

被大欢喜追逐着的两个人把所有的钱用掉，把衬衣丢到大江，换得一条死鱼。

等到吃鱼的时候郎华又说：“为着册子，我请你吃鱼。”

这是我们创作的一个阶段，最前的一个阶段，册子就是划分这个阶段的东西。

八月十四日，家家准备着过节的那天。我们到印刷局去，自己开始装订，装订了一整天。郎华用拳头打着背，我也感到背痛。

于是郎华跑出去叫来一部斗车，一百本册子提上车去。就在夕阳中，马脖子上颠动着很响的铃子走在回家的道上。

家里，地板上摆着册子，朋友们手里拿着册子，谈论也是册子。同时关于册子出了谣言：没收啦！日本宪兵队逮捕啦！

逮捕可没有逮捕，没收是真的。送到书店去的书，没有几天就被禁止发卖了。

（作为“随笔三篇”之一，首刊在1936年6月《中学生》第66期）

一个南方的姑娘

郎华告诉我一件新的事情，他去学开汽车回来的第一句话说：

“新认识一个朋友，她从上海来，是中学生。过两天还要到家里来。”

第三天，外面打着门了！我先看到的是她头上扎着漂亮的红带，她说她来访我。老王在前面引着她。大家谈起来，差不多我没有说话，我听着别人说。

“我到此地四十天了！我的北方话还说不好，大概听得懂吧！老王是我到此地才认识的。那天巧得很，我看报上为着戏剧在开着笔战，署名郎华的我同情他……我同朋友们说：这位郎华先生是谁？论文作得很好。因为老王的介绍，上次，见到郎华……”

我点着头，遇到生人，我一向是不会说什么话，她又去拿桌上的报纸，她寻找笔战继续的论文。我慢慢地看着她，大概她也慢慢地看着我吧！她很漂亮，很素净，脸上不涂粉，头发没有卷起来，只是扎了一条红绸带，这更显得特别风味，又美又干净，葡萄灰色的袍子上面，有黄色的花，只是这件袍子我看不很美，但也无损于美。到晚上，这美人似的人就在我们家里吃晚饭。在吃饭以前，汪林也来了！汪林是来约郎华去滑冰，她从小孔窗看了一下：

“郎华不在家吗？”她接着“唔”了一声。

“你怎么到这里来？”汪林进来了。

“我怎么就不许到这里来？”

我看得她们这样很熟的样子，更奇怪。我说：

“你们怎么也认识呢？”

“我们在舞场里认识的。”汪林走了以后她告诉我。

从这句话当然也知道程女士也是常常进舞场的人了！汪林是漂亮的小姐，当然程女士也是，所以我就不再留意程女士了。

环境和我不同的人来和我做朋友，我感不到兴味。

郎华肩着冰鞋回来，汪林大概在院中也看到了他，所以也跟进来。这屋子就热闹了！汪林的胡琴口琴都跑去拿过来。

郎华唱：“杨延辉坐宫院。”

“哈呀呀，怎么唱这个？这是‘奴心未死’！”汪林嘲笑他。

在报纸上就是因为旧剧才开笔战。郎华自己明明写着，唱旧戏是奴心未死。

并且汪林耸起肩来笑得背脊靠住暖墙，她带着西洋少妇的风情。程女士很黑，是个黑姑娘。

又过几天，郎华为我借一双滑冰鞋来，我也到冰场上去。程女士常到我们这里来，她是来借冰鞋，有时我们就一起去，同时新人当然一天比一天熟起来。她渐渐对郎华比对我更熟，她给郎华写信了，虽然常见，但是要写信的。

又过些日子，程女士要在我们这里吃面条，我到厨房去调面条。

“……喳……喳……”等我走进屋，他们又在谈别的了！程女士只吃一小碗面就说：“饱了。”

我看她近些日子更黑一点，好像她的“愁”更多了！她不仅仅是“愁”，因为愁并不兴奋，可是程女士有点兴奋。我忙着收拾家具，她走时我没有送她，郎华送她出门。

我听得清楚楚的是在门口：“有信吗？”

或者不是这么说，总之跟着一声“喳喳”之后，郎华很响的：

“没有。”

又过了些日子，程女士就不常来了，大概是她怕见我。

程女士要回南方，她到我们这里来辞行，有我做障碍，她没有把要诉说出来的“愁”尽量诉说给郎华。她终于带着“愁”回南方去了。

十 三 天

“用不到一个月我们就要走的。你想想吧，去吧！不要闹孩子脾气，三两天我就去看你一次……”郎华说。

为着病，我要到朋友家去休养几天。我本不愿去，那是郎华的意思，非去不可，又因为病像又要重似的，全身失去了力量，骨节酸痛。于是冒着雨，跟着朋友就到朋友家去。汽车在斜纹的雨中前行。大雨和冒着烟一般。我想：开汽车的人怎能认清路呢！但车行的更快起来。在这样大的雨中，人好像坐在房间里，这是多么有趣！汽车走出市街，接近乡村的时候。立刻有一种感觉，好像赴战场似的英勇。我是有病，我并没喊一声“美景”。汽车颠动着，我按紧着肚子，病会使一切厌烦。

当夜还不到九点钟，我就睡了。原来没有睡，来到乡村，那一种落寞的心情浸透了我。又是雨夜，窗子上淅沥地打着雨点。好像是做梦把我惊醒，全身沁着汗，这一刻又冷起来，从骨节发出一种冷的滋味，发着疟疾似的，一刻热了，又寒了！

要解体的样子，我哭出来吧！没有妈妈哭向谁去？

第二天夜又是这样过的，第三夜又是这样过的。没有哭，不能哭，和一个害着病的猫儿一般，自己的痛苦自己担当着吧！整整是一个星期，都是用被子盖着坐在炕上，或是躺在炕上。

窗外的梨树开花了，看着树上白白的花儿。

到端阳节还有二十天，节前就要走的。

眼望着窗外梨树上的白花落了！有小果子长起来，病也渐好，拿椅子到树下去看看小果子。

第八天郎华才来看我，好像父亲来了似的，好像母亲来了似的，我发羞一般的，没有和他打招呼，只是让他坐在我的近边。我明明知道生病是平常的事，谁能不生病呢？可是总要酸心，眼泪虽然没有落下来，我却耐过一个长时间酸心的滋味。好像谁虐待了我一般。那样风雨的夜，那样忽寒忽热、独自幻想着的夜。

第二次郎华又来看我，我决定要跟他回家。

“你不能回家。回家你就要劳动，你的病非休息不可，有两个星期我们就得走。刚好起来再累病了，我可没有办法。”

“回去，我回去……”

“好，你回家吧！没有一点理智的人，不能克服自己的人还有什么办法！你回家好啦！病犯了可不要再问我！”

我又被留下，窗外梨树上的果子渐渐大起来。我又不住地乱想：穷人是没有家的，生了病被赶到朋友家去。

已是十三天了！

欧罗巴旅馆

楼梯是那样长，好像让我顺着一条小道爬上天顶。其实只是三层楼，也实在无力了。

手扶着楼栏，努力拔着两条颤颤的，不属于我的腿，升上几步，手也开始和腿一般颤。

等我走进那个房间的时候，和受辱的孩子似的偎上床去，用袖口慢慢擦着脸。他——郎华，我的情人，那时候他还是我的情人，他问我了：“你哭了吗？”

“为什么哭呢？我擦的是汗呀，不是眼泪呀！”

不知是几分钟过后，我才发现这个房间是如此的白，棚顶是斜坡的棚顶，除了一张床，地下有一张桌子，一张藤椅。离开床沿用不到两步可以摸到桌子和椅子。开门时，那更方便，一张门扇躺在床上可以打开。住在这白色的小室，我好像住在幔帐中一般。

我口渴，我说：“我应该喝一点水吧！”

他要为我倒水时，他非常着慌，两条眉毛好像要连接起来，在鼻子的上端扭动了好几下：“怎样喝呢？用什么喝？”

桌子上除了一块洁白的桌布，干净得连灰尘都不存在。

我有点昏迷，躺在床上听他和茶房在过道说了些时，又听到门响，他来到床边。我想他一定举着杯子在床边，却不，他的手两面却分张着：

“用什么喝？可以吧？用脸盆来喝吧！”

他去拿藤椅上放着才带来的脸盆时，毛巾下面刷牙缸被他发现，于是拿着刷牙缸走去。

旅馆的过道是那样寂静，我听他踏着地板来了。

正在喝着水，一只手指抵在白床单上，我用发颤的手指抚来抚去。他说：

“你躺下吧！太累了。”

我躺下也是用手指抚来抚去，床单有突起的花纹，并且白得有些闪我的眼睛，心想：不错的，自己正是没有床单。我心想的话他却说出了！

“我想我们是要睡空床板的，现在连枕头都有。”说着，他拍打我枕在头下的枕头。

“咯咯——”有人打门，进来一个高大的俄国女茶房，身后又进来一个中国茶房：

“也租铺盖吗？”

“租的。”

“五角钱一天。”

“不租。”“不租。”我也说不租，郎华也说不租。

那女人动手去收拾：软枕，床单，就连桌布她也从桌子扯下去。床单夹在她的腋下。一切都夹在她的腋下。一秒钟，这洁白的小室跟随她花色的包头巾一同消失去。我虽然是腿颤，虽然肚子饿得那样空，我也要站起来，打开柳条箱去拿自己的被子。小室被劫了一样，床上一张肿胀的草褥赤现在那里，破木桌一些黑点和白圈显露出来，大藤椅也好像跟着变了颜色。

晚饭以前，我们就在草褥上吻着抱着过的。

晚饭就在桌子上摆着，黑“列巴”和白盐。

晚饭以后，事件就开始了：

开门进来三四个人，黑衣裳，挂着枪，挂着刀。进来先拿住郎华的两臂，他正赤着胸膛在洗脸，两手还是湿着。他们那些人，把箱子弄开，翻扬了一阵：

“旅馆报告你带枪，没带吗？”那个挂刀的人问。随后那人在床下扒得了一个长纸卷，里面卷的是一支剑。他打开，抖着剑柄的红穗头：

“你哪里来的这个？”

停在门口那个去报告的俄国管事，挥着手，急得涨红了脸。

警察要带郎华到局子里去。他也预备跟他们去，嘴里不住地说：“为什么单独用这种方式检查我？妨碍我？”

最后警察温和下来，他的两臂被放开，可是他忘记了穿衣裳，他湿水的手也干了。

原因日间那白俄来取房钱，一日两元，一月 60 元。我们只有五元钱。马车钱来时去掉五角。那白俄说：

“你的房钱，给！”他好像知道我们没有钱似的，他好像是很着忙，怕是我们跑走一样。他拿到手中两元票子又说：“60 元一月，明天给！”原来包租一月 30 元，为了松花江涨水才有这样的房价。如此，他摇手瞪眼地说：“你的明天搬走，你的明天走！”

郎华说：“不走，不走……”

“不走不行，我是经理。”

郎华从床下取出剑来，指着白俄：

“你快给我走开，不然，我宰了你。”

他慌张着跑出去了，去报告警察，说我们带着凶器，其实剑裹在纸里，那人以为是大枪，而不知是一支剑。

结果警察带剑走了，他说：“日本宪兵若是发现你有剑，那你非吃亏不可，了不得的，说你是大刀会。我替你寄存一夜，明天你来取。”

警察走了以后，闭了灯，锁上门，街灯的光亮从小窗口跑下来，凄凄淡淡的，我们睡了。在睡中不住想：警察是中国人，倒比日本宪兵强得多啊！

天明了，是第二天，从朋友处被逐出来是第二天了。

（首发于 1936 年 7 月 1 日《文学季刊》第 1 卷第 2 期）

拍卖家具

似乎带着伤心，我们到厨房检查一下，水壶，水桶，小锅这一些都要卖掉，但是并不是第一次检查，从想走那天起，我就跑到厨房来计算，三角二角，不知道这样计算多少回，总之一提起“走”字来便去计算，现在可真的要出卖了。

旧货商人就等在门外。

他估着价：水壶，面板，水桶，饭锅，三只饭碗，酱油瓶子，豆油瓶子，一共值五角钱。

我们没有答话，意思是不想卖了。

“五毛钱不少。你看，这锅漏啦！水桶是旧水桶，买这东西也不过几毛钱，面板这块板子，我买它没有用，饭碗也不值钱……”他一只手向上摇着，另一只手翻着摆在地上的东西，他很看不起这东西，“这还值钱？这还值钱？”

“不值钱，我也不卖。你走吧！”

“这锅漏啦！漏锅……”他的手来回地推动锅底，嘭响一声，再嘭响一声。

我怕他把锅底给弄掉下来，我很不愿意：“不卖了，你走吧！”

“你看这是废货，我买它卖不出钱来。”

我说：“天天烧饭，哪里漏呢？”

“不漏，眼看就要漏，你摸摸这锅底有多么薄？”最后，他又在小锅底上很留恋地敲了两下。

小锅第二天早晨又用它烧了一次饭吃，这是最后的一次。

我伤心，明天它就要离开我们到别人家去了！永远不会再遇见，我们的小锅。没有钱买米的时候，我们用它盛着开水来喝；有米太少的时候，就用它煮稀饭给我们吃。现在它要去了！

共患难的小锅呀！与我们别开，伤心不伤心？

旧棉被、旧鞋和袜子，卖空了！空了……

还有一只剑，我也想着拍卖它，郎华说：

“送给我的学生吧！因为剑上刻着我的名字，卖是不方便的。”

前天，他的学生听说老师要走，哭了。

正是练武术的时候，那孩子手举着大刀，流着眼泪。

（作为“随笔两篇”之一，首刊于1936年8月1日《文季》月刊第1卷第3期）

最后的一个星期

刚下过雨，我们踏着水淋的街道，在中央大街上徘徊，到江边去呢？还是到哪里去呢？

天空的云还没有散，街头的行人还是那样稀疏，任意走，但是再不能走了。

“郎华，我们应该规定个日子，哪天走呢？”

“现在三号，十三号吧！还有十天，怎么样？”

我突然站住，受惊一般地，哈尔滨要与我们别离了！还有十天，十天以后的日子，我们要过在车上，海上，看不见松花江了，只要“满洲国”存在一天，我们是不能来到这块土地。

李和陈成也来了，好像我们走，是应该走。

“还有七天，走了好啊！”陈成说。

为着我们走，老张请我们吃饭。吃过饭以后，又去逛公园。在公园又吃冰激凌，无论怎样总感到另一种滋味，公园的大树，公园夏日的风，沙土，花草，水池，假山，山顶的凉亭，……这一切和往日两样，我没有像往日那样到公园里乱跑，我是安静静地走，脚下的沙土慢慢地在响。

夜晚屋中又剩了我一个人，郎华的学生跑到窗前。他偷偷观察着我，他在窗前走来走去，假装着闲走来观察我，来观察这屋中的事情，观察不足，于是问了：

“我老师上哪里去了？”

“找他做什么？”

“找我老师上课。”

其实那孩子平日就不愿意上课，他觉得老师这屋有个景况：怎么这些日子卖起东西来，旧棉花，破皮褥子……要搬家吧？那孩子不能确定是怎么回事。他跑回去又把小菊也找出来，那女孩和他一般大，当然也觉得其中有个景况。我把灯闭上了，要收拾的东西，暂时也不收拾了！

躺在床上，摸摸墙壁，又摸摸床边，现在这还是我所接触的，再过七天，这一些都别开了。

小锅，小水壶，终归被旧货商人所提走，在商人手里发着响，闪着光，走出门去！那是前年冬天，郎华从破烂市买回来的。现在又将回到破烂市去。

卖掉小水壶，我的心情更不能压制住。不是用的自己的腿似的，到木柈房去看看许多木柈还没有烧尽，是卖呢？是送朋友？门后还有个电炉，还有双破鞋。

大炉台上失掉了锅，失掉了壶，不像个厨房样。

一个星期已经过去四天，心情随着时间更烦乱起来。也不能在家烧饭吃，到外面去吃，到朋友家去吃。

看到别人家的小锅，吃饭也不能安定。后来，睡觉也不能安定。

“明早六点钟就起来拉床，要早点起来。”

郎华说这话，觉得走是逼近了！必定得走了。好像郎华如不说，就不走了似的。

夜里想睡也睡不安。太阳还没出来，铁大门就响起来，我怕着，这声音要夺去我的心似的，昏茫地坐起来。郎华就跳下床去，两个人从床上往下拉着被子、褥子。枕头摔在脚上，忙忙乱乱，有人打着门，院子里的狗乱咬着。

马颈的铃铛就响在窗外，这样的早晨已经过去，我们遭了恶祸一般，屋子空空的了。

我把行李铺了铺，就睡在地板上。为了多日的病和不安，身体弱的快要支持不住的样子。郎华跑到江边去洗他的衬衫，他回来看到我还没有起来，他就生气：

“不管什么时候，总是懒。起来，收拾收拾，该随手拿走的东西，就先把它拿走。”

“有什么收拾的，都已收拾好。我再睡一会，天还早，昨夜我失眠了。”我的腿痛，腰痛，又要犯病的样子。

“要睡，收拾干净再睡，起来！”

铺在地板上的小行李也卷起来了。墙壁从四面直垂下来，棚顶一块块发着微黑的地方，是长时间点蜡烛被烛烟所熏黑的。说话的声音有些轰响。空了！在屋子里边走起来很旷荡……

还吃最后的一次早餐——面包和肠子。

我手提个包袱。郎华说：

“走吧！”他推开了门。

这正像乍搬到这房子郎华说“进去吧”一样，门开着我出来了，我腿发抖，心往下沉坠，忍不住这从没有落下来的眼泪，是哭的时候了！应该流一流眼泪。

我没有回转一次头走出大门，别了家屋！街车，行人，小店铺，行人道旁的杨树。转角了！

别了，“商市街”！

小包袱在手上挎着。我们顺了中央大街南去。

1935.5.15 上海

（作为“随笔两篇”之二，首刊于1936年8月1日《文季》月刊第1卷第3期）

永久的憧憬和追求

一九一一年，在一个小县城里边，我生在一个小地主的家里。那县城差不多就是中国的最东最北部——黑龙江省——所以一年之中，倒有四个月飘着白雪。

父亲常常为着贪婪而失掉了人性。他对待仆人，对待自己的儿女，以及对待我的祖父都是同样的吝啬而疏远，甚至于无情。

有一次，为着房屋租金的事情，父亲把房客的全套的马车赶了过来。房客的家属们哭着诉说着，向我的祖父跪了下来，于是祖父把两匹棕色的马从车上解下来还了回去。

为着这匹马，父亲向祖父起着终夜的争吵。“两匹马，咱们是算不了什么的，穷人，这匹马就是命根。”祖父这样说着，而父亲还是争吵。九岁时，母亲死去。父亲也就更变了样，偶然打碎了一只杯子，他就要骂到使人发抖的程度。后来就连父亲的眼睛也转了弯，每从他的身边经过，我就像自己的身上生了针刺一样；他斜视着你，他那高傲的眼光从鼻梁经过嘴角而后往下流着。

所以每每在大雪中的黄昏里，围着暖炉，围着祖父，听着祖父读着诗篇，看着祖父读着诗篇时微红的嘴唇。

父亲打了我的时候，我就在祖父的房里，一直面向着窗子，从黄昏到深夜——窗外的白雪，好像白棉花一样飘着；而暖炉上水壶的盖子，则像伴奏的乐器似的振动着。

祖父时时把多纹的两手放在我的肩上，而后又放在我的头上，我的耳边便响着这样的声音：

“快快长吧！长大就好了。”

二十岁那年，我就逃出了父亲的家庭。直到现在还是过着流浪的生活。

“长大”是“长大”了，而没有“好”。

可是从祖父那里，知道了人生除掉了冰冷和憎恶而外，还有温暖和爱。

所以我就向这“温暖”和“爱”的方面，怀着永久的憧憬和追求。

1936.12.12

（署名萧红，刊于 1937 年 1 月 10 日《报告》第 1 卷第 1 期）

感情的碎片

近来觉得眼泪常常充满着眼睛，热的，它们常常会使我的眼圈发烧。然而它们一次也没有滚落下来。有时候它们站到了眼毛的尖端，闪耀着玻璃似的液体，每每在镜子里面看到。

一看到这样的眼睛，又好像回到了母亲死的时候。母亲并不十分爱我，但也总算是母亲。她病了三天了，是七月的末梢，许多医生来过了，他们骑着白马，坐着三轮车，但那最高的一个，他用银针在母亲的腿上刺了一下，他说：

“血流则生，不流则亡。”

我确确实实看到那针孔是没有流血，只是母亲的腿上凭空多了一个黑点。医生和别人都退了出去，他们在堂屋里议论着。我背向了母亲，我不再看她腿上的黑点。我站着。

“母亲就要没有了吗？”我想。

大概就是她极短的清醒的时候：

“……你哭了吗？不怕，妈死不了！”

我垂下头去，扯住了衣襟，母亲也哭了。

而后我站到房后摆着花盆的木架旁边去。我从衣袋取出来母亲买给我的小洋刀。

“小洋刀丢了就从此没有了吧？”于是眼泪又来了。

花盆里的金百合映着我的眼睛，小洋刀的闪光映着我的眼睛。眼泪就再没有流落下来，然而那是热的，是发炎的。但那是孩子的时候。

而今则不应该了。

（署名萧红，刊于 1937 年 1 月 10 日《好文章》第 7 期）

失眠之夜

为什么要失眠呢！烦躁，恶心，心跳，胆小，并且想要哭泣。我想想，也许就是故乡的思虑罢。

窗子外面的天空高远了，和白棉一样绵软的云彩低近了，吹来的风好像带点草原的气味，这就是说已经是秋天了。

在家乡那边，秋天最可爱。

蓝天蓝得有点发黑，白云就像银子做成一样，就像白色的大花朵似的点缀在天上；就又像沉重得快要脱离开天空而坠了下来似的，而那天空就越显得高了，高得再没有那么高的。

昨天我到朋友们的地方走了一遭，听来了好多的心愿（那许多心愿综合起来，又都是一个心愿）。这回若真的打回满洲去，有的说，煮一锅高粱米粥喝；有的说，咱家那地豆多么大！说着就用手比量着，这么碗大；珍珠米，老的一煮就开了花的，一尺来长的；还有的说，高粱米粥、咸盐豆。还有的说，若真的打回满洲去，三天二夜不吃饭，打着大旗往家跑。跑到家去自然也免不了先吃高粱米粥或咸盐豆。

比方高粱米那东西，平常我就不愿吃，很硬，有点发涩（也许因为我有胃病的关系），可是经他们这一说，也觉得非吃不可了。

但是什么时候吃呢？那我就不知道了。而况我到底是不怎样热烈的，所以关于这一方面，我终究不怎样亲切。

但我想我们那门前的蒿草，我想我们那后园里开着的茄子的紫色的小花，黄瓜爬上了架。而那清早，朝阳带着露珠一齐来了！

我一说到蒿草或黄瓜，三郎就向我摆手或摇头：“不，我们家，门前是两棵柳树，树荫交织着做成门形。再前面是菜园，过了菜园就是山。那金字塔形的山峰正向着我们家的门口，而两边像蝙蝠的翅膀似的向着村子的东方和西方伸展开去。而后园黄瓜、茄子也种着，最好看的是牵牛花在石头墙的缝隙爬遍了，早晨带着露水牵牛花开了……”

“我们家就不这样，没有高山，也没有柳树……只有……”我常常这样打断他。

有时候，他也不等我说完，他就接下去。我们讲的故事，彼此都好像是讲给自己听，而不是为着对方。

只有那么一天，他买来了一张《东北富源图》挂在墙上了，染着黄色的平原上站着小马，小羊，还有骆驼，还有牵着骆驼的小人；海上就是些小鱼，大鱼，黄色的鱼，红色的好像小瓶似的大肚的鱼，还有黑色的大鲸鱼；而兴安岭和辽宁一带画着许多和海涛似的绿色的山脉。

他的家就在离着渤海不远的山脉中，他的指甲在山脉上爬着：“这是大凌河……这是小凌河……哼……没有，这个地图是个不完全的，是个略图……”

“好哇！天天说凌河，哪有凌河呢！”我不知为什么一提到家乡，常常愿意给他扫兴一点。

“你不相信！我给你看。”他去翻他的书橱去了，“这不是大凌河……小凌河……小孩的时候在凌河沿上捉小鱼，拿到山上去，在石头上用火烤着吃……这边就是沈家台，离我们家二里路……”因为是把地图摊在地板上看的缘故，一面说着，他一面用手扫着他已经垂在前额的发梢。

《东北富源图》就挂在床头，所以第二天早晨，我一张开了眼睛，他就抓住了我的手：

“我想将来我回家的时候，先买两匹驴，一匹你骑着，一匹我骑着……先到我姑姑家，再到我姐姐家……顺便也许看看我的舅舅去……

我姐姐很爱我……她出嫁以后，每回来一次就哭一次，姐姐一哭，我也哭……这有七八年不见了！也都老了。”

那地图上的小鱼，红的，黑的，都能够看清，我一边看着，一边听着，这一次我没有打断他，或给他扫一点兴。

“买黑色的驴，挂着铃子，走起来……铛啷啷铛啷啷啷”他形容着铃音的时候，就像他的嘴里边含着铃子似的在响。

“我带你到沈家台去赶集。那赶集的日子，热闹！驴身上挂着烧酒瓶……我们那边，羊肉非常便宜……羊肉炖片粉……真有味道！唉呀！这有多少年没吃那羊肉啦！”他的眉毛和额头上起着很多皱纹。

我在大镜子里边看了他，他的手从我的手上抽回去，放在他自己的胸上，而后又背着放在枕头下面去，但很快地又抽出来。只理一理他自己的发梢又放在枕头上去。

而我，我想：

“你们家对于外来的所谓‘媳妇’也一样吗？”我想着这样说了。

这失眠大概也许不是因为这个。但买驴子的买驴子，吃咸盐豆的吃咸盐豆，而我呢？坐在驴子上，所去的仍是生疏的地方，我停着的仍然是别人的家乡。

家乡这个观念，在我本不甚切的，但当别人说起来的时候，我也就心慌了！虽然那块土地在没有成为日本的之前，“家”在我就等于没有了。

这失眠一直继续到黎明之前，在高射炮的声中，我也听到了一声声和家乡一样的震抖在原野上的鸡鸣。

1937.8.23

（署名萧红，刊于1937年10月16日武汉《七月》第1集第1期）

回忆鲁迅先生

鲁迅先生的笑声是明朗的，是从心里的欢喜。若有人说了什么可笑的话，鲁迅先生笑的连烟卷都拿不住了，常常是笑的咳嗽起来。

鲁迅先生走路很轻捷，尤其他人记得清楚的，是他刚抓起帽子来往头上一扣，同时左腿就伸出去了，仿佛不顾一切地走去。

鲁迅先生不大注意人的衣裳，他说："谁穿什么衣裳我看不见的……"

鲁迅先生生的病，刚好了一点，他坐在躺椅上，抽着烟，那天我穿着新奇的大红的上衣，很宽的袖子。

鲁迅先生说："这天气闷热起来，这就是梅雨天。"他把他装在象牙烟嘴上的香烟，又用手装得紧一点，往下又说了别的。

许先生忙着家务，跑来跑去，也没有对我的衣裳加以鉴赏。

于是我说："周先生，我的衣裳漂亮不漂亮？"

鲁迅先生从上往下看了一眼："不大漂亮。"

过了一会又接着说："你的裙子配的颜色不对，并不是红上衣不好看，各种颜色都是好看的，红上衣要配红裙子，不然就是黑裙子，咖啡色的就不行了；这两种颜色放在一起很浑浊……你没看到外国人在街上走的吗？绝没有下边穿一件绿裙子，上边穿一件紫上衣，也没有穿一件红裙子而后穿一件白上衣的……”

鲁迅先生就在躺椅上看着我：“你这裙子是咖啡色的，还带格子，颜色浑浊得很，所以把红色衣裳也弄得不漂亮了。”

“……人瘦不要穿黑衣裳，人胖不要穿白衣裳；脚长的女人一定要穿黑鞋子，脚短就一定要穿白鞋子；方格子的衣裳胖人不能穿，但比横格子的还好；横格子的胖人穿上，就把胖子更往两边裂着，更横宽了，胖子要穿竖条子的，竖的把人显得长，横的把人显得宽……”

那天鲁迅先生很有兴致，把我一双短筒靴子也略略批评一下，说我的短靴是军人穿的，因为靴子的前后都有一条线织的拉手，这拉手据鲁迅先生说是放在裤子下边的……

我说：“周先生，为什么那靴子我穿了多久了而不告诉我，怎么现在才想起来呢？现在我不是不穿了吗？我穿的这不是另外的鞋吗？”

“你不穿我才说的，你穿的时候，我一说你该不穿了。”

那天下午要赴一个宴会去，我要许先生给我找一点布条或绸条束一束头发。许先生拿了来米色的绿色的还有桃红色的。经我和许先生共同选定的是米色的。为着取美，把那桃红色的，许先生举起来放在我的头发上，并且许先生很开心地说着：

“好看吧！多漂亮！”

我也非常得意，很规矩又顽皮地在等着鲁迅先生往这边看我们。

鲁迅先生这一看，脸是严肃的，他的眼皮往下一放向着我们这边看着：

“不要那样装饰她……”

许先生有点窘了。

我也安静下来。

鲁迅先生在北平教书时，从不发脾气，但常常好用这种眼光看人，许先生常跟我讲。她在女师大读书时，周先生在课堂上，一生气就用眼睛往下一掠，看着他们，这种眼光是鲁迅先生在记范爱农先生的文字曾自己述说过，而谁曾接触过这种眼光的人就会感到一个旷代的全智者的催逼。

我开始问：“周先生怎么也晓得女人穿衣裳的这些事情呢？”

“看过书的，关于美学的。”

“什么时候看的……”

“大概是在日本读书的时候……”

“买的书吗？”

“不一定是买的，也许是从什么地方抓到就看的……”

“看了有趣味吗？”

“随便看看……”

“周先生看这书做什么？”

“……”没有回答，好像很难以答。

许先生在旁说：“周先生什么书都看的。”

在鲁迅先生家里做客人，刚开始是从法租界来到虹口，搭电车也要差不多一个钟头的工夫，所以那时候来的次数比较少。记得有一次谈到半夜了，一过十二点电车就没有的，但那天不知讲了些什么，讲到一个段落就看看旁边小长桌上的圆钟，十一点半了，十一点四十五分了，电车没有了。

“反正已十二点，电车也没有，那么再坐一会。”许先生如此劝着。

鲁迅先生好像听了所讲的什么引起了幻想，安顿地举着象牙烟嘴在沉思着。

一点钟以后，送我（还有别的朋友）出来的是许先生，外边下着的濛濛的小雨，弄堂里灯光全然灭掉了，鲁迅先生嘱咐许先生一定让坐小汽车回去，并且一定嘱咐许先生付钱。

以后也住到北四川路来，就每夜饭后必到大陆新村来了，刮风的天，下雨的天，几乎没有间断的时候。

鲁迅先生很喜欢北方饭，还喜欢吃油炸的东西喜欢吃硬的东西，就是后来生病的时候，也不大吃牛奶。鸡汤端到旁边用调羹舀了一二下就算了事。

有一天约好我去包饺子吃，那还是住在法租界，所以带了外国酸菜和用绞肉机绞成的牛肉，就和许先生站在客厅后边的方桌边包起来。海婴公子围着闹的起劲，一会按成圆饼的面拿去了，他说做了一只船来，送在我们的眼前，我们不看他，转身他又做了一只小鸡。许先生和我都不去看他，对他竭力避免加以赞美，若一赞美起来，怕他更做的起劲。

客厅后边没到黄昏就先黑了，背上感到些微微的寒凉，知道衣裳不够了，但为着忙，没有加衣裳去。等把饺子包完了看看那数目并不多，这才知道许先生与我们谈话谈得太多，误了工作。许先生怎样离开家的，怎样到天津读书的，在女师大读书时怎样做了家庭教师。她去考家庭教师的那一段描写，非常有趣，只取一名，可是考了好几十名，她之能够当选算是难的了。指望对于学费有点补助，冬天来了，北平又冷，那家离学校又远，每月除了车子钱之外，若伤风感冒还得自己拿出买阿司匹林的钱来，每月薪金十元要从西城跑到东城……

饺子煮好，一上楼梯，就听到楼上明朗的鲁迅先生的笑声冲下楼梯来，原来有几个朋友在楼上也正谈得热闹。那一天吃得是很好的。

以后我们又做过韭菜合子，又做过荷叶饼，我一提议，鲁迅先生必然赞成，而我做的又不好，可是鲁迅还是在桌上举着筷子问许先生：“我再吃几个吗？”

因为鲁迅先生胃不大好，每饭后必吃“脾自美”药丸一二粒。

有一天下午鲁迅先生正在校对着瞿秋白的《海上述林》，我一走进卧室去，从那圆转椅上鲁迅先生转过来了，向着我，还微微站起了一点。

“好久不见，好久不见。”一边说着一边向我点头。

刚刚我不是来过了吗？怎么会好久不见？就是上午我来的那次周

先生忘记了，可是我也每天来呀……怎么都忘记了吗？

周先生转身坐在躺椅上才自己笑起来，他是在开着玩笑。

梅雨季节，很少有晴天，一天的上午刚一放晴，我高兴极了，就到鲁迅先生家去了，跑得上楼还喘着。鲁迅先生说：“来啦！”我说：“来啦！”

我喘着连茶也喝不下。

鲁迅先生就问我：

“有什么事吗？”

我说：“天晴啦，太阳出来啦。”

许先生和鲁迅先生都笑着，一种对于冲破忧郁心境的崭然的会心的笑。

海婴一看到我非拉我到院子里和他一道玩不可，拉我的头发或拉我的衣裳。

为什么他不拉别人呢？据周先生说：“他看你梳着辫子，和他差不多，别人在他眼里都是大人，就看你小。”

许先生问着海婴：“你为什么喜欢她呢？不喜欢别人？”

“她有小辫子。”说着就来拉我的头发。

鲁迅先生家生客人很少，几乎没有，尤其是住在他家里的人更没有。一个礼拜六的晚上，在二楼上鲁迅先生的卧室里摆好了晚饭，围着桌子坐满了人。每逢礼拜六晚上都是这样的，周建人先生带着全家来拜访的。在桌子边坐着一个很瘦的很高的穿着中国小背心的人，鲁迅先生介绍说：“这是位同乡，是商人。”

初看似乎对的，穿着中国裤子，头发剃的很短。当吃饭时，他还让别人酒，也给我倒一盅，态度很活泼，不大像个商人；等吃完了饭，又谈到《伪自由书》及《二心集》。这个商人，开明得很，在中国不常见。没有见过的就总不大放心。

下一次是在楼下客厅后的方桌上吃晚饭，那天很晴，一阵阵的刮着热风，虽然黄昏了，客厅后还不昏黑。鲁迅先生是新剪的头发，还能记得桌上有一盘黄花鱼，大概是顺着鲁迅先生的口味，是用油煎的。鲁迅先生前面摆着一碗酒，酒碗是扁扁的，好像用做吃饭的饭碗。那位商人先生也能喝酒，酒瓶就站在他的旁边。他说蒙古人什么样，苗人什么样，从西藏经过时，那西藏女人见了男人追她，她就如何如何。

这商人可真怪，怎么专门走地方，而不做买卖？并且鲁迅先生的书他也全读过，一开口这个，一开口那个。并且海婴叫他 × 先生，我一听那 × 字就明白他是谁了。× 先生常常回来得很迟，从鲁迅先生家里出来，在弄堂里遇到了几次。

有一天晚上 × 先生从三楼下来，手里提着小箱子，身上穿着长袍子，站在鲁迅先生的面前，他说他要搬了。他告了辞，许先生送他下楼去了。这时候周先生在地板上绕了两个圈子，问我说：

“你看他到底是商人吗？”

“是的。”我说。

鲁迅先生很有意思地在地板上走几步，而后向我说：“他是贩卖私货的商人，是贩卖精神上的……”

× 先生走过二万五千里回来的。

青年人写信，写得太草率，鲁迅先生是深恶痛绝之的。

“字不一定要写得好，但必须得使人一看了就认识，年轻人现在都太忙了……他自己赶快胡乱写完了事，别人看了三遍五遍看不明白，这费了多少功夫，他不管。反正这费了功夫不是他的。这存心是不太好的。”

但他还是展读着每封由不同角落里投来的青年的信，眼睛不济时，便戴起眼镜来看，常常看到夜里很深的时光。

鲁迅先生坐在 ×× 电影院楼上的第一排，那片名忘记了，新闻片是苏联纪念“五一”节的红场。

“这个我怕看不到的……你们将来可以看得到。”鲁迅先生向我们周围的人说。

珂勒惠支的画，鲁迅先生最佩服，同时也很佩服她的做人。珂勒惠支受希特拉的压迫，不准她做教授，不准她画画，鲁迅先生常讲到她。

史沫特烈，鲁迅先生也讲到，她是美国女子，帮助印度独立运动，现在又在援助中国。

鲁迅先生介绍人去看的电影：《夏伯阳》，《复仇艳遇》……其余的如《人猿泰山》……或者非洲的怪兽这一类的影片，也常介绍给人的。鲁迅先生说：“电影没有什么好的，看看鸟兽之类倒可以增加些对于动物的知识。”

鲁迅先生不游公园，住在上海 10 年，兆丰公园没有进过。虹口公园这么近也没有进过。春天一到了，我常告诉周先生，我说公园里的土松软了，公园里的风多么柔和。周先生答应选个晴好的天气，选个礼拜日，海婴休假日，好一道去，坐一乘小汽车一直开到兆丰公园，也算是短途旅行。但这只是想着而未有做到，并且把公园给下了定义。鲁迅先生说：“公园的样子我知道的……一进门分做两条路，一条通左边，一条通右边，沿着路种着点柳树什么树的，树下摆着几张长椅子，再远一点有个水池子。”

我是去过兆丰公园的，也去过虹口公园或是法国公园的，仿佛这个定义适用在任何国度的公园设计者。

鲁迅先生不戴手套，不围围巾，冬天穿着黑土蓝的棉布袍子，头上戴着灰色毡帽，脚穿黑帆布胶皮底鞋。

胶皮底鞋夏天特别热，冬天又凉又湿，鲁迅先生的身体不算好，大家都提议把这鞋子换掉。鲁迅先生不肯，他说胶皮底鞋子走路方便。

“周先生一天走多少路呢？也不就一转弯到 ××× 书店走一

趟吗？”

鲁迅先生笑而不答。

“周先生不是很好伤风吗？不围巾子，风一吹不就伤风了吗？”

鲁迅先生这些个都不习惯，他说：

“从小就没戴过手套围巾，戴不惯。”

鲁迅先生一推开门从家里出来时，两只手露在外边，很宽的袖口冲着风就向前走，腋下夹着个黑绸子印花的包袱，里边包着书或者是信，到老靶子路书店去了。

那包袱每天出去必带出去，回来必带回来。出去时带着给青年们的信，回来又从书店带来新的信和青年请鲁迅先生看的稿子。

鲁迅先生抱着印花包袱从外边回来，还得提着一把伞，一进门客厅早坐着客人，把伞挂在衣架上就陪客人谈起话来。谈了很久了，伞上的水滴顺着伞杆在地板上已经聚了一堆水。

鲁迅先生上楼去拿香烟，抱着印花包袱，而那把伞也没有忘记，顺手也带到楼上去。

鲁迅先生的记忆力非常之强，他的东西从不随便散置在任何地方。

鲁迅先生很喜欢北方口味。许先生想请一个北方厨子，鲁迅先生以为开销太大，请不得的，男佣人，至少要 15 元钱的工钱。

所以买米买炭都是许先生下手。我问许先生为什么用两个女佣人都是年老的，都是六七十岁的？许先生说她们做惯了，海婴的保姆，海婴几个月时就在这里。

正说着那矮胖胖的保姆走下楼梯来了，和我们打了个迎面。

“先生，没吃茶吗？”她赶快拿了杯子去倒茶，那刚刚下楼时气喘的声音还在喉管里咕噜咕噜的，她确实年老了。

来了客人，许先生没有不下厨房的，菜食很丰富，鱼，肉……都是用大碗装着，起码四五碗，多则七八碗。可是平常就只三碗菜：一碗素炒豌豆苗，一碗笋炒咸菜，再一碗黄花鱼。

这菜简单到极点。

鲁迅先生的原稿，在拉都路一家炸油条的那里用着包油条，我得到了一张，是译《死魂灵》的原稿，写信告诉了鲁迅先生。鲁迅先生不以为希奇，许先生倒很生气。

鲁迅先生出书的校样，都用来揩桌，或做什么的。请客人在家里吃饭，吃到半道，鲁迅先生回身去拿来校样给大家分着。客人接到手里一看，这怎么可以？鲁迅先生说：

“擦一擦，拿着鸡吃，手是腻的。”

到洗澡间去，那边也摆着校样纸。

许先生从早晨忙到晚上，在楼下陪客人，一边还手里打着毛线。不然就是一边谈着话一边站起来用手摘掉花盆里花上已干枯了的叶子。许先生每送一个客人，都要送到楼下门口，替客人把门开开，客人走出去而后轻轻地关了门再上楼来。

来了客人还到街上去买鱼或买鸡，买回来还要到厨房里去工作。

鲁迅先生临时要寄一封信，就得许先生换起皮鞋子来到邮局或者大陆新村旁边信筒那里去。落着雨天，许先生就打起伞来。

许先生是忙的，许先生的笑是愉快的，但是头发有一些是白了的。

夜里去看电影，施高塔路的汽车房只有一辆车，鲁迅先生一定不坐，一定让我们坐。许先生，周建人夫人……海婴，周建人先生的三位女公子。我们上车了。

鲁迅先生和周建人先生，还有别的一二位朋友在后边。

看完了电影出来，又只叫到一部汽车，鲁迅先生又一定不肯坐，让周建人先生的全家坐着先走了。

鲁迅先生旁边走着海婴，过了苏州河的大桥去等电车去了。等了二三十分钟电车还没有来，鲁迅先生依着沿苏州河的铁栏杆坐在桥边的石围上了，并且拿出香烟来，装上烟嘴，悠然地吸着烟。

海婴不安地来回地乱跑，鲁迅先生还招呼他和自己并排坐下。

鲁迅先生坐在那和一个乡下的安静老人一样。

鲁迅先生吃的是清茶，其余不吃别的饮料。咖啡、可可、牛奶、汽水之类，家里都不预备。

鲁迅先生陪客人到深夜，必同客人一道吃些点心。那饼干就是从铺子里买来的，装在饼干盒子里，到夜深许先生拿着碟子取出来，摆在鲁迅先生的书桌上。吃完了，许先生打开立柜再取一碟。还有向日葵子差不多每来客人必不可少。鲁迅先生一边抽着烟，一边剥着瓜子吃，吃完了一碟鲁迅先生必请许先生再拿一碟来。

鲁迅先生备有两种纸烟，一种价钱贵的，一种便宜的。便宜的是绿听子的，我不认识那是什么牌子，只记得烟头上带着黄纸的嘴，每50支的价钱大概是四角到五角，是鲁迅先生自己平日用的。另一种是白听子的，是前门烟，用来招待客人的，白听烟放在鲁迅先生书桌的抽屉里。来客人鲁迅先生下楼，把它带到楼下去，客人走了，又带回楼上来照样放在抽屉里。而绿听子的永远放在书桌上，是鲁迅先生随时吸着的。

鲁迅先生的休息，不听留声机，不出去散步，也不倒在床上睡觉，鲁迅先生自己说：

“坐在椅子上翻一翻书就是休息了。”

鲁迅先生从下午二三点钟起就陪客人，陪到五点钟，陪到六点钟，客人若在家吃饭，吃完饭又必要在一起喝茶，或者刚刚吃完茶走了，或者还没走又来了客人，于是又陪下去，陪到八点钟，十点钟，常常陪到十二点钟。从下午三点钟起，陪到夜里十二点，这么长的时间，鲁迅先生都是坐在藤躺椅上，不断地吸着烟。

客人一走，已经是下半夜了，本来已经是睡觉的时候了，可是鲁迅先生正要开始工作。

在工作之前，他稍微阖一阖眼睛，燃起一支烟来，躺在床边上，这一支烟还没有吸完，许先生差不多就在床里边睡着了。（许先生为什么睡得这样快？因为第二天早晨六七点钟就要来管理家务。）海婴这时在三楼和保姆一道睡着了。

全楼都寂静下去，窗外也一点声音没有了，鲁迅先生站起来，坐到书桌边，在那绿色的台灯下开始写文章了。许先生说鸡鸣的时候，鲁迅先生还是坐着，街上的汽车嘟嘟地叫起来了，鲁迅先生还是坐着。

有时许先生醒了，看着玻璃窗白萨萨的了，灯光也不显得怎么亮了，鲁迅先生的背影不像夜里那样高大。

鲁迅先生的背影是灰黑色的，仍旧坐在那里。

人家都起来了，鲁迅先生才睡下。

海婴从三楼下来了，背着书包，保姆送他到学校去，经过鲁迅先生的门前，保姆总是吩咐他说：

“轻一点走，轻一点走。”

鲁迅先生刚一睡下，太阳就高起来了，太阳照着隔院子的人家，明亮亮的，照着鲁迅先生花园的夹竹桃，明亮亮的。

鲁迅先生的书桌整整齐齐的，写好的文章压在书下边，毛笔在烧瓷的小龟背上站着。

一双拖鞋停在床下，鲁迅先生在枕头上边睡着了。

鲁迅先生喜欢吃一点酒，但是不多吃，吃半小碗或一碗。鲁迅先生吃的是中国酒，多半是花雕。

老靶子路有一家小吃茶店，只有门面一间，在门面里边设座，座少，安静，光线不充足，有些冷落。鲁迅先生常到这里吃茶店来，有约会多半是在这里边，老板是犹太人也许是白俄，胖胖的，中国话大概他听不懂。

鲁迅先生这一位老人，穿着布袍子，有时到这里来，泡一壶红茶，和青年人坐在一道谈了一两个钟头。

有一天鲁迅先生的背后那茶座里边坐着一位摩登女子，身穿紫裙子、黄衣裳、头戴花帽子……那女子临走时，鲁迅先生一看她，用眼瞪着她，很生气地看了她半天。而后说：

“是做什么的呢？”

鲁迅先生对于穿着紫裙子、黄衣裳、花帽子的人就是这样看法的。

鬼到底是有的没有的？传说上有人见过，还跟鬼说过话，还有人被鬼在后边追赶过，吊死鬼一见了人就贴在墙上。但没有一个人捉住一个鬼给大家看看。

鲁迅先生讲了他看见过鬼的故事给大家听：

“是在绍兴……”鲁迅先生说，“30 年前……”

那时鲁迅先生从日本读书回来，在一个师范学堂里也不知是什么学堂里教书，晚上没有事时，鲁迅先生总是到朋友家去谈天。这朋友住的离学堂几里路，几里路不算远，但必得经过一片坟地。谈天有的时候就谈得晚了，十一二点钟才回学堂的事也常有，有一天鲁迅先生就回去得很晚，天空有很大的月亮。

鲁迅先生向着归路走得很起劲时，往远处一看，远远有一个白影。

鲁迅先生不相信鬼的，在日本留学时是学的医，常常把死人抬来解剖的，鲁迅先生解剖过 20 几个，不但不怕鬼，对死人也不怕，所以对坟地也就根本不怕。仍旧是向前走的。

走了不几步，那远处的白影没有了，再看突然又有了。并且时小时大，时高时低，正和鬼一样。鬼不就是变幻无常的吗？

鲁迅先生有点踌躇了，到底向前走呢？还是回过头来走？本来回学堂不止这一条路，这不过是最近的一条就是了。

鲁迅先生仍是向前走，到底要看一看鬼是什么样，虽然那时候也怕了。

鲁迅先生那时从日本回来不久，所以还穿着硬底皮鞋。鲁迅先生决心要给那鬼一个致命的打击，等走到那白影旁边时，那白影缩小了，蹲下了，一声不响地靠住了一个坟堆。

鲁迅先生就用了他的硬皮鞋踢了出去。

那白影噢的一声叫起来，随着就站起来，鲁迅先生定眼看去，他却是个人。

鲁迅先生说在他踢的时候，他是很害怕的，好像若一下不把那东西踢死，自己反而会遭殃的，所以用了全力踢出去。

原来是个盗墓子的人在坟场上半夜做着工作。

鲁迅先生说到这里就笑了起来。

“鬼也是怕踢的，踢他一脚就立刻变成人了。”

我想，倘若是鬼常常让鲁迅先生踢踢倒是好的，因为给了他一个做人的机会。

从福建菜馆叫的菜，有一碗鱼做的丸子。

海婴一吃就说不新鲜，许先生不信，别的人也都不信。因为那丸子有的新鲜，有的不新鲜，别人吃到嘴里的恰好都是没有改味的。

许先生又给海婴一个，海婴一吃，又不是好的，他又嚷嚷着。别人都不注意，鲁迅先生把海婴碟里的拿来尝尝，果然不是新鲜的。鲁迅先生说：

“他说不新鲜，一定也有他的道理，不加以查看就抹杀是不对的。”

…………

以后我想起这件事来，私下和许先生谈过，许先生说：“周先生的做人，真是我们学不了的。哪怕一点点小事。”

鲁迅先生包一个纸包也要包得整整齐齐，常常把要寄出的书，鲁迅先生从许先生手里拿过来自己包，许先生本来包得多么好，而鲁迅先生还要亲自动手。

鲁迅先生把书包好了，用细绳捆上，那包方方正正的，连一个角也不准歪一点或扁一点，而后拿着剪刀，把捆书的那绳头都剪得整整齐齐。

就是包这书的纸都不是新的，都是从街上买东西回来留下来的。许先生上街回来把买来的东西一打开随手就把包东西的牛皮纸折起来，随手把小细绳卷了一个卷。若小细绳上有一个疙瘩，也要随手把它解开的。准备着随时用随时方便。

鲁迅先生住的是大陆新村九号。

一进弄堂口，满地铺着大方块的水门汀，院子里不怎样嘈杂，从这院子出入的有时候是外国人，也能够看到外国小孩在院子里零星的玩着。

鲁迅先生隔壁挂着一块大的牌子，上面写着一个“茶”字。

在 1935 年 10 月 1 日。

鲁迅先生的客厅里摆着长桌，长桌是黑色的，油漆不十分新鲜，但也并不破旧，桌上没有铺什么桌布，只在长桌的当处摆着一个绿豆青色的花瓶，花瓶里长着几株大叶子的万年青。围着长桌有七八张木椅子。尤其是在夜里，全弄堂一点什么声音也听不到。

那夜，就和鲁迅先生和许先生一道坐在长桌旁边喝茶的。当夜谈了许多关于伪满洲国的事情，从饭后谈起，一直谈到九点钟十点钟而后到十一点钟。时时想退出来，让鲁迅先生好早点休息，因为我看出来鲁迅先生身体不大好，又加上听许先生说过，鲁迅先生伤风了一个多月，刚好了的。

但鲁迅先生并没有疲倦的样子。虽然客厅里也摆着一张可以卧倒的藤椅，我们劝他几次想让他坐在藤椅上休息一下，但是他没有去，仍旧坐在椅子上。并且还上楼一次，去加穿了一件皮袍子。

那夜鲁迅先生到底讲了些什么，现在记不起来了。也许想起来的不是那夜讲的而是以后讲的也说不定。过了十一点，天就落雨了，雨点淅沥淅沥地打在玻璃窗上，窗子没有窗帘，所以偶一回头，就看到玻璃窗上有小水流往下流。夜已深了，并且落了雨，心里十分着急，几次站起来想要走，但是鲁迅先生和许先生一再说再坐一下："十二点以前终归有车子可搭的。"所以一直坐到将近十二点，才穿起雨衣来，打开客厅外边的响着的铁门，鲁迅先生非要送到铁门外不可。我想为什么他一定要送呢？对于这样年轻的客人，这样地送是应该的吗？雨不会打湿了头发，受了寒伤风不又要继续下去吗？站在铁门外边，鲁迅先生说，并且指着隔壁那家写着"茶"字的大牌子："下次来记住这个'茶'字，就是这个'茶'的隔壁。"而且伸出手去，几乎是触到了钉在锁门旁边的那个九号的'九'字，"下次来记住茶的旁边九号。"

于是脚踏着方块的水门汀，走出弄堂来，回过身去往院子里边看了一看，鲁迅先生那一排房子统统是黑洞洞的，若不是告诉的那样清楚，下次来恐怕要记不住的。

鲁迅先生的卧室，一张铁架大床，床顶上遮着许先生亲手做的白布刺花的围子，顺着床的一边折着两床被子，都是很厚的，是花洋布的被面。挨着门口的床头的方面站着抽屉柜。一进门的左手摆着八仙桌，桌子的两旁藤椅各一，立柜站在和方桌一排的墙角，立柜本是挂衣服的，衣裳却很少，都让糖盒子、饼干桶子、瓜子罐给塞满了。有一次 ×× 老板的太太来拿版权的图章花，鲁迅先生就从立柜下边大抽屉里取出的。沿着墙角往窗子那边走，有一张装饰台，桌子上有一个方形的满浮着绿草的玻璃养鱼池，里边游着的不是金鱼而是灰色的扁肚子的小鱼。除了鱼池之外另有一只圆的表，其余那上边满装着书。铁床架靠窗子的那头的书柜里书柜外都是书。最后是鲁迅先生的写字台，那上边也都是书。

鲁迅先生家里，从楼上到楼下，没有一个沙发。鲁迅先生工作时坐的椅子是硬的，到楼下陪客人时坐的椅子又是硬的。

鲁迅先生的写字台面向着窗子，上海弄堂房子的窗子差不多满一面墙那么大，鲁迅先生把它关起来，因为鲁迅先生工作起来有一个习惯，怕吹风，风一吹，纸就动，时时防备着纸跑，文章就写不好。所以屋子里热得和蒸笼似的，请鲁迅先生到楼下去，他又不肯，鲁迅先生的习惯是不换地方。有时太阳照进来，许先生劝他把书桌移开一点都不肯。只有满身流汗。

鲁迅先生的写字桌，铺了张蓝格子的油漆布。四角都用图钉按着。桌子上有小砚台一方，墨一块，毛笔站在笔架上。笔架是烧瓷的，在我看来不很细致，是一个龟，龟背上带着好几个洞，笔就插在那洞里。鲁迅先生多半是用毛笔的，钢笔也不是没有，是放在抽屉里。桌上有一个方大的白瓷的烟灰盒，还有一个茶杯，杯子上戴着盖。

鲁迅先生的习惯与别人不同，写文章用的材料和来信都压在桌子上，把桌子都压得满满的，几乎只有写字的地方可以伸开手，其余桌子的一半被书或纸张占有着。

左手边的桌角上有一个带绿灯罩的台灯，那灯泡是横着装的，在上海那是极普通的台灯。

冬天在楼上吃饭，鲁迅先生自己拉着电线把台灯的机关从棚顶的灯头上拔下，而后装上灯泡子。等饭吃过，许先生再把电线装起来，鲁迅先生的台灯就是这样做成的，拖着一根长长的电线在棚顶上。

鲁迅先生的文章，多半是在这台灯下写。因为鲁迅先生的工作时间，多半是下半夜一两点起，天将明了休息。

卧室就是如此，墙上挂着海婴公子一个月婴孩的油画像。

挨着卧室的后楼里边，完全是书了，不十分整齐，报纸和杂志或洋装的书，都混在这间屋子里，一走进去多少还有些纸张气味。地板被书遮盖得太小了，几乎没有了，大网篮也堆在书中。墙上拉着一条绳子或者是铁丝，就在那上边系了小提盒、铁丝笼之类。风干荸荠就盛在铁丝笼，扯着的那铁丝几乎被压断了在弯弯着。一推开藏书室的窗子，窗子外边还挂着一筐风干荸荠。

“吃吧，多得很，风干的，格外甜。”许先生说。

楼下厨房传来了煎菜的锅铲的响声，并且两个年老的娘姨慢重重地在讲一些什么。

厨房是家庭最热闹的一部分。整个三层楼都是静静的，喊娘姨的声音没有，在楼梯上跑来跑去的声音没有。鲁迅先生家里五六间房子只住着五个人，三位是先生的全家，余下的二位是年老的女佣人。

来了客人都是许先生亲自倒茶，即或是麻烦到娘姨时，也是许先生下楼去吩咐，绝没有站到楼梯口就大声呼唤的时候。所以整个房子都在静悄悄之中。

只有厨房比较热闹了一点，自来水哗哗地流着，洋瓷盆在水门汀的水池子上每拖一下磨着嚓嚓地响，洗米的声音也是嚓嚓的。鲁迅先生很喜欢吃竹笋的，在菜板上切着笋片笋丝时，刀刃每划下去都是很响的。其他比起别人家的厨房来却冷清极了，所以洗米声和切笋声都分开来听得样样清清晰晰。

客厅的一边摆着并排的两个书架，书架是带玻璃橱的，里边有朵斯托益夫斯基的全集和别的外国作家的全集，大半都是日文译本。地板上没有地毯，但擦得非常干净。

海婴公子的玩具橱也站在客厅里，里边是些毛猴子、橡皮人、火车汽车之类，里边装的满满的，别人是数不清的，只有海婴自己伸手到里边找些什么就有什么。过新年时在街上买的兔子灯，纸毛上已经落了灰尘了，仍摆在玩具橱顶上。

客厅只有一个灯头，大概 50 烛光。客厅的后门对着上楼的楼梯，前门一打开有一个 1 方丈大小的花园，花园里没有什么花看，只有一株很高的七八尺高的小树，大概那树是柳桃，一到了春天，容易生长蚜虫，忙得许先生拿着喷蚊虫的机器，一边陪着谈话，一边喷着杀虫药水。沿着墙根，种了一排玉米，许先生说：“这玉米长不大的，这土是没有养料的，海婴一定要种。”

春天，海婴在花园里掘着泥沙，培植着各种玩艺。

三楼则特别静了，向着太阳开着两扇玻璃门，门外有一个水门汀的突出的小廊子，春天很温暖的抚摸着门口长垂着的帘子，有时帘子被风打得很高，飘扬的饱满的和大鱼泡似的。那时候隔院的绿树照进玻璃门扇里边来了。

海婴坐在地板上装着小工程师在修着一座楼房，他那楼房是用椅子横倒了架起来修的，而后遮起一张被单来算作屋瓦，全个房子在他自己拍着手的赞誉声中完成了。

这间屋感到些空旷和寂寞，既不像女工住的屋子，又不像儿童室。海婴的眠床靠着屋子的一边放着，那大圆顶帐子日里也不打起来，长拖拖的好像从棚顶一直拖到地板上，那床是非常讲究的，属于刻花的木器一类的。许先生讲过，租这房子时，从前一个房客转留下来的。海婴和他的保姆，就睡在五六尺宽的大床上。

冬天烧过的火炉，三月里还冷冰冰的在地板上站着。

海婴不大在三楼上玩的，除了到学校去，就是在院里踏脚踏车，他非常欢喜跑跳，所以厨房、客厅、二楼，他是无处不跑的。

三楼整天在高处空着，三楼的后楼住着另一个老女工，一天很少上楼来，所以楼梯擦过之后，一天到晚干净的溜明。

1936 年 3 月里鲁迅先生病了，靠在二楼的躺椅上，心脏跳动得比平日厉害，脸色微灰了一点。

许先生正相反的，脸色是红的，眼睛显得大了，讲话的声音是平静的，态度并没有比平日慌张。在楼下一走进客厅来许先生就告诉说：

“周先生病了，气喘……喘得厉害，在楼上靠在躺椅上。”

鲁迅先生呼喘的声音，不用走到他的旁边，一进了卧室就听得到的。鼻子和胡须在扇着，胸部一起一落。眼睛闭着，差不多永久不离开手的纸烟，也放弃了。藤椅后边靠着枕头，鲁迅先生的头有些向后，两只手空闲地垂着。眉头仍和平日一样没有聚皱，脸上是平静的，舒展的，似乎并没有任何痛苦加在身上。

“来了吧？”鲁迅先生睁一睁眼睛，“不小心，着了凉呼吸困难……到藏书的房子去翻一翻书……那房子因为没有人住，特别凉……回来就……”

许先生看周先生说话吃力，赶紧接着说周先生是怎样气喘的。

医生看过了，吃了药，但喘并未停。下午医生又来过，刚刚走。

卧室在黄昏里边一点一点地暗下去，外边起了一点小风，隔院的树被风摇着发响。别人家的窗子有的被风打着发出自动关开的响声，家家的流水道都是哗啦哗啦的响着水声，一定是晚餐之后洗着杯盘的剩水。晚餐后该散步的散步去了，该会朋友的会友去了，弄堂里来去的稀疏不断地走着人，而娘姨们还没有解掉围裙呢，就依着后门彼此搭讪起来。小孩子们三五一伙前门后门地跑着，弄堂外汽车穿来穿去。

鲁迅先生坐在躺椅上，沉静地，不动地阖着眼睛，略微灰了的脸色被炉里的火染红了一点。纸烟听子蹲在书桌上，盖着盖子，茶杯也蹲在桌子上。

许先生轻轻地在楼梯上走着，许先生一到楼下去，二楼就只剩了鲁迅先生一个人坐在椅子上，呼喘把鲁迅先生的胸部有规律性的抬得高高的。

“鲁迅先生必得休息的，”须藤医生这样说的。可是鲁迅先生从此不但没有休息，并且脑子里所想的更多了，要做的事情都像非立刻就做不可，校《海上述林》的校样，印珂勒惠支的画，翻译《死魂灵》下部，刚好了，这些就都一起开始了，还计算着出30年集（即鲁迅全集）。

鲁迅先生感到自己的身体不好，就更没有时间注意身体，所以要多作，赶快做。当时大家不解其中的意思，都以为鲁迅先生对于休息不以为然，后来读了鲁迅先生《死》的那篇文章才了然了。

鲁迅先生知道自己的健康不成了，工作的时间没有几年了，死了是不要紧的，只要留给人类更多，鲁迅先生就是这样。

不久书桌上德文字典和日文字典都摆起来了，果戈里的《死魂灵》，又开始翻译了。

鲁迅先生的身体不大好，容易伤风，伤风之后，照常要陪客人，回信，校稿子。所以伤风之后总要拖下去一个月或半个月的。

瞿秋白的《海上述林》校样，1935 年冬，1936 年的春天，鲁迅先生不断地校着，几十万字的校样，要看三遍，而印刷所送校样来总是十页八页的，并不是统统一道地送来，所以鲁迅先生不断地被这校样催索着，鲁迅先生竟说：

“看吧，一边陪着你们谈话，一边看校样，眼睛可以看，耳朵可以听……”

有时客人来了，一边说着笑话，鲁迅先生一边放下了笔。有的时候也说：“几个字了……请坐一坐……”

1935 年冬天许先生说：

“周先生的身体是不如从前了。”

有一次鲁迅先生到饭馆里去请客，来的时候兴致很好，还记得那次吃了一只烤鸭子，整个的鸭子用大钢叉子叉上来时，大家看这鸭子烤的又油又亮的，鲁迅先生也笑了。

菜刚上满了，鲁迅先生就到躺椅上吸一支烟，并且阖一阖眼睛。一吃完了饭，有的喝了酒的，大家都闹乱了起来，彼此抢着苹果，彼此讽刺着玩，说着一些人可笑的话。而鲁迅先生这时候，坐在躺椅上，阖着眼睛，很庄严地在沉默着，让拿在手上纸烟的烟丝，袅袅地上升着。

别人以为鲁迅先生也是喝多了酒吧！

许先生说，并不的。

“周先生的身体是不如从前了，吃过了饭总要闭一闭眼睛稍微休息一下，从前一向没有这习惯。”

周先生从椅子上站起来了，大概说他喝多了酒的话让他听到了。

“我不多喝酒的。小的时候，母亲常提到父亲喝了酒，脾气怎样坏，母亲说，长大了不要喝酒，不要像父亲那样子……所以我不多喝的……从来没喝醉过……”

鲁迅先生休息好了，换了一支烟，站起来也去拿苹果吃，可是苹果没有了。鲁迅先生说：

“我争不过你们了，苹果让你们抢没了。”

有人抢到手的还在保存着的苹果，奉献出来，鲁迅先生没有吃，只在吸烟。

1936 年春，鲁迅先生的身体不大好，但没有什么病，吃过了夜饭，坐在躺椅上，总要闭一闭眼睛沉静一会。

许先生对我说，周先生在北平时，有时开着玩笑，手按着桌子一跃就能够跃过去，而近年来没有这么做过。大概没有以前那么灵便了。

这话许先生和我是私下讲的：鲁迅先生没有听见，仍靠在躺椅上沉默着呢。

许先生开了火炉门，装着煤炭哗哗地响，把鲁迅先生震醒了。一讲起话来鲁迅先生的精神又照常一样。

鲁迅先生睡在二楼的床上已经一个多月了，气喘虽然停止。但每天发热，尤其是在下午热度总在 38 度 39 度之间，有时也到 39 度多，那时鲁迅先生的脸是微红的，目力是疲弱的，不吃东西，不大多睡，没有一些呻吟，似乎全身都没有什么痛楚的地方。躺在床上的时候张开眼睛看着，有的时候似睡非睡的安静地躺着，茶吃得很少。差不多一刻也不停地吸烟，而今几乎完全放弃了，纸烟听子不放在床边，而仍很远的蹲在书桌上，若想吸一支，是请许先生付给的。

许先生从鲁迅先生病起，更过度地忙了。按着时间给鲁迅先生吃药，按着时间给鲁迅先生试温度表，试过了之后还要把一张医生发给的表格填好，那表格是一张硬纸，上面画了无数根线，许先生就在这张纸上拿着米度尺画着度数，那表画得和尖尖的小山丘似的，又像尖尖的水晶石，高的低的一排连一排地站着。许先生虽每天画，但那像是一条接连不断的线，不过从低处到高处，从高处到低处，这高峰越高越不好，也就是鲁迅先生的热度越高了。

来看鲁迅先生的人，多半都不到楼上来了，为的请鲁迅先生好好地静养，所以把陪客人这些事也推到许先生身上来了。还有书、报、信，都要许先生看过，必要的就告诉鲁迅先生，不十分必要的，就先把它放在一处放一放，等鲁迅先生好些了再取出来交给他。然而这家庭里边还有许多琐事，比方年老的娘姨病了，要请两天假；海婴的牙齿脱掉一个要到牙医那里去看过，但是带他去的人没有，又得许先生。海婴在幼稚园里读书，又是买铅笔，买皮球，还有临时出些个花头，跑上楼来了，说要吃什么花生糖，什么牛奶糖，他上楼来是一边跑着一边喊着，许先生连忙拉住了他，拉他下了楼才跟他讲：

“爸爸病啦，”而后拿出钱来，嘱咐好了娘姨，只买几块糖而不准让他格外的多买。

收电灯费的来了，在楼下一打门，许先生就得赶快往楼下跑，怕的是再多打几下，就要惊醒了鲁迅先生。

海婴最喜欢听讲故事，这也是无限的麻烦，许先生除了陪海婴讲故事之外，还要在长桌上偷一点工夫来看鲁迅先生为有病耽搁下来尚未校完的校样。

在这期间，许先生比鲁迅先生更要担当一切了。

鲁迅先生吃饭，是在楼上单开一桌，那仅仅是一个方木桌，许先生每餐亲手端到楼上去，每样都用小吃碟盛着，那小吃碟直径不过2寸，一碟豌豆苗或菠菜或苋菜，把黄花鱼或者鸡之类也放在小碟里端上楼去。若是鸡，那鸡也是全鸡身上最好的一块地方拣下来的肉；若是鱼，也是鱼身上最好一部分，许先生才把它拣下放在小碟里。

许先生用筷子来回地翻着楼下的饭桌上菜碗里的东西，菜拣嫩的，不要茎，只要叶，鱼肉之类，拣烧得软的，没有骨头没有刺的。

心里存着无限的期望，无限的要求，用了比祈祷更虔诚的目光，许先生看着她自己手里选得精精致致的菜盘子，而后脚板触了楼梯上了楼。

希望鲁迅先生多吃一口，多动一动筷，多喝一口鸡汤。鸡汤和牛奶是医生所嘱的，一定要多吃一些的。

把饭送上去，有时许先生陪在旁边，有时走下楼来又做些别的事，半个钟头之后，到楼上去取这盘子。这盘子装的满满的，有时竟照原样一动也没有动又端下来了，这时候许先生的眉头微微地皱了一点。旁边若有什么朋友，许先生就说："周先生的热度高，什么也吃不落，连茶也不愿意吃，人很苦，人很吃力。"

有一天许先生用波浪式的专门切面包的刀切着面包，是在客厅后边方桌上切的，许先生一边切着一边对我说：

"劝周先生多吃东西，周先生说，人好了再保养，现在勉强吃也是没有用的。"

许先生接着似乎问着我：

"这也是对的？"

而后把牛奶面包送上楼去了。一碗烧好的鸡汤，从方盘里许先生把它端出来了，就摆在客厅后的方桌上。许先生上楼去了，那碗热的鸡汤在方桌上自己悠然地冒着热气。

许先生由楼上回来还说呢：

"周先生平常就不喜欢吃汤之类，在病里，更勉强不下了。"

许先生似乎安慰着自己似的。

"周先生人强，喜欢吃硬的，油炸的，就是吃饭也喜欢吃硬饭……"

许先生楼上楼下地跑，呼吸有些不平静，坐在她旁边，似乎可以听到她心脏的跳动。

鲁迅先生开始独桌吃饭以后，客人多半不上楼来了，经许先生婉言把鲁迅先生健康的经过报告了之后就走了。

鲁迅先生在楼上一天一天地睡下去，睡了许多日子，都寂寞了，有时大概热度低了点就问许先生：

“什么人来过吗？”

看鲁迅先生好些，就一一地报告过。

有时也问到有什么刊物来吗？

鲁迅先生病了一个多月了。

证明了鲁迅先生是肺病，并且是肋膜炎，须藤老医生每天来了，为鲁迅先生把肋膜积水用打针的方法抽净，共抽过两三次。

这样的病，为什么鲁迅先生一点也不晓得呢？许先生说，周先生有时觉得肋痛了就自己忍着不说，所以连许先生也不知道，鲁迅先生怕别人晓得了又要不放心，又要看医生，医生一定又要说休息。鲁迅先生自己知道做不到的。

福民医院美国医生的检查，说鲁迅先生肺病已经二十年了。这次发了怕是很严重。

医生规定个日子，请鲁迅先生到福民医院去详细检查，要照X光的。但鲁迅先生当时就下楼是下不得的，又过了许多天，鲁迅先生到福民医院去检查病去了。照X光后给鲁迅先生照了一个全部的肺部的照片。

这照片取来的那天许先生在楼下给大家看了，右肺的上尖是黑的，中部也黑了一块，左肺的下半部都不大好，而沿着左肺的边边黑了一大圈。

这之后，鲁迅先生的热度仍高，若再这样热度不退，就很难抵抗了。

那查病的美国医生，只查病，而不给药吃，他相信药是没有用的。

须藤老医生，鲁迅先生早就认识，所以每天来，他给鲁迅先生吃了些退热药，还吃停止肺病菌活动的药。他说若肺不再坏下去，就停止在这里，热自然就退了，人是不危险的。

在楼下的客厅里，许先生哭了。许先生手里拿着一团毛线，那是海婴的毛线衣拆了洗过之后又团起来的。

鲁迅先生在无欲望状态中，什么也不吃，什么也不想，睡觉似睡非睡的。

天气热起来了，客厅的门窗都打开着，阳光跳跃在门外的花园里。麻雀来了停在夹竹桃上叫了三两声就飞去，院子里的小孩们唧唧喳喳地玩耍着，风吹进来好像带着热气，扑到人的身上，天气刚刚发芽的春天，变为夏天了。

楼上老医生和鲁迅先生谈话的声音隐约可以听到。

楼下又来客人，来的人总要问：

“周先生好一点吗？”

许先生照常说：“还是那样子。”

但今天说了眼泪又流了满脸。一边拿起杯子来给客人倒茶，一边用左手拿着手帕按着鼻子。

客人问：

“周先生又不大好吗？”

许先生说：

“没有的，是我心窄。”

过了一会鲁迅先生要找什么东西，喊许先生上楼去，许先生连忙擦着眼睛，想说她不上楼的，但左右看了一看，没有人能代替了她，于是带着她那团还没有缠完的毛线球上楼去了。

楼上坐着老医生，还有两位探望鲁迅先生的客人。许先生一看了他们就自己低了头不好意思地笑了，她不敢到鲁迅先生的面前去，背转着身问鲁迅先生要什么呢，而后又是慌忙地把线缕挂在手上缠了起来。

一直到送老医生下楼，许先生都是把背向着鲁迅先生而站着的。

每次老医生走，许先生都是替老医生提着皮提包送到前门外的。许先生愉快地、沉静地带着笑容打开铁门闩，很恭敬地把皮包交给老医生，眼看着老医生走了才进来关了门。

这老医生出入在鲁迅先生的家里，连老娘姨对他都是尊敬的，医生从楼上下来时，娘姨若在楼梯的半道，赶快下来躲开，站到楼梯的旁边。有一天老娘姨端着一个杯子上楼，楼上医生和许先生一道下来了，那老娘姨躲闪不灵，急得把杯里的茶都颠出来了。等医生走过去，已经走出了前门，老娘姨还在那里呆呆地望着。

“周先生好了点吧？”

有一天许先生不在家，我问着老娘姨。她说：

“谁晓得，医生天天看过了不声不响地就走了。”

可见老娘姨对医生每天是怀着期望的眼光看着他的。

许先生很镇静，没有紊乱的神色，虽然说那天当着人哭过一次，但该做什么，仍是做什么，毛线该洗的已经洗了，晒的已经晒起，晒干了的随手就把它团起团子。

“海婴的毛线衣，每年拆一次，洗过之后再重打起，人一年一年地长，衣裳一年穿过，一年就小了。”

在楼下陪着熟的客人，一边谈着，一边开始手里动着竹针。

这种事情许先生是偷空就做的，夏天就开始预备着冬天的，冬天就做夏天的。

许先生自己常常说：

“我是无事忙。”

这话很客气，但忙是真的，每一餐饭，都好象没有安静地吃过。海婴一会要这个，要那个；若一有客人，上街临时买菜，下厨房煎炒还不说，就是摆到桌子上来，还要从菜碗里为着客人选好的夹过去。饭后又是吃水果，若吃苹果还要把皮削掉，若吃荸荠看客人削得慢而不好也要削了送给客人吃，那时鲁迅先生还没有生病。

许先生除了打毛线衣之外，还用机器缝衣裳，剪裁了许多件海婴的内衫裤在窗下缝。

因此许先生对自己忽略了，每天上下楼跑着，所穿的衣裳都是旧的，次数洗得太多，纽扣都洗脱了，也磨破了，都是几年前的旧衣裳，春天时许先生穿了一个紫红宁绸袍子，那料子是海婴在婴孩时候别人送给海婴做被子的礼物。做被子，许先生说很可惜，就拣起来做一件袍子。正说着，海婴来了，许先生使眼神，且不要提到，若提到海婴又要麻烦起来了，一要说是他的，他就要要。

许先生冬天穿一双大棉鞋，是她自己做的。一直到二三月早晚冷时还穿着。

有一次我和许先生在小花园里拍一张照片，许先生说她的纽扣掉了，还拉着我站在她前边遮着她。

许先生买东西也总是到便宜的店铺去买，再不然，到减价的地方去买。

处处俭省，把俭省下来的钱，都印了书和印了画。

现在许先生在窗下缝着衣裳，机器声格哒格哒的，震着玻璃门有些颤抖。

窗外的黄昏，窗内许先生低着的头，楼上鲁迅先生的咳嗽声，都搅混在一起了，重续着、埋藏着力量。在痛苦中，在悲哀中，一种对于生的强烈的愿望站得和强烈的火焰那样坚定。

许先生的手指把捉了在缝的那张布片，头有时随着机器的力量低沉了一两下。

许先生的面容是宁静的、庄严的、没有恐惧的，她坦荡的在使用着机器。

海婴在玩着一大堆黄色的小药瓶，用一个纸盒子盛着，端起来楼上楼下地跑。向着阳光照是金色的，平放着是咖啡色的，他招集了小朋友来，他向他们展览，向他们夸耀，这种玩艺只有他有而别人不能有。他说：

“这是爸爸打药针的药瓶，你们有吗？”

别人不能有，于是他拍着手骄傲地呼叫起来。

许先生一边招呼着他，不叫他喊，一边下楼来了。

“周先生好了些？”

见了许先生大家都是这样问的。

“还是那样子，”许先生说，随手抓起一个海婴的药瓶来：“这不是么，这许多瓶子，每天打针，药瓶也积了一大堆。”许先生一拿起那药瓶，海婴上来就要过去，很宝贵地赶快把那小瓶摆到纸盒里。

在长桌上摆着许先生自己亲手做的蒙着茶壶的棉罩子，从那蓝缎子的花罩下拿着茶壶倒着茶。

楼上楼下都是静的了，只有海婴快活的和小朋友们的吵嚷躲在太阳里跳荡。

海婴每晚临睡时必向爸爸妈妈说：“明朝会！”

有一天他站在上三楼去的楼梯口上喊着：

“爸爸，明朝会！”

鲁迅先生那时正病的沉重，喉咙里边似乎有痰，那回答的声音很小，海婴没有听到，于是他又喊：

“爸爸，明朝会！”他等一等，听不到回答的声音，他就大声地连串地喊起来：

“爸爸，明朝会，爸爸，明朝会，……爸爸，明朝会……”

他的保姆在前边往楼上拖他，说是爸爸睡下了，不要喊了。可是他怎么能够听呢，仍旧喊。

这时鲁迅先生说“明朝会”，还没有说出来喉咙里边就像有东西在那里堵塞着，声音无论如何放不大。到后来，鲁迅先生挣扎着把头抬起来才很大声地说出：

“明朝会，明朝会。”

说完了就咳嗽起来。

许先生被惊动得从楼下跑来了，不住地训斥着海婴。

海婴一边哭着一边上楼去了，嘴里唠叨着：

“爸爸是个聋人哪！”

鲁迅先生没有听到海婴的话，还在那里咳嗽着。

鲁迅先生在四月里，曾经好了一点，有一天下楼去赴一个约会，把衣裳穿得整整齐齐，手下夹着黑花布包袱，戴起帽子来，出门就走。

许先生在楼下正陪客人，看鲁迅先生下来了，赶快说：

“走不得吧，还是坐车子去吧。”

鲁迅先生说：“不要紧，走得动的。”

许先生再加以劝说，又去拿零钱给鲁迅先生带着。

鲁迅先生说不要不要，坚决地走了。

“鲁迅先生的脾气很刚强。”

许先生无可奈何的，只说了这一句。

鲁迅先生晚上回来，热度增高了。

鲁迅先生说：

“坐车子实在麻烦，没有几步路，一走就到。还有，好久不出去，愿意走走……动一动就出毛病……还是动不得……”

病压服着鲁迅先生又躺下了。

7月里，鲁迅先生又好些。

药每天吃，记温度的表格照例每天好几次在那里画，老医生还是照常地来，说鲁迅先生就要好起来了。说肺部的菌已经停止了一大半，肋膜也好了。

客人来差不多都要到楼上来拜望拜望。鲁迅先生带着久病初愈的心情，又谈起话来，披了一张毛巾子坐在躺椅上，纸烟又拿在手里了，又谈翻译，又谈某刊物。

一个月没有上楼去，忽然上楼还有些心不安，我一进卧室的门，觉得站也没地方站，坐也不知坐在哪里。

许先生让我吃茶，我就依着桌子边站着。好像没有看见那茶杯似的。

鲁迅先生大概看出我的不安来了，便说：

“人瘦了，这样瘦是不成的，要多吃点。”

鲁迅先生又在说玩笑话了。

“多吃就胖了，那么周先生为什么不多吃点？”

鲁迅先生听了这话就笑了，笑声是明朗的。

从七月以后鲁迅先生一天天地好起来了，牛奶，鸡汤之类，为了医生所嘱也隔三差五地吃着，人虽是瘦了，但精神是好的。

鲁迅先生说自己体质的本质是好的，若差一点的，就让病打倒了。

这一次鲁迅先生保持了很长时间，没有下楼更没有到外边去过。

在病中，鲁迅先生不看报，不看书，只是安静地躺着。但有一张小画是鲁迅先生放在床边上不断看着的。

那张画，鲁迅先生未生病时，和许多画一道拿给大家看过的，小得和纸烟包里抽出来的那画片差不多。那上边画着一个穿大长裙子飞散着头发的女人在大风里边跑，在她旁边的地面上还有小小的红玫瑰的花朵。

记得是一张苏联某画家着色的木刻。

鲁迅先生有很多画，为什么只选了这张放在枕边。

许先生告诉我的，她也不知道鲁迅先生为什么常常看这小画。

有人来问他这样那样的，他说：

“你们自己学着做，若没有我呢！”

这一次鲁迅先生好了。

还有一样不同的，觉得做事要多做……

鲁迅先生以为自己好了，别人也以为鲁迅先生好了。

准备冬天要庆祝鲁迅先生工作 30 年。

又过了三个月。

1936年10月17日，鲁迅先生病又发了，又是气喘。

17日，一夜未眠。

18日，终日喘着。

19日的下半夜，人衰弱到极点了。天将发白时，鲁迅先生就像他平日一样，工作完了，他休息了。

（为了纪念鲁迅先生逝世三周年，1939年萧红应报纸杂志的邀请，写了《记我们的导师——鲁迅先生生活的片段》（刊于1939年10月《中学生战时半月刊》第10期）、《记忆中的鲁迅先生》（刊于1939年10月18日至28日香港《星岛日报》副刊《星座》第427至432号）、《鲁迅先生生活散记（刊于1939年10月14日至20日新加坡《星周日报》副刊《晨钟》与11月1日武汉出版的《文艺阵地》第4卷第3期）、《回忆鲁迅先生》（刊于1939年10月1日《中苏文化》第4卷第3期）、《鲁迅先生忆略》（刊于1939年12月《文学集林》第二辑《望——》等，《回忆鲁迅先生》就是萧红综合以上各篇内容而写成的。）

书信

致萧军（选）

第一信

（1936 年 7 月 18 日发　由船上寄—上海）

君先生：

海上的颜色已经变成黑蓝了，我站在船尾，我望着海，我想，这若是我一个人怎敢渡过这样的大海！

这是黄昏以后我才给你写信，舱底的空气并不好，所以船开没有多久我时时就好像要呕吐，虽然吃了多量的胃粉。

现在船停在长崎了，我打算下去玩玩。昨天的信并没写完就停下了。

到东京再写信吧！祝好！

莹　七月十八日

源先生好！

第三信

（1936 年 7 月 26 日发 日本东京—上海 7 月 31 日到）

均：

现在我很难过，很想哭。想要写信钢笔里面的墨水没有了，可是怎样也装不进来，抽进来的墨水一压又随着压出来了。

华起来就到图书馆去了，我本来也可以去，我留在家里想写一点什么，但哪里写得下去，因为我听不到你那登登上楼的声音了。

这里的天气也算很热，并且讲一句话的人也没有，看的书也没有，报也没有，心情非常坏，想到街上去走走，路又不认识，话也不会讲。

昨天到神保町的书铺去了一次，但那书铺好像与我一点关系也没有，这里太生疏了，满街响着木屐的声音，我一点也听不惯这声音。这样一天一天的我不晓得怎样过下去，真是好像充军西伯利亚一样。

比我们起初来到上海的时候更感到无聊，也许慢慢的就好了。但这要一个长的时间，怕是我忍耐不了。不知道你现在准备要走了没有？我已经来了五六天了，不知为什么你还没有信来？

珂已经在 16 号起身回去了。

不写了，我要出去吃饭，或者乱走走。

吟上 七月廿六十时半

第十信

（1936 年 9 月 2 日发 日本东京—青岛）

均：

这样剧烈的肚痛，三年前有过，可是今天又来了这么一次，从早十点痛到两点。虽然是四个钟头，全身就发抖了。洛定片，不好用，吃了四片毫没有用。

稿子到了 40 页，现在只得停下，若不然，今天就是 50 页，现在也许因为一心一意的缘故，创作得很快，有趣味。

每天我总是十二点或一点睡觉，出息得很，小海豹也不是小海豹了，非常精神，早睡，睡不着反而乱想一些更不好，不用说，早晨起得还是早的。肚子还是痛，我就在这机会上给你写信，或者凡拉蒙吃下去会好一点，但，这回没有人给买了。

这稿既然长，抄起来一定错字不少，这回得特别加小心。

不多写了。我给你写的信也太多。

祝好。

吟 九月二日

肚子好了。二日五时。

第十一信

（1936 年 9 月 4 日发 日本东京—青岛）

三郎：

51 页就算完了。自己觉得写得不错，所以很高兴。孟写信来说：“可不要和《作家》疏远啊！”这回大概不会说了。

你怎么总也不写信呢？我写五次你才写一次。

肚痛好了。发烧还是发。

我自己觉得满足，一个半月的工夫写了 3 万字。

补习学校还没有开学。这里又热了几天。今天很凉爽。一开学，我就要上学的，生活太单纯，与精神方面不很好。

昨天我出去，看到一个穿中国衣裳的中国女人，在街上喊住了一个气（汽）车，她拿了一个纸条给了车夫，但没拉她。街上的人都看着她笑，她也一定和我似的是个新飞来的鸟。

到现在，我自己没坐过任何一种车子，走也只走过神保町。

冰淇淋吃得顶少，因为不愿意吃。西瓜还吃，也不如你吃得多。也是不愿意吃。影戏一共看过三次。任何公园没有去过。一天廿四小时三顿饭，一觉，除此即是在椅子上坐着。但也快活。祝好。

吟 九.四.

第十四信

（1936 年 9 月 10 日发 日本东京—青岛 9 月 15 日收到）

三郎:

我也给你画张图看看，但这是全屋的半面。我的全屋就是六张席子。你的那图，别的我倒没有什么，只是那两个小西瓜，非常可爱，你怎么也把它们两个画上了呢？假如有我，我就不是把它吃掉了吗？

尽胡说，修炼什么？没有什么好修炼的。一年之后，才可看书。

今天早晨，发了一信，但不到下午就有书来，也有信来。唐诗，读两首也倒觉不出什么好，别的夜来读。

如若在日本住上一年，我想一定没什么长进，死水似的过一年。我也许过不到一年或几个月就不在这里了。

日文我是不大喜欢学，想学俄文，但日语是要学的。

以上是昨天写的。

今天我去交了学费，买了书，14 号上课，十二点四十分起，四个钟头止，多是相当多，课本就有五六本。全是中国人，那个学校就是给中国人预备的。可不知珂来了没有？

三个月连书在一起二十一二块钱，本来五号就开课了，但我是错过了的。

现在我打算给奇她们写信，所以不多写了。

祝好。

吟 九月十日

第十六信

（1936年9月14日发 日本东京—青岛 9月21日收到）

均:

你的照片像个小偷。你的信也是两封一齐到。(七日九日两封)

你开口就说我混账东西，好，你真不佩服我？10天写了57页稿纸。

你既然不再北去，那也很好，一个人本来也没有更多的趣味。牛奶我没有吃，力弗肝也没有买，因为不知道外国名字，又不知道卖西洋药的药房，这里对于西洋货排斥得很，不容易买到。肚子痛打止痛针也是不行，一句话不会说，并且这里的医生要钱很多。我想买一瓶凡拉蒙预备着下次肚痛，但不知到哪里去买？想问问是无人可问的。

秋天的衣裳，没有买，这里的天气还一点用不着。

我临走时说要给你买一件皮外套的，回上海后，你就要替我买给你自己。40元左右。我的一些零碎的收入，不要他们寄来，直接你去取好了。

心情又闹坏了，睡觉也不好起来，想来想去。他妈的，再来麻烦，我可就不受了。

我给萧乾的文章，黄也一并交给黎了，你将来见到萧时，说一声对不住。

关于信封，你就一连串写下来好了，不必加点号。

荣子 九月十四日

第十九信

（1936年9月21日发 日本东京—青岛）

均:

昨天和今天都是下雨，我上课回来是遇着毛毛雨，所以淋得不很湿。现在我有雨鞋了，但，是男人的样子，所以走在街上有许多人笑，这个地方就是如此守旧的地方，假若衣裳你不和她穿得同样，谁都要笑你，日本女人穿西装，罗里罗嗦，但你也必得和她一样罗嗦，假若整齐一些，或是她们没有见过的，人们就要笑。

上课的时间真是够多的，整个下半天就为着日语消费了去。今天上到第三堂的时候，我的胃就很痛，勉强支持过来了。

这几天很凉了，我买了一件小毛衣（二元五），将来再冷，我就把大毛衣穿上。我想我的衣裳一定可以支持到下月半。

我很爱夜，这里的夜，非常沉静，每夜我要醒几次的，每醒来总是立刻又昏昏的睡去，特别安静，又特别舒适，早晨也是好的，阳光还没晒到我的窗上，我就起来了，想想什么，或是吃点什么。这三两天之内，我的心又安然下来了。什么人什么命，吓了一下，不在乎。

孟有信来，说我回去吧！在这住有什么意思呢？

现在我一个人搭了几次高架电车，很快，并且还钻洞，我觉得很好玩，不是说好玩，而说有意思。因为你说过，女人这个也好玩那个也好玩。上回把我丢了，因为不到站我就下来了，走出了车站看看不对，那么往哪里走呢？我自己也不知道，瞎走吧，反正我记住了我的地址。可笑的是华在的时候，告诉我空中飞着的大气球是什么商店的广告，那商店就离学校不远，我一看到那大球，就奔着去了，于是总算没有丢。

虹没有信来，你告诉他也不要来信了，别人也告诉不要来信了。

这是你在青岛我给你的末一封信。再写信就是上海了。船上买一点水果带着，但不要吃鸡子，那东西不消化。饼干是可以带的。

祝好。

小鹅 九月二十一日

第二十三信

（1936 年 10 月 21 日发 日本东京—上海 10 月 26 日到）

均:

昨天发的信，但现在一空下来就又想写点了。你们找的房子在那里？多么大？好不好？这些问题虽然现在是和我无关了，但总禁不住要想。真是不巧，若不然我们和明他们在一起住上几个日子。

明，他也可以给我写点关于他新生活的愿望吗？因为我什么也不知道。小奇什么样？好教人喜欢的孩子吗？均，你是什么都看到了，我是什么也没看到。

均，你看我什么时候总好欠个小账，昨天在夜市的一个小摊子上欠了六分钱，写完了这一页纸就要去还的。

前些日子我还买了一本画册打算送给 L。但现在这画只得留着自己来看了。我是非常爱这画册，若不然我想寄给你，但你也一定不怎么喜欢，所以这念头就打消了。

下了三天昼夜没有断的小雨，今天晴了，心情也新鲜了一些。

小沙发对于我简直是一个客人，在我的生活上简直是一件重大的事情，它给我减去了不少的孤独之感。总是坐在墙角在陪着我。

奇什么时候南来呢？

祝好

吟 十月廿一日

第二十四信

（1936 年 10 月 24 日发 日本东京—上海）

军:

关于周先生的死，21 日的报上，我就渺渺茫茫知道一点，但我不相信自己是对的，我跑去问了那唯一的熟人，她说："你是不懂日本文的，你看错了。"我很希望我是看错，所以很安心的回来了，虽然去的时候是流着眼泪。

昨夜，我是不能不哭了。我看到一张中国报上清清楚楚登着他的照片，而且是那么痛苦的一刻。可惜我的哭声不能和你们的哭声混在一道。

现在他已经是离开我们五天了，不知现在他睡到哪里去了？虽然在三个月前向他告别的时候，他是坐在藤椅上，而且说："每到码头，就有验病的上来，不要怕，中国人就专会吓呼（唬）中国人，茶房就会说：验病的来啦！来啦！……"

我等着你的信来。

可怕的是许女士的悲痛，想个法子，好好安慰着她，最好是使她不要静下来，多多的和她来往。过了这一个最难忍的痛苦的初期，以后总是比开头容易平伏下来。还有那孩子，我真不能够想象了。我想一步踏了回来，这想象的时间，在一个完全孤独了的人是多么可怕！

最后你替我去送一个花圈或是什么。

告诉许女士：看在孩子的面上，不要太多哭。

红　十月二十四日

第二十九信

（1936 年 11 月 19 日发　日本东京—上海）

均：

因为夜里发烧，一个月来，就是嘴唇，这一块那一块的破着，精神也烦噪得很，所以一直把工作停了下来。想了些无用的和辽远的想头。文章一时寄不去。

买了三张画，东墙上一张北墙上一张，一张是一男一女在长廊上相会，廊口处站着一个弹琴的女人。还有一张是关于战争的，在一个破屋子里把花瓶打碎了，因为喝了酒，军人穿着绿裤子就跳舞，我最喜欢的是第三张，一个小孩睡在檐下了，在椅子上，靠着软枕。旁边来了的大概是他的母亲，在栅栏外肩着大镰刀的大概是她的父亲。那檐下方块石头的廊道，那远处微红的晚天，那茅草的屋檐，檐下开着的格窗，那孩子双双的垂着的两条小腿。真是好，不瞒你说，因为看到了那女孩好象看到了自己似的，我小的时候就是那样，所以我很爱她。投主称王，这是要费一些心思的，但也不必太费，反正自己最重要的是工作——为大体着想，也是工作。聚合能工作一方面的，有个团体，力量可能充足，我想主要的特色是在人上，自己来罢，投什么主，谁配做主？去他妈的。说到这里，不能不伤心，我们的老将去了还不几天呵！

关于周先生的全集，能不能很快的集起来呢？我想中国人集中国人的文章总比日本集他的方便，这里，在 11 月里他的全集就要出版，这真可配（佩）服。我想找胡、聂、黄等诸人，立刻就商量起来。

商市街被人家喜欢，也很感谢。

莉有信来，孩子死了，那孩子的命不大好，活着尽生病。

这里没有书看，有时候自己很生气。看看《水浒》吧！看着看着就睡着了，夜半里的头痛和恶梦对于我是非常坏。前夜就是那样醒来的，而不敢再睡了。

我的那瓶红色酒，到现在还是多半瓶，前天我偶然借了房东的锅子烧了点菜，就在火盆上烧的（对了，我还没告诉你，我已经买了火盆，前天是星期日，我来试试）。小桌子，摆好了，但吃起来不是滋味，于是反受了感触，我虽不是什么多情的人，但也有些感触，于是把房东的孩子唤来，对面吃了。

地震，真是骇人，小的没有什么，上次震得可不小，两三分钟，房子格格地响着，表在墙上摇着。天还未明，我开了灯，也被震灭了，我梦里梦中（懵）的穿着短衣裳跑下楼去，房东也起来了，他们好像要逃的样子，隔壁的老太婆叫唤着我，开着门，人却没有应声，等她看到我是在楼下，大家大笑了一场。

纸烟向来不抽了，可是近几天忽然又挂在嘴上。

胃很好，很能吃，就好像我们在顶穷的时候那样，就连块面包皮也是喜欢的，点心之类，不敢买，买了就放不下。也许因为日本饭没有油水的关系，早饭一毛钱，晚饭两毛钱，中午两片面包一瓶牛奶。越能吃，我越节制着它，我想胃病好了也就是这原因。但是闲饥难忍，这是不错的。但就把自己布置到这里了，精神上的不能忍也忍了下去，何况这一个饥呢？

又收到了 50 元的汇票，不少了。你的费用也不小，再有钱就留下你用吧，明年 1 月末，照预算是够了的。

前些日子，总梦想着今冬要去滑冰，这里的别的东西都贵，只有滑冰鞋又好又便宜，旧货店门口，挂着的崭新的，简直看不出是旧货，鞋和刀子都好，11 元。还有八九元的也好。但滑冰场一点钟的门票五角，还离得很远，车钱不算，我合计一下，这干不得。我又打算随时买一点旧画，中国是没处买的，一方面留着带回国去，一方面围着火炉看一看，消消寂寞。

均：你是还没过过这样的生活，和蛹一样，自己被卷在茧里去了。希望顾（固）然有，目的也顾（固）然有，但是都那么远和那么大。人尽靠着远的和大的来生活是不行的，虽然生活是为着将来而不是为着现在。

窗上洒满着白月的当儿，我愿意关了灯，坐下来沉默一些时候，就在这沉默中，忽然像有警钟似的来到我的心上：“这不就是我的黄金时代吗？此刻。”于是我摸着桌布，回身摸着藤椅的边沿，而后把手举到面前，模模糊糊的，但确认定这是自己的手，而后再看到那单细的窗棂上去。是的，自己就在日本。自由和舒适。平静和安闲，经济一点也不压迫，这真是黄金时代，是在笼子过的。从此我又想到了别的，什么事来到我这里就不对了，也不是时候了。对于自己的平安，显然是有些不惯，所以又爱这平安，又怕这平安。

均：上面又写了一些怕又引起你误解的一些话，因为一向你看得我很弱。

前天我还给奇一信。这信就给她看吧！

许君处，替我问候。

吟 十一月十九日

第三十信

（1936年11月24日发 日本东京—上海）

三郎：

我忽（然）想起来了，姚克不是在电影方面活动吗？那个《弃儿》的脚本，我想一想很够一个影戏的格式，不好再修改和整理一下给他去上演吗？得进一步就进一步，除开文章的领域，再另外抓到一个启发人们灵魂的境界，况且在现时代影戏也是一大部分传达情感的好工具。

这里，明天我去听一个日本人的讲演，是一个政治上的命题。我已经买了票，五角钱，听两次，下一次还有郁达夫，听一听试试。

近两天来头痛了多次，有药吃，也总不要紧，但心情不好，这也没什么，过两天就好了。

《桥》也出版了？那么《绿叶的故事》也出版了吧？关于这两本书我的兴味都不高。

现在我所高兴的就是日文进步很快，一本《文学案内》翻来翻去，读懂了一些。是不错，大半都懂了，两个多月的工夫，这成绩，在我就很知足了。倒是日语容易得很，别国的文字，读上两年也没有这成绩。

许的信，还没写，不知道说什么好，我怕目的是想安慰她，相反的，又要引起她的悲哀来。你见着她家的那两个老娘姨也说我问她们好。

你一定要去买一个软一点的枕头，否则使我不放心，因为我一睡到这枕头上，我就想起来了，很硬，头痛与枕头大有关系。

我对于绘画总是很有趣味，我想将来我一定要在那上面用功夫的。我有一个到法国去研究画的欲望，听人说，一个月只要 100 元。在这个地方也要 50 元的。况且在法国可以随时找点工作。

现在我随时记下来一些短句，我不寄给你，打算寄给河清，因为你一看，就非成了“寂寂寞寞”不可，生人看看，或者有点新的趣味。

到墓地去烧刊物，这真是“洋迷信”、“洋乡愚”说来又伤心，写好的原稿也烧去让他改改，回头再发表罢！烧刊物虽愚蠢，但情感是深刻的。

这又是深夜，并且躺着写信。现在不到 12 点，我是睡不下的，不怪说，做了“太太”就愚蠢了，从此看来，大半是愚蠢的。

祝好。

荣子 十一月廿四日

第三十六信

（1937 年 4 月 25 日发 北京—上海 4 月 29 日到）

军：

现在是下午两点，火车摇得很厉害，几乎写不成字。

火车已经过了黄河桥，但我的心好像仍然在悬空着，一路上看些被砍折的秃树，白色的鸭鹅和一些从西安回来的东北军。马匹就在铁道旁吃草，也有的成排的站在运货的车厢里边，马的背脊成了一条线，好像鱼的背脊一样。而车厢上则写着津浦。

我带的苹果吃了一个，纸烟只吃了三两棵。一切欲望好像都不怎样大，只觉得厌烦，厌烦。

这是第三天的上午九时，车停在一个小站，这时候我坐在会客室里，窗外平地上尽是些坟墓，远处并且飞着乌鸦和别的大鸟。从昨夜已经是来在了北方。今晨起得很早，因为天晴太阳好，贪看一些野景。

不知你正在思索一些什么？

方才经过了两片梨树地，很好看的，在朝雾里边它们隐隐约约的发着白色。

东北军从并行的一条铁道上被运过去那么许多，不仅是一两辆车，我看见的就有三四次了。他们都弄得和泥猴一样，他们和马匹一样在冒着小雨，他们的欢喜不知是从哪里得来，还闹着笑着。

车一开起来，字就写不好了。

唐官一带的土地，还保持着土地原来的颜色。有的正在下种，有的黑牛或白马在上面拉着犁杖。

这信本想昨天就寄，但没找到邮筒，写着看吧！

刚一到来，我就到了迎贤公寓，不好。于是就到了中央饭店住下，一天两块钱。

立刻我就去找周的家，这真是怪事，那里有？洋车跑到宣外，问了警察也说太平桥只在宣内，宣外另有个别的桥，究竟是个什么桥，我也不知道。于是跑到宣内的太平桥，25号是找到了，但没有姓周的，无论姓什么的也没有，只是一家粮米铺。于是我游了我的旧居，那已经改成一家公寓了。我又找了姓胡的旧同学，门房说是胡小姐已经不在，那意思大概是出嫁了。

北平的尘土几乎是把我的眼睛迷住，使我真是恼丧，那种破落的滋味立刻浮上心头。

于是我跑到李镜之七年前他在那里做事的学校去，真是七年间相同一日，他仍在那里做事，听差告诉我，他的家就住在学校的旁边，当时实在使我难以相信。我跑到他家里去，看到儿女一大群。于是又知道了李洁吾，他也有一个小孩了，晚饭就吃在他家里，他太太烧的面条。饭后谈了一些时候，关于我的消息，知道得不少，有的是从文章上得知，有的是从传言。九时许他送出胡同来，替我叫了洋车我自归来就寝，总算不错。到底有个熟人。

明天他们替我看房子，旅馆不能多住的，明天就有了决定。

并且我还要到宣外去找那个什么桥，一定是你把地址弄错，不然绝不会找不到的。

祝你饮食和起居一切平安。

珂同此。

荣子 四月二十五日夜一时

第三十九信

（1937 年 5 月 4 日发 北京—上海）

军：

昨天又寄了一信，我总觉我的信都寄得那么慢，不然为什么已经这些天了还没能知道一点你的消息？其实是我个人性急而不推想一下邮便所必须费去的日子。

连这封信，是第四封了。我想那时候我真是为别离所慌乱了，不然为什么写错了一个号数？就连昨天寄的这信，也写的是那个错的号数，不知可能不丢么？

我虽写信并不写什么痛苦的字眼，说话也尽是欢乐的话语，但我的心就像被浸在毒汁里那么黑暗，浸得久了，或者我的心会被淹死的，我知道这是不对，我时时在批判着自己，但这是情感，我批判不了，我知道炎暑是并不长久的，过了炎暑大概就可以来了秋凉。但明明是知道，明明又做不到。正在口渴的那一刹，觉得口渴那个真理，就是世界上顶高的真理。

既然那样我看你还是搬个家的好。

关于珂，我主张既然能够去江西，还是去江西的好，我们的生活也没有一定，他也跟着跑来跑去，还不如让他去安定一个时期，或者上冬，我们有一定了，再让他来，年轻人吃点苦好，总比有苦留着后来吃强。

昨天我又去找周家一次，这次是宣武门外的那个桥，达智桥，25号也找到了，巧得很，也是个粮米店，并没有任何住户。

这几天我又恢复了夜里骇怕的毛病，并且在梦中常常生起死的那个观念。

痛苦的人生啊！服毒的人生啊！

我常常怀疑自己或者我怕是忍耐不住了吧？我的神经或者比丝线还细了吧？

我是多么替自己避免着这种想头，但还有比正在经验着的还更真切的吗？我现在就正在经验着。

我哭，我也是不能哭。不允许我哭，失掉了哭的自由了，我不知为什么把自己弄得这样，连精神都给自己上了枷锁了。

这回的心情还不比去日本的心情，什么能救了我呀！上帝！什么能救了我呀！我一定要用那只曾经把我建设起来的那只手把自己来打碎吗？

祝好！

荣子 五月四日

所有我们的书

若有精装请各寄一本来。

致 X 先生

X 先生:

还是在 12 月里，我听说霞飞坊着火，而被烧的是先生的家。这谣传很久了，不过我是 12 月听到的。看到你的信，我才知道，晓得那件事已经很晚了，那还是 10 月里的事情。但这次来的信很好，因为关心这件事情的人太多，延安和成都，都有人来信问过。再说二周年祭，重庆也开了会，可是那时候我不能去参加，那理由你也是晓得的。你说叫我收集一些当时的报纸，现在算起，过了两个月了，但怕你的贴报簿仍没有重庆的篇幅，所以我还是在收集，以后挂号寄上。因为过时之故，所以不能收集得快，而且也怕不全。这都是我这样的年轻人做事不留心的缘故，不然何必现在收集呢？不是本来应该留起的吗？

名叫《鲁迅》的刊物，至今尚未出。替转的那几张信，谢谢你。你交了白卷，我不生气，（因为我不敢）所以我也不小气，打算给你写文章的。不知现在时间已过你要不要？

《鲁迅》那刊物不该打算出得那样急，为的是赶二周年。因为周先生去世之后，算算自己做的事情太少，就心急起来。心急是不行的，周先生说过，这心急要拉得长，所以这刊物我始终计算着，有机会就要出的。年底看，在这一年中，各种方法我都想，想法收集稿子，想法弄出版关系，即最后还想自己弄钱。这三条都是要紧的，尤其是关于稿子。

这刊物要名实合一，要外表也漂亮，因为导师喜欢好的装修（漂亮书），因为导师的名字不敢侮辱，要选极好极好的作品，做编辑的要铁面无私，要宁缺毋滥；所以不出月刊，不出定期刊，有钱有稿就出一本，不管春夏秋冬，不管三月五月，整理好就出一本，本头要厚，出一本就是一本。载一长篇，三两篇短篇，散文一篇，诗有好的要一篇，没有好的不要。关于周先生，要每期都有关于他的文章。研究，传记，……所以先想请你作传记的工作（就是写回忆文），这很对不起，我不应该就这样指定，我的意思不是指定，就是请你具体的赞同。还请茅盾先生，台静农先生……若赞同就是写稿。但这稿也并不收在我手里（登出一期，再写信讨来一段），因为内地警报多，怕烧毁。文章越长越好，研究我们的导师非长文不够用。在这一年之中，大概你总可写出几万字的，就是这刊物不管怎样努力也不能出的话，那时就请你出单行本吧，我们都是要读的。导师的长处，我们知道的太少了，想做好人是难的。其实导师的文章就够了，绞了那么多心血给我们还不够吗？但是我们这一群年轻人非常笨，笨的就像一块石，假若看了导师怎样对朋友，怎样谈闲天，怎样看电影，怎样包一本书，怎样用剪子连包书的麻绳都剪的整整齐齐，那或者帮助我们做成一个人更快一点，因为我们连吃饭走路都得根本学习的，我代表青年们向你呼求，向你要索。

我们在这里一谈起话来就是导师导师，不称周先生也不称鲁迅先生，你或者还没有机会听到，这声音是到处响着的，好象街上的车轮，好像檐前的滴水。（下略）

萧红上，3 月 14 日

（署名萧红，刊于 1939 年 4 月 5 日《鲁迅风》第 12 期。这是萧红写给许广平的信，发表时只刊出前部分，后部分略去。）

“九一八”致弟弟书

可弟：小战士，你也做了战士了，这是我想不到的。

世事恍恍惚惚的就过了，记得这10年中只有那么一个短促的时间是与你相处的，那时间短到如何程度，现在想起就像连你的面孔还没有来得及记住，而你就去了。

记得当我们都是小孩子的时候，当我离开家的时候，那一天的早晨你还在大门外和一群孩子们玩着，那时你才是十三四岁的孩子，你什么也不懂，你看着我离开家向南大道上奔去，向着那白银似的满铺着雪的无边的大地奔去。你连招呼都不招呼，你恋着玩，对于我的出走，你连看我也不看。

而事隔六七年，你也就长大了，有时写信给我，因为我的飘流不定，信有时收到，有时收不到，但在收到信中我读了之后，竟看不见你，不是因为那信不是你写的，而是在那信里边你所说的话，都不像是你说的。这个不怪你，都只怪我的记忆力顽强，我就总记着，那顽皮的孩子是你，会写了这样的信的，会说了这样的话的，哪能够是你。比方说——生活在这边，前途是没有希望，等等……

这是什么人给我的信，我看了非常的生疏，又非常的新鲜，但心里边都不表示什么同情，因为我总有一个印象，你晓得什么，你小孩子，所以我回你的信的时候，总是愿意说一些空话，问一问家里的樱桃树这几年结樱桃多少？红玫瑰依旧开花否？或者是看门的大白狗怎样了？关于你的回信，说祖父的坟头上长了一棵小树。在这样的话里，我才体味到这封信是弟弟写给我的。

但是没有读过你的几封这样的信，我又走了。越走越离得你远了，从前是离着你千百里远，那以后就是几千里了。

而后你追到我最先住的那地方，去找我，看门的人说，我已不在了。

而后婉转的你又来了信，说为着我在那地方，才转学也到那地方来念书。可是你扑空了。我已经从海上走了。

可弟，我们都是自幼没有见过海的孩子，可是要沿着海往南下去了，海是生疏的，我们怕，但是也就上了海船，飘飘荡荡的，前边没有什么一定的目的的，也就往前走了。

那时到海上来的，还没有你们，而我是最初的。我想起来一个笑话，我们小的时候，祖父常讲给我们听，我们本是山东人，我们的曾祖，担着担子逃荒到关东的。而我们又将是那个未来的曾祖了，我们的后代也许会在那里说着，从前他们也有一个曾祖，坐着渔船，逃到南方的。

我来到南方，你就不再有信来。一年多又不知道你那方面的情形了。

不知多久，忽然又有信来，是来自东京的，说你是在那边念书了。恰巧那年我也要到东京去看看。立刻我写了一封信给你，你说暑假要回家的，我写信问你，是不是想看看我，我大概七月下旬可到。

我想这一次可以看到你了。这是多麼出奇的一个奇遇。因为想也想不到，会在这样一个地方相遇的。

我一到东京就写信给你，你住的是神田町，多少多少番。本来你那地方是很近的，我可以请朋友带了我去找你。但是因为我们已经不是一个国度的人了，姐姐是另一国的人，弟弟又是另一国的人。直接的找你，怕与你有什么不便。信写去了，约的是第三天的下午六点在某某饭馆等我。

那天，我特别穿了一件红衣裳，使你很容易的可以看见我。我五点钟就等在那里，因为我在猜想，你如果来，你一定要早来的。我想你看到了我，你多么喜欢。而我也想到了，假如到了六点种不来，那大概就是已经不在了。

一直到了六点钟没有人来，我又多等了一刻钟，我又多等了半点钟，我想或者你有事情会来晚了的。到最后的几分钟，竟想到，大概你来过了，或者已经不认识我，因为始终看不见你，第二天，我想还是到你住的地方看一趟，你那小房是很小的。有一个老婆婆，穿着灰色大袖子衣裳，她说你已经在月初走了，离开了东京了，但你那房子里还下着竹帘子呢。帘子里头静悄悄的，好像你在里边睡午觉的。

半年之后，我还没有回上海，不知怎么的，你又来了信，这信是来自上海的，说你已经到了上海，是到上海找我的。

我想这可糟了，又来了一个小吉卜西。

这流浪的生活，怕你过不惯，也怕你受不住。

但你说，“你可以过得惯，为什么我过不惯。”

于是你就在上海住下来。

等我一回到上海，你每天到我的住处来，有时我不在家，你就在楼廊等着，你就睡在楼廊的椅子上，我看见了你的黑黑的人影，我的心里充满了慌乱。我想这些流浪的年轻人，都将流浪到哪里去，常常在街上碰到你们的一伙，你们都是年轻的，都是北方的粗直的青年。内心充满了力量，你们是被逼着来到这人地生疏的地方，你们都怀着万分的勇敢，只有向前，没有回头。但是你们都充满了饥饿，所以每天到处找工作。你们是可怕的一群，在街上落叶似的被秋风卷着，寒冷来的时候，只有弯着腰，抱着膀，打着寒颤。肚里饿着的时候，我猜得到，你们彼此的乱跑，到处看看，谁有可吃的东西。

在这种情形之下，从家跑来的人，还是一天一天的增加，这自然都说是以往，而并非是现在。现在我们已经抗战四年了。在世界上还有谁不知我们中国的英勇，自然而今你们都是战士了。

不过在那时候，因此我就有许多不安。我想将来你到什么地方去，并且做什么？

那时你不知我心里的忧郁，你总是早上来笑着，晚上来笑着。似乎不知道为什么你已经得到了无限的安慰了。似乎是你所存在的地方，已经绝对的安然了，进到我屋子来，看到可吃的就吃，看到书就翻，累了，躺在床上就休息。

你那种傻里傻气的样子，我看了，有的时候，觉得讨厌，有的时候也觉得喜欢，虽是欢喜了，但还是心口不一地说："快起来，看这么懒。"

不多时就"七七"事变，很快你就决定了，到西北去，做抗日军去。

你走的那天晚上，满天都是星，就像幼年我们在黄瓜架下捉着虫子的那样的夜，那样黑黑的夜，那样飞着萤虫的夜。

你走了，你的眼睛不大看我，我也没有同你讲什么话。我送你到了台阶上，到了院里，你就走了。那时我心里不知道想什么，不知道愿意让你走，还是不愿意。只觉得恍恍惚惚的，把过去的许多年的生活都翻了一个新，事事都显得特别真切，又显得特别的模糊，真所谓有如梦寐了。

可弟，你从小就苍白，不健康，而今虽然长得很高了，仍旧是苍白不健康，看你的读书、行路，一切都是勉强支持。精神是好的，体力是坏的，我很怕你走到别的地方去，支持不住，可是我又不能劝你回家，因为你的心里充满了诱惑，你的眼里充满了禁果。

恰巧在抗战不久，我也到山西去，有人告诉我你在洪洞的前线，离着我很近，我转给你一封信，我想没有两天就可以看到你了。那时我心里可开心极了，因为我看到不少和你那样年轻的孩子们，他们快乐而活泼，他们跑着跑着，当工作的时候嘴里唱着歌。这一群快乐的小战士，胜利一定属于你们的，你们也拿枪，你们也担水，中国有你们，中国是不会亡的。因为我的心里充满了微笑。虽然我给你的信，你没有收到，我也没能看见你，但我不知为什么竟很放心，就像见到了你的一样。因为你也是他们之中的一个，于是我就把你忘了。

但是从那以后，你的音信一点也没有的。而至今已经四年了，你到底没有信来。

我本来不常想你，不过现在想起你来了，你为什么不来信。

于是我想，这都是我的不好，我在前边引诱了你。

今天又快到“九一八”了，写了以上这些，以遣胸中的忧闷。

愿你在远方快乐和健康。

（署名萧红，刊于 1941 年 9 月 26 日桂林《大公报》文艺专栏）

致华岗（选）

1940年6月24日信

西园先生:

你多久没有来信了，你到别的地去了吗？或者你身体不大好！甚念。

我来到香港还是第一次写信给你，在这几个月中，你都写了些什么了？你一向住到乡下就没有回来？到底是隔得太远了，不然我会到大田湾去看你一次的。

我们虽然住在香港，香港是比重庆舒服得多，房子吃的都不坏，但是天天想回重庆，住在外边，尤其是我，好像是离不开自己的国土的。香港的朋友不多，生活又贵。所好的是文章到底写出来了，只为了写文章还打算再住一个期间。端木和我各写了一长篇，都交生活出版去了。端木现在写论鲁迅。今年8月3日为鲁迅先生60生辰，他在做文纪念。我也打算做一文章的，题目尚未定，不知关于这纪念日你要做文章否？若有，请寄文艺阵地，上海方面要扩大纪念，很欢迎大家多把放在心里的理论和感情发挥出来。我想这也是对的，我们中国人，是真正的纯粹的东方情感，不大好的，“有话放在心里，何必说呢”“有痛苦，不要哭”“有快乐不要笑”。比方两个朋友五六年不见了，本来一见之下，很难过，又很高兴，是应该立刻就站起来，互相热烈的握手。但是我们中国人是不然的，故意压制着，装做若无其事的样子，装做莫测高深的样子，好像他这朋友不但不表现五年不见，看来根本就像没有离开过一样。你说我说的对不对？我可真是借机发挥了议论了。

我来到了香港，身体不大好，不知为什么，写几天文章，就要病几天。大概是自己体内的精神不对，或者是外边的气候不对。端木甚好。下次再谈吧！希望你来信。

沈山婴大概在地上跑着玩了吧？沈先生沈夫人一并都好。

萧红　六月二十四日

（重庆这样轰炸，也许沈家搬了家了。这信我寄交通部）

1940 年 7 月 7 日信

园兄：

7 月 1 日信，6 日收到。

民族史至今尚未印出，听说上海纸贵，出版商都在观望，等便宜时才买纸来印。可不知何时纸才便宜。

正如兄所说，香江亦非安居之地。近几天正打算走路，昆明不好走，广州弯不好走，大概要去沪转宁波回内地。不知沪上风云如何，正在考虑。离港时必专函奉告，勿念。

胡风有信给上海迅夫人，说我秘密飞港，行址诡秘。他倒很老实，当我离渝时，我并未通知他，我欲去港，既离渝之后，也未通知他，说我已来港，这倒也难怪他说我怎样怎样。我想他大概不是存心侮陷。但是这话说出来，对人家是否有好处？绝对的没有，而且有害的。中国人就是这样随便说话，不管这话轻重，说出来是否有害于人。假若因此害了人，他不负责任，他说他是随便说说呀！中国人这种随便，这种自由自在的随便，是损人而不利己的。我以为是不大好的。专此敬祝健康。

萧　七月七日

并附两信，烦一齐转文艺协会。

1940年7月28日信

园兄:

七月廿日来信，前两天收到，所附之信皆为转去，甚感。香港似又可住一时了。您的关切，我们都一一考虑了。远在万里之外，故人仍为故人计，是铭心感切的。

民族史一事，我已函托上海某书店之一熟人代为考查去了，此书不但您想见到，我也想很快的看到。不久当有回信来，那时当再奉告。

关于胡之乱语，他自己不去撤销，似乎别人去谏一点意，他也要不以为然的，那就是他不是胡涂人，不是胡涂人说出来的话，还会不正确的吗？他自己一定是以为很正确。假若有人去解释，我怕连那去解释的人也要受到他心灵上的反感。那还是随他去吧！

想当年胡兄也受到过人家的侮陷，那时是还活着的周先生把那侮陷者给击退了。现在事情也不过三五年，他就出来用同样的手法对待他的同伙了。呜呼哀哉！

世界是可怕的，但是以前还没有自身经历过，也不过从周先生的文章上看过，现在却不了，是实实在在来到自己的身上了。当我晓得了这事时，我坐立不安的度过了两个钟头，那心情是很痛苦的。过后一想，才觉得可笑，未免太小孩子气了。开初而是因为我不能相信，纳闷，奇怪，想不明白，这样说似乎是后来想明白了的样子，可也并没有想明白。因为我也不想这些了。若是越想越不可解，岂不想出毛病来了吗，您想要替我解释，我是衷心的感激，但话不要了。

今天我是发了一大套牢骚，好像不是在写信，而是像对面坐着在讲话的样子。不讲这套了。再说这8月份的工作计划。在这一个月中，我打算写完一长篇小说，内容是写我的一个同学，因为追求革命，而把恋爱牺牲了。那对方的男子，本也是革命者，就因为彼此都对革命起着过高的热情的浪潮，而彼此又都把握不了那革命，所以那悲剧在一开头就已经注定的了。但是一看起来他们在精神上是无时不在幸福之中。但是那种幸福就像薄纱一样，轻轻的就被风吹走了。结果是一个东，一个西，不通音信，男婚女嫁。在那默默的一年一月的时间中，有的时候，某一方面听到了传闻那哀感是仍会升起来的，不过不怎具体罢了。就像听到了海上的难船的呼救似的，辽远，空阔，似有似无。同时那种惊惧的感情，我要把他写出来。假若人的心上可以放一块砖头的话，那么这块砖头再过 10 年去翻动它，那滋味就绝不相同于去翻动一块放在墙角的砖头。

写到这里，我想起那次您在饺子馆讲的那故事来了。您说奇怪不奇怪？专此敬祝

安好。

萧 七月廿八日

附上所写稿“马伯乐”长篇小说的最前的一章，请读一读，看看马伯乐这人是否可笑！因有副稿，读后，请转中苏文化交曹靖华先生。

1941 年 1 月 29 日信

园兄：

好久没给您信了。前次端兄有一信给您，内中并托您转一信，不知可收到没有？

我那稿子，是没有用的了，看过就请撕毁好了，因为不久即有书出版的。

民族史，第二部正在读。想重庆未必有也。

香港旧年很热闹，想去年此时，刚来不久，现已一年了，不知何时可回重庆，在外久居，未免的就要思念家园。香港天气正好，出外野游的人渐渐的多了。不知重庆大雾还依旧否？专此

祝好

萧 一月廿九日

请转信，至感。

致白朗

……不知为什么，莉，我的心情永久是如此抑郁，这里的一切是多么恬静和幽美，有田，有漫山漫野的鲜花和婉转的鸟语，更有澎湃泛白的海潮，面对着碧澄的海水，常会使人神醉的，这一切不都正是我以往所梦想的佳境吗？然而呵，如今我却只感到寂寞！在这里我没有交往，因为没有推心置腹的朋友。因此，常常使我想到你。莉，我将可能在冬天回去。

（这封信（片断）是从白朗的《遥祭》中抄录的。是萧红到香港后不久，于1940年春夏之交写给白朗的。）

诗稿

苦杯

一

带着颜色的情诗，
一只一只写给她的，
像三年前他写给我的一样。
也许情诗再过三年他又写给另外一个姑娘！

二

昨夜他又写了一只诗，
我也写了一只诗，
他是写给他新的情人的，
我是写给我悲哀的心的。

三

爱情的账目，
要到失恋的时候才算的，

算也总是不够本。

四

已经不爱我了吧，
尚日日与我争吵，
我的心潮破碎了，
他分明知道，
他又在我浸着毒一般痛苦的心上，
时时踢打。

五

往日的爱人，
为我遮避暴风雨，
而今他变成暴风雨了！
让我怎样来抵抗？
敌人的攻击，
爱人的伤悼。

六

他又去公园了，
我说：
“我也去吧。”
“你去做什么！”他自己走了。
他给他新的情人的诗说：
“有谁不爱鸟儿似的姑娘！”

"有谁忍拒绝少女红唇上的苦！"
我不是少女，
我没有红的唇了，
我穿的是从厨房带来的油污的衣裳。
为生活而流浪，
我更没有少女美的心肠。

他独自走了，
他独自去享受黄昏时公园里美丽的时光。
我在家里等待着，
等待明朝再去煮米熬汤。

七

我幼时有个暴虐的父亲，
他和父亲一样了！
父亲是我的敌人，
而他不是，
我又怎样来对待他呢？
他说他是我同一战线上的伙伴。

八

我没有家，
我连家乡都没有，
更失去朋友，
只有一个他，
而今他又对我取着这般态度。

九

泪到眼边流回去，
流着回去浸食着我的心吧！
哭又有什么用！
他的心中既不放着我，
哭也是无足轻重。

十

近来时时想要哭了，
但没有一个适当的地方：
坐在床上哭，怕是他看到；
跑到厨房里去哭，怕是邻居听到；
在街头哭，那些陌生人更会哗笑。
人间对我都是无情了。

十一

说什么爱情！
说什么受难者共同走尽患难的路程！
都成了昨夜的梦，
昨夜的明灯。

沙粒

一

七月里长起来的野菜,
八月里开花了。
我伤感它们的命运,
我赞叹它们的勇敢。

二

我爱钟楼上的铜铃,
我也爱屋檐上的麻雀,
因为从孩童时代他们就是我的小歌手呵!

三

我的窗前结着两个蛛网,
蜘蛛晚餐的时候,
也正是我晚餐的时候。

四

世界那么大！
而我却把自己的天地布置得这样狭小！

五

冬夜原来就是冷清的，
更不必再加上邻家的筝声了。

六

夜晚归来的时候，
踏着落叶而思想着远方。
头发结满水珠了，
原来是个小雨之夜。

七

从前是和孤独来斗争，
而现在是体验着这孤独。
一样的孤独，
两样的滋味。

八

本也想静静地生活，
本也想静静地工作，

但被寂寞燃烧得发狂的时候，
烟，吃吧！
酒，喝吧！
谁人没有心胸过于狭小的时候！

九

绿色的海洋，
蓝色的海洋，
我羡慕你的伟大，
我又怕你的惊险。

十

朋友和敌人我都一样的崇敬，
因为在我的灵魂上他们都画过条纹。

十一

今后将不再流泪了，
不是我心中没有悲哀，
而是这狂妄的人间迷惘了我了。

十二

和珍宝一样得来的友情，
一旦失掉了，
那刺痛就更甚于失掉了珍宝。

十三

我的胸中积满了沙石，
因此我所想望着的：
只是旷野，高天和飞鸟。

十四

蒙古的草原上，夜
和羊群一同做着梦，
那么我将是个牧羊的赤子了。

十五

偶然一开窗子，
看到了檐头的圆月。

十六

人在孤独的时候，
反而不愿意看到孤独的东西。

十七

生命为什么不挂着铃子？
不然丢了你，
怎能感到有所亡失？

十八

还没有走上沙漠，
就忍受着沙漠之渴。
那么，既走上了沙漠，
又将怎样？

十九

月圆的时候，
可以看到；
月弯的时候，
也可以看到；
但人的灵魂的偏缺，
却永也看不到。

二〇

理想的白马骑不得，
梦中的爱人爱不得。

二一

东京落雪了，
好像看到千里外的故乡。

二二

当野草在人的心上长起来时，
不必去铲锄，
也绝铲锄不了。

二三

想望得久了的东西，
反而不愿意得到。
怕的是得到那一刻的颤栗，
又怕得到后的空虚。

二四

可怜的冬朝，
无酒也无诗。

二五

失掉了爱的心板，
相同失掉了星子的天空。

二六

当悲哀，
反而忘记了悲哀，
那才是最悲哀的时候。

二七

此刻若问我什么最可怕?
我说:
泛滥了的情感最可怕。

二八

可厌的人群,
固然接近不得,
但可爱的人们又正在这可厌的人群之中;
若永远躲避着脏污,
则又永远得不到纯洁。

二九

海洋之大,
天地之广,
却恨各自的胸中狭小,
我将去了!

三〇

野犬的心情,
我不知道;
飞到异乡去的燕子的心情,
我不知道。
但自己的心情,

自己却知道。

三一

从异乡又奔向异乡，
这愿望多么渺茫，
而况送着我的是海上的波浪，
迎接着我的是乡村的风霜。

三二

只要那是真诚的，
那怕就带着点罪恶，
我也接受了。

三三

我本一无所恋，
但又觉得到处皆有所恋。
这烦乱的情绪呀！
我咒诅着你，
好像咒诅着恶魔那么咒诅。

三四

什么最痛苦，
说不出的痛苦最痛苦。

1937.1.3. 东京